本好きの下剋上

司書になるためには手段を選んでいられません

第五部　女神の化身Ⅴ

香月美夜
miya kazuki

ス

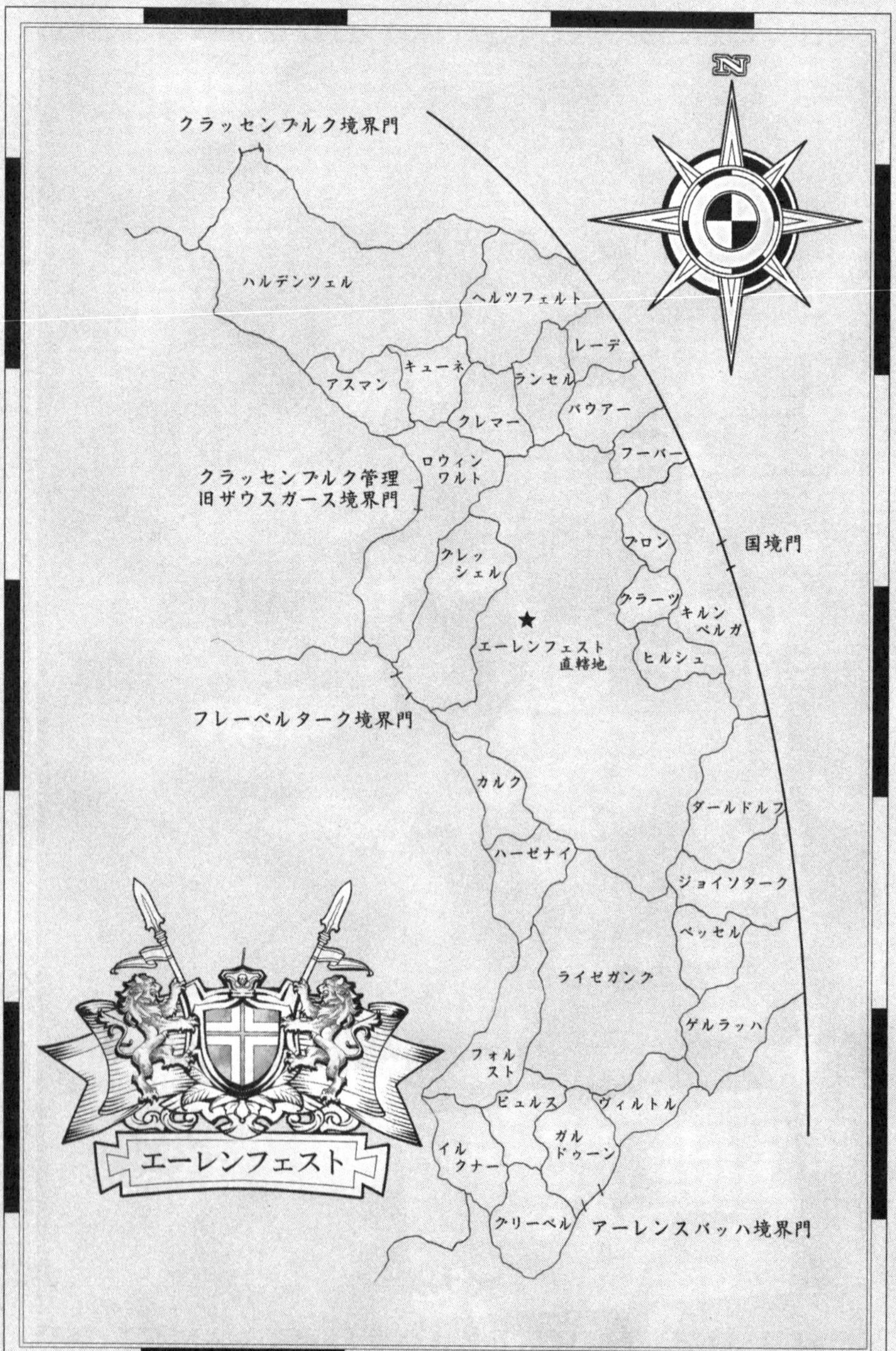
N
クラッセンブルク境界門
ハルデンツェル
ヘルツフェルト
レーデ
キューネ
アスマン
ランセル
バウアー
クレマー
ロウィン
ワルト
フーバー
クラッセンブルク管理
旧ザウスガース境界門
ブロン
国境門
クレッ
シェル
グラーツ
キルン
ベルガ
エーレンフェスト
直轄地
ヒルシュ
フレーベルターク境界門
カルク
ダールドルフ
ハーゼナイ
ジョイソターク
ベッセル
ライゼガング
ゲルラッハ
フォルスト
ビュルス
ヴィルトル
ガル
ドゥーン
イル
クナー
グリーベル
アーレンスバッハ境界門
エーレンフェスト

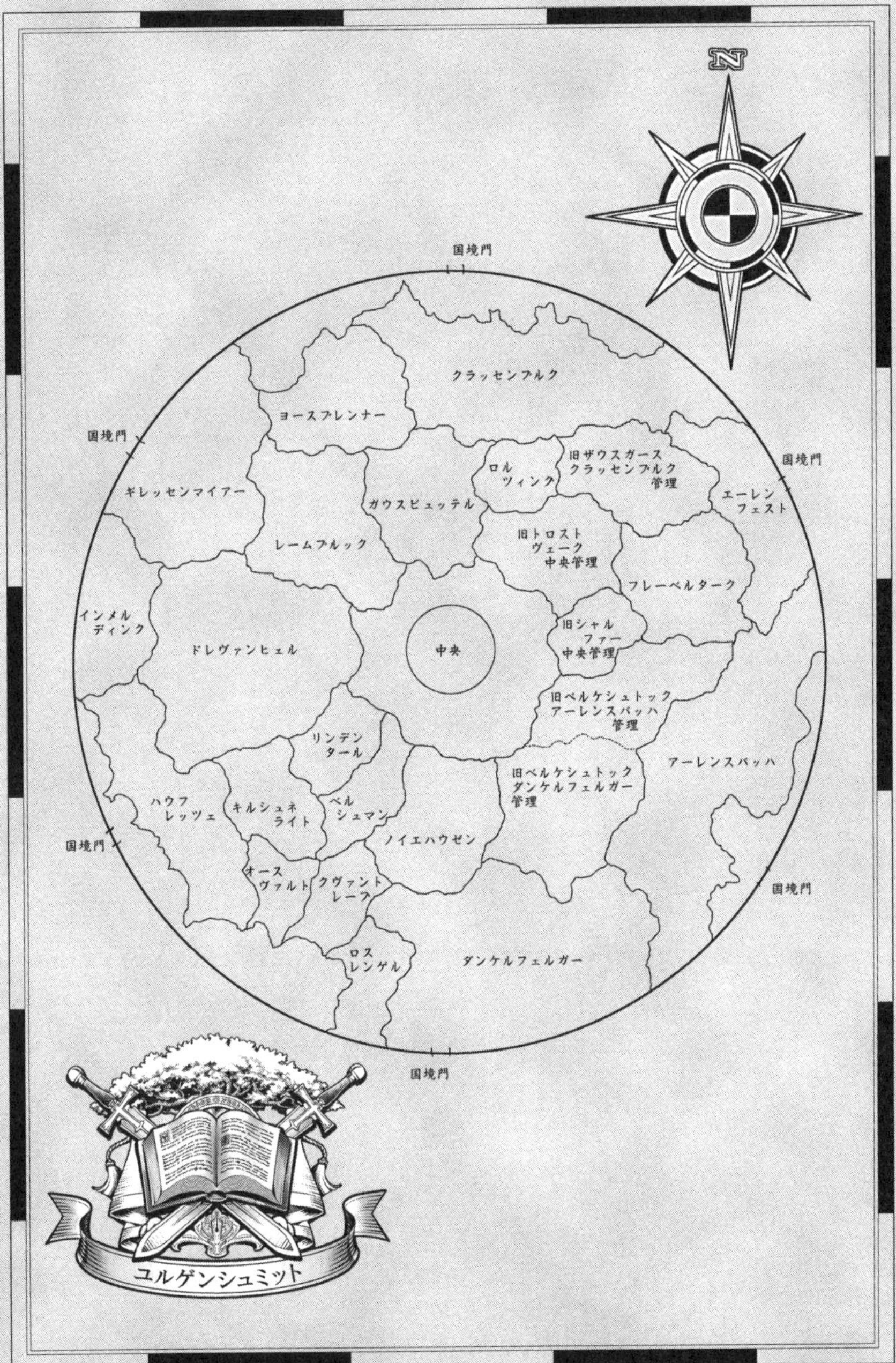
N
国境門
クラッセンブルク
ヨースブレンナー
国境門
ギレッセンマイアー
ロル
ツィンク
旧ザウスガース
クラッセンブルク
管理
国境門
エーレン
フェスト
ガウスビュッテル
旧トロスト
ヴェーク
中央管理
レームブルック
フレーベルターク
インメル
ディンク
ドレヴァンヒェル
中央
旧シャル
ファー
中央管理
旧ベルケシュトック
アーレンスバッハ
管理
リンデン
タール
旧ベルケシュトック
ダンケルフェルガー
管理
アーレンスバッハ
ハウフ
レッツェ
キルシュネ
ライト
ベル
シュマン
国境門
ノイエハウゼン
オース
ヴァルト
クヴァント
レーブ
国境門
ロス
レンゲル
ダンケルフェルガー
国境門
ユルゲンシュミット

第五部　女神の化身Ⅴ

イラスト：椎名　優 You Shiina
デザイン：ヴェイア Veia

登場人物

第四部あらすじ

貴族院におけるローゼマインは、最優秀で問題児。祝福で魔術具の主になったり、大領地とディッターをしたり、王族に恋の助言をしたり、黒の魔物を倒したり、採集場所を癒やしたり……。そんな中、フェルディナンドの出生の秘密を知る中央騎士団長の進言によって、婿入りの王命が出された。それを受け、フェルディナンドはアーレンスバッハへ旅立った。

ヴィルフリート
ジルヴェスターの息子。ローゼマインの兄で貴族院三年生。

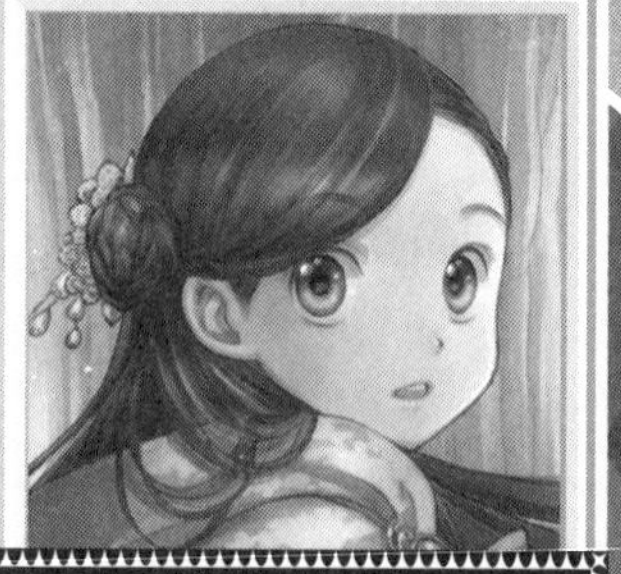

ローゼマイン
主人公。少し成長したので外見は9歳くらい。中身は特に変わっていない。貴族院でも本を読むためには手段を選んでいられません。貴族院三年生。

エーレンフェストの領主一族

ジルヴェスター
ローゼマインを養女にしたエーレンフェストの領主でローゼマインの養父様。

フロレンツィア
ジルヴェスターの妻で、三人の子の母。ローゼマインの養母様。

シャルロッテ
ジルヴェスターの娘。ローゼマインの妹で貴族院二年生。

メルヒオール
ジルヴェスターの息子。ローゼマインの弟。

ボニファティウス
ジルヴェスターの伯父。カルステッドの父。ローゼマインのおじい様。

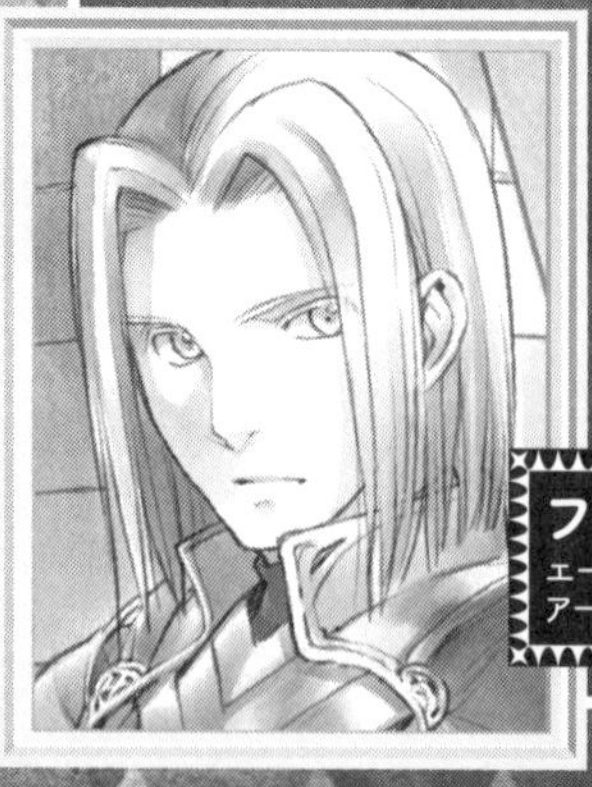

フェルディナンド
エーレンフェストの領主一族。王命でアーレンスバッハへ行った。

ローゼマインの側近

オティーリエ
ローゼマインの筆頭側仕え。ハルトムートの母。

リーゼレータ
中級側仕え。アンゲリカの妹。

グレーティア
中級側仕え見習いの四年生。名を捧げた。

ハルトムート
上級文官で神官長。オティーリエの息子。

クラリッサ
上級文官。ハルトムートの婚約者。

ローデリヒ
中級文官見習いの三年生。名を捧げた。

フィリーネ
下級文官見習いの三年生。

コルネリウス
上級護衛騎士。カルステッドの息子。

レオノーレ
上級護衛騎士。コルネリウスの婚約者。

アンゲリカ
中級護衛騎士。リーゼレータの姉。

マティアス
中級騎士見習いの五年生。名を捧げた。

ラウレンツ
中級騎士見習いの四年生。名を捧げた。

ユーディット
中級護衛騎士見習いの四年生。

ダームエル
下級護衛騎士。

貴族院だけの側近

ブリュンヒルデ……上級側仕え見習いの五年生。ジルヴェスターの婚約者。
ミュリエラ……中級文官見習い五年生。エルヴィーラに名を捧げた。
テオドール……中級護衛騎士見習いの一年生。

ンフェストの貴族

騎士団長でローゼマインの
貴族としてのお父様。
……ジルヴェスターの
上級側仕えに戻った。
ヒト……フロレンツィアの上級文官。
ハルトムートの父親。
ァルト……元ヴィルフリートの筆頭側仕え。
ンプレヒト……ヴィルフリートの上級護衛騎士。
カルステッドの息子。
エルヴィーラ……カルステッドの第一夫人。
ローゼマインのお母様。
ニコラウス……カルステッドと第二夫人の息子。
ベルティルデ……ブリュンヒルデの妹。
ローゼマインの側近候補。
ブリギッテ……イルクナーの中級貴族。
ローゼマインの元側近。
ラザファム……フェルディナンドの下級側仕え。
エックハルト……フェルディナンドの護衛騎士。
カルステッドの息子。
ユストクス……フェルディナンドの側仕え兼文官。
リヒャルダの息子。
ヴェローニカ……ジルヴェスターの母親。
現在幽閉中。

ローゼマインの専属

フーゴ……専属料理人。
エラ……専属料理人。
ロジーナ……専属楽師。

神殿関係者

フラン……神殿長室の筆頭側仕え。
ザーム……神殿長室担当。
モニカ……神殿長室担当兼料理助手。
ギル……工房担当。
ヴィルマ……孤児院担当。
コンラート……孤児。フィリーネの弟。

下町関係者

ベンノ……プランタン商会の旦那様。
マルク……プランタン商会のダプラ。
ルッツ……プランタン商会ダプラ見習い。
トゥーリ……マインの姉。専属髪飾り職人。

貴族院関係者

グンドルフ……ドレヴァンヒェルの寮監。
ヒルシュール……エーレンフェストの寮監。
オルタンシア……貴族院図書館の上級司書
ソランジュ……貴族院図書館の中級司書。
シュバルツ……図書館の魔術具。
ヴァイス……図書館の魔術具。

中央

トラオクヴァール……王。ツェントと呼ばれる。
マグダレーナ……王の第三夫人。
ヒルデブラントの母。
ジギスヴァルト……中央の第一王子。次期王。
ナーエラッヒェ……ジギスヴァルトの第二夫人。
アナスタージウス……中央の第二王子。
エグランティーヌ……アナスタージウスの第一夫人。
ヒルデブラント……中央の第三王子。
アルトゥール……ヒルデブラントの筆頭側仕え。
ラオブルート……中央騎士団長。
ロヤリテート……中央騎士団の副団長。
イマヌエル……中央神殿の神官長。

他領

ハンネローレ……ダンケルフェルガーの
領主候補生三年生。
コルドゥラ……ハンネローレの筆頭側仕え。
アドルフィーネ……ドレヴァンヒェルの領主一族。
第一王子の婚約者。
オルトヴィーン……ドレヴァンヒェルの
領主候補生三年生。
ゲオルギーネ……アーレンスバッハの第一夫人。
ジルヴェスターの姉。
ディートリンデ……アーレンスバッハの領主一族。
ゲオルギーネの娘。
レティーツィア……アーレンスバッハの領主一族。
ゼルギウス……フェルディナンドの側仕え。

第五部

女神の化身Ⅴ

カルステッ

リヒャルダ

レーベレ

オズヴ
ラ

プロローグ

窓から差し込む春の日差しは温かい。木々の緑が濃くなり、花が明るく彩《いろど》りを添えている。散歩でもしてゆったりと過ごすことができるならば最高の季節だが、よく手入れされている城の中庭に人の姿はほとんどない。領主会議が近付いている城は慌《あわ》ただしく、回廊《かいろう》を通らずに突っ切るために庭を通る者がいても、自然を眺めてゆっくりできる者はいなかった。

ボニファティウスも季節の移り変わりを楽しむ余裕などない。色づく庭は領主会議が近付いている焦《あせ》りに繋《つな》がるだけだ。苛々《いらいら》とした態度を表に出さないように気を付けながら、お茶会室へ歩を進める。

ジルヴェスターと話さなければならないことがあるので時間を取れと側仕《そばづか》えに調整させて、ようやく取れたのが昼食の時間だ。領主執務室の隣にある休憩《きゅうけい》室へ昼食を運ばせていると聞けば、どれほど大変な状態になっているのか見当は付く。

「む、リヒャルダか……」

休憩室では昼食の準備をしているリヒャルダの姿があった。そういえば、彼女はジルヴェスターの側仕えに戻ったのだと彼は思い出す。彼女は領主の命令で次々と主《あるじ》が変わる特殊な側仕えだ。すぐに側近を揃《そろ》えられない面倒な立場の領主一族に仕えることが多い。

領主一族のグレートヒェンによる側仕え教育を終えた直後、先々代領主の命令でアーレンスバッハから嫁いできたガブリエーレに仕え、それから、ライゼガング系貴族に疎《うと》まれていたヴェローニカに仕えた。

また、カルステッドを洗礼式後に領主候補生として城へ入れるならば教育係が欲しいとボニファティウスが依頼したことで、先代領主であるアーデルベルトの命令を受けて彼の館へ派遣されたこともある。

カルステッドの洗礼式後は「信頼できる教育係としてリヒャルダをゲオルギーネに」というヴェローニカの願いを受け、ゲオルギーネの筆頭側仕えにされた。その後、次期領主となる男児が生まれたことでリヒャルダはジルヴェスターの乳母となったのである。

直近では神殿育ちのローゼマインのために、ジルヴェスターがリヒャルダを筆頭側仕えに指名した。神殿育ちで側近が見つからないという理由も間違いではないが、ローゼマインと親族を交流させないための人選だったのではないかと、ボニファティウスは最近考えている。

「ようこそいらっしゃいました。ジルヴェスター様は少し執務が長引いたようです。先程オルドナンツが届きましたから、もうじき到着するでしょう」

リヒャルダに案内されるままボニファティウスが席に着くと、同行してきた側仕えが給仕の支度《したく》のために動き始める。

「自業自得《じごうじとく》とはいえ、ジルヴェスターは忙しそうだな」

「ええ、今までで一番お仕事をしていらっしゃいますよ。少し手加減《てかげん》してあげてくださいませ」

「私はフェルディナンドほど甘くない。領主が領主の仕事をするのは当たり前ではないか」

ジルヴェスターの執務状況が去年と全く違うのは、粛清《しゅくせい》で側近が減ったことだけが原因ではない。フェルディナンドが城で行っていた執務をボニファティウスとヴィルフリートで分担することになった時、本来の領主の仕事を全てジルヴェスターに突っ返したからだ。

「何も、側近が激減して領主会議の準備で大変な時でなくてもよかったでしょうに……」

「本来はヴィルフリートの次期領主教育も領主の仕事だ。ローゼマインにハッキリと断られた今、そちらもまとめて突っ返しても良いのだぞ？」

ボニファティウスは父親、弟、甥《おい》と三人の領主の補佐をしている。ジルヴェスターが領主に就任して三年くらい経《た》った頃、ヴェローニカとその側近を引退させたいと相談を受け、一定以上の年齢の者は引退するように働きかけた。彼もヴェローニカも魔力供給以外の執務から退いたのである。

それなのに、今の彼は引退という言葉が全く合わないくらいに訓練場へ出入りして騎士達に教育したり、執務を手伝ったりしている。それは可愛《かわい》い孫娘に少しでも良いところを見せたいと思ったからだし、孫娘と交流を持つためだ。

ライゼガング系貴族の後押しによって次期領主がローゼマインになれば、次期領主教育という口実で今までよりずっと一緒に過ごす時間が取れるのではないかという下心もあった。けれど、それはローゼマイン自身に「むしろ、神殿にいられるようにしてほしい」ときっぱり断られて諦《あきら》めた。可愛い孫娘との交流は簡単ではない。

「あらあら、次期領主教育はボニファティウス様のお仕事でしょうに。そういうお約束で貴方《あなた》は次期領主候補を外れたではございませんか」

「……昔話にも程があるぞ」

「いつの話であっても、お約束はお約束ですよ」

コロコロと笑うリヒャルダに、思わずボニファティウスは顔を顰《しか》める。昔をよく知っている彼女は本当にやりにくい。

彼女が言うように、ボニファティウスは先々代の領主である父親と約束した。次期領主候補を降りるが、次代へ知識を引き継ぐ次期領主の教育係を引き受ける、と。あまり体の強くない弟のアーデルベルトを次期領主にするためには、仮に弟が早世しても、その子に次期領主教育を施《ほどこ》せる者が必要だったからだ。

「だから、一度は引退したにもかかわらず、こうして執務を手伝い、ヴィルフリートの次期領主教育まで担当しているではないか。体の弱かったアーデルベルトと違って、ジルヴェスターは自分で次期領主教育ができるというのに……。そうしてくれれば、私は悠々自適《ゆうゆうじてき》に孫娘を可愛がっているだけの爺《じじい》になれたのだぞ」

「まぁ。力加減のわからないボニファティウス様では可愛がるだけの爺にはなれませんよ」

腹立たしいことに、「下手に近付いたらローゼマインが死ぬ！」と周囲の者達に警戒されて、彼はあまり近付かせてもらえない。

……確かに少し興奮してローゼマインを喜ばせようと高く放り上げたら天井に激突しそうになったのはまずかったと思っている……。

あの一件で、ローゼマインは喜んで訓練を行う他の孫達と全く違う存在だと、ボニファティウスは深く心に刻んだのだ。

「楽しそうだな、二人とも」

ジルヴェスターが側近達を連れて入ってきた。給仕をするリヒャルダと護衛騎士《ごえいきし》のカルステッドを残して、他の者には「午後も大変だからな。其方等《そなたら》も昼食を摂《と》ってこい」と下がらせる。

同時にボニファティウスの側仕えとリヒャルダが給仕を始めた。二人の前に飾り切りされた野菜の皿が並ぶ。給仕をしている側仕えが何やらズラズラとボニファティウスにとっては耳慣れない名前を言っている。

……スジャルとラニーエのシャキシャキサラダ？

また新しい料理のようだ。ローゼマインが連れてきた料理人のおかげで、城の料理は大きく変化している。ジルヴェスターが一口食べるのを待ってからボニファティウスもやや酸味のある野菜に手を付けた。

……あの野菜嫌いなジルヴェスターが野菜を食べるようになったのだぞ。私の孫娘の料理は最高ではないか。

心の中でローゼマインを絶賛しながら、少し苦みがあって幼い子供には嫌がられる野菜を咀嚼《そしゃく》する。ジルヴェスターでも美味《おい》しく食べられるように工夫されていることがわかった。

「それで、一体どうした？　何か懸念《けねん》でも？」

食事をしながら呼び出しの理由を問うジルヴェスターの顔には疲労の色が濃い。更に心労を増やすだけだとわかっていても、領主が認識していないのは問題だ。ボニファティウスは口を開いた。

「どこもかしこも懸念だらけではないか。まずは、ヴィルフリートの態度を改めさせよ。あのような態度が続くならば、私は面倒を見切れぬぞ」

ジルヴェスターが大きく目を見開いて息を呑《の》み、リヒャルダが慌てた様子で声を上げる。

「ボニファティウス様、それは軽口では済みませんよ」

次期領主教育を任されているボニファティウスが「面倒を見切れぬ」と匙《さじ》を投げることは、ヴィルフリートが次期領主に相応《ふさわ》しくないと判断されたことと同義だ。それを口に出すことがどれほどの重みを持つのか、当然彼は知っている。

「あのような……とは？　ヴィルフリート本人から不満について訴えられたことはあったが、それは祈念式《きねんしき》より前のことだぞ。ひとまず納得していたのに、また何かあったということか？」

「……ヴィルフリートの側近から何も報告はないのか？」

「祈念式でライゼガング系のギーベ達にヴィルフリートが酷《ひど》い扱いを受けたので、ギーベ達に少し注意してほしいという要望はあった。詳細を尋ねたところ、慇懃《いんぎん》無礼《ぶれい》ではあったものの、特に酷い扱いではなかったと記憶している」

側近達から領主への報告はあったようだ。ただし、それは祈念式中のライゼガング系貴族のことで、祈念式後に変化したヴィルフリートの執務態度についての報告ではない。

「粛清を機に、旧ヴェローニカ派を一掃《いっそう》したいと考えている貴族もいる中に突撃したのだ。過激派を抑えようとしていたギーベならば、状況をよく見ろと嫌みの一つくらい言いたくなるだろう。何《な》故《ぜ》ヴィルフリートを行かせた？」

「次期領主としての自覚を持たせるためにも自分の選択の責任を取る経験が必要だとフロレンツィアが言ったからだ」

　領主になると、自分の選択によって領地を取り巻く状況が大きく変わる。その選択の責任を取らなければならない。領主になる前にその経験は必要だ。自分の中で少しでも正しいと思える選択をするためには情報収集が欠かせない。どの情報を信用するのか、与えられる情報が正しいのか、その時点から選択は始まっている。

「祈念式は収穫量を増やすために必須《ひっす》の小聖杯を届ける神事だし、神事の責任者はローゼマインだ。ライゼガング系貴族がヴィルフリートを憎んでいても、滅多《めった》なことは起こせぬ。いくら言葉で伝えたところでわからないライゼガング系貴族の怒りや恨《うら》みを比較的安全な形で実感し、情報収集の重要性と選択の責任を考える機会になると……」

　なるほど、とボニファティウスは腕を組んだ。次期領主にその経験は確かに必要だろう。

「だが、ヴィルフリートには重すぎたようだぞ。祈念式から戻ると執務態度が悪化し、注意したというのに五日経っても改善せぬ」

「たった五日ではありませんか。もう少し様子を見てくださいませ。誰にでも失敗はございます。いくら何でも面倒を見切れぬと言われるほどではございませんよ」

　執務の現状を見ていないリヒャルダは「たった五日」とヴィルフリートを庇《かば》うが、毎日付き合わされるボニファティウスや側近達にとっては「もう五日」だ。

「失敗したことが問題なのではない。次期領主が執務を放り出して、反抗的な感情を態度に出しているのが問題なのだ。敵対貴族に弱点を晒《さら》すような真似《まね》をするなど未熟にも程がある。アレは一体何歳だ？」

貴族院三年生が終わったというのに、洗礼式直後の子供でも叱《しか》られるような言動をしている。他領の貴族の前でも同じような態度を見せているのではないだろうかと心配でならないし、このように感情的な者に領地の将来を託すのは不安だ。

「領主会議に向けて皆が忙しくしている。率先して動かなければならないのは、粛清を起こした領主一族だ。それなのに、次期領主が執務中に上の空で、注意されたら反抗的な態度を見せるなど何を考えている？　周囲の目がますますヴィルフリートにとって厳しくなっている中で不真面目な態度を見せ続ければ、あっという間に攻撃材料となる。その程度のこともわからないのか？」

周囲への印象を考えると、ボニファティウスも人目があるところでは強く叱れない。ローゼマインを次期領主に望む貴族がいる時に、次期領主に相応しくないヴィルフリートの姿を見せるわけにはいかないと思っている。

だが、注意された彼は「ボニファティウス様はローゼマインを次期領主に望むから厳しいことを言うのだ」とふて腐《くさ》れる。孫娘を支持していた彼の忠告は耳に入りにくいかもしれないと思って、ランプレヒトに注意するように言ったが、五日経っても変化がない。

「ヴィルフリートは貴族院の優秀者で上位領地の領主候補生と並んでいることを誇るが、勉強だけができても次期領主として相応しい言動が伴わなければ意味がない」

「そういえば、いつだったかフロレンツィアもそのような心配をしていたな。努力で成績だけは上がったが、それ以外に不安があると……」

ジルヴェスターがフロレンツィアとの会話を思い出すような声で言いながら運ばれてきたスープに口を付ける。妻の意見を真面目に取り合っているようには見えない言い方に、ボニファティウスは思わず顔を顰めた。

「ヴィルフリートだけではなく、其方も他者の意見を真面目に聞いていないのか？　そのような忠告があって聞き流していたのか？」

「聞いていないわけではない。現に、フロレンツィアの意見を聞き入れてオズヴァルトはヴィルフリートの教育者として不適格だと解任したし、粛清によって生活が変わったヴィルフリートの不満も聞いている」

オズヴァルトはヴェローニカのやり方を踏襲《とうしゅう》していた。ローゼマインとの婚約によってヴィルフリートが次期領主に決まると、それが一層ひどくなったそうだ。

「オズヴァルトは仕事に対して真面目だったし、主に対する忠誠心もあった。ただ、その仕事のやり方や忠誠の示し方が母上の時代から変わらなかった。以前は優秀だと褒《ほ》められていた資質が、今の時代にはそぐわなくなっていることに気付けなかったのだ。……いや、気付いていても変えられなかったか、変えたくなかったか……。だから、解任か辞任か本人に選ばせた」

ボニファティウスはオズヴァルトの辞任を粛清の影響だと聞いていたが、実際には教育方針の違いによる解任だったようだ。

「筆頭側仕えの交代で少しはマシになれば良いのだが、ヴィルフリートの側近は基本的に甘すぎる。ランプレヒトなど、ローゼマインと比較するなと言うのだぞ」

「……比較するなと最初に言ったのは姫様ですよ。ご自身と比較されればヴィルフリート坊ちゃまが潰《つぶ》れるからと……」

お披露目《ひろめ》前に教育の遅れを取り戻そうと一丸となった時、ローゼマインが教師や側近達に指示を出したと、リヒャルダは言った。執務中に散々比べてきた自分の言動を振り返りつつ、ボニファティウスは少し考える。

「それは初めて知ったな。だが、リヒャルダ。それは洗礼式からお披露目の頃の話だろう？　一体いつまで有効な話だ？　貴族院へ入れば嫌でも比較される。もう三年生も終わったのに、未《いま》だに側近達がそのようなことを言っていることに対してはどう思う？」

「姫様がいつまでのつもりで口にしたのか、わたくしも存じませんよ。ですが、そのような事情は、もう他の貴族に通じないでしょうね」

通じるのは、北の離れに籠《こ》もって教育を受けている幼い時期だけだ。貴族院へ行けば他領の領主候補生と比べられ、城で執務の手伝いが始まれば嫌でも成果が見えるようになる。成長すれば次期領主を選ぶために自領の領主候補生と比べられる。そういうものだ。

「ヴィルフリートに改善する気がないならば、次期領主から下ろせ」

「……その際はローゼマインとの養子縁組解消も同時に行うぞ」

ジロリと自分を睨《にら》むように見据えている深緑の目にジルヴェスターの本気を感じて、ボニファティウスはゆっくりと息を吐く。

ライゼガング系貴族の思惑に翻弄《ほんろう》された際、ボニファティウスはローゼマインを養女にした理由を聞かされた。神殿へ入り込んだ他領の上級貴族の横暴から救うため、これ以上ヴェローニカに人生を歪《ゆが》められる被害者を出さないため、加えて、揺れる領地をまとめるためにローゼマインが考案していた印刷を新産業とするためだった、と。

いくら優秀でもフロレンツィアの実子ではないローゼマインを次期領主にする気はない。自分の孫娘を次期領主にしたかったならば、ボニファティウス自身が面倒から逃れずにアウブになるべきだったとジルヴェスターに言われたことを思い出す。

「フロレンツィアの様子はどうだ？」

ヴィルフリートの言動が次期領主に相応しいと思えないが、次期領主から下ろせという話題を続けたところで平行線だ。ボニファティウスは話題を変えた。ジルヴェスターも少し表情を和《やわ》らげて話題の変換に応じる。

「……悪阻《つわり》は落ち着いてきたようだが、子供達の手前、心情的にゆっくり休んでいられないようだ。体調が悪いのに動こうとするから側近達が心配している」

「領主会議の準備はできるだけ他に任せ、フロレンツィアは確認だけ怠《おこた》らなければ良かろう。それ以外の執務はシャルロッテにある程度回せば良い。あの子はやる気があるし、飲み込みも早い」

フロレンツィアの体調が優《すぐ》れない時、シャルロッテはボニファティウス達の執務室を質問のために訪れる。その際のやり取りで彼女が母親を支えようとしている頑張りは伝わってくる。シャルロッテはブリュンヒルデと連携《れんけい》しつつ、領主会議ではなく領地内との連絡や社交を担当していると聞いた。

「シャルロッテも頑張っているし、今年はフロレンツィアの代わりにブリュンヒルデやクラリッサが領主会議の準備に奔走している。フロレンツィアに無理をさせすぎずに領主会議を迎えられそうで、私も少し安心している」

ジルヴェスターは安堵《あんど》したように目を細めているが、ボニファティウスは苦い顔で頷《うなず》いた。「貴族院の領地対抗戦の手配で慣れています」と采配《さいはい》を振るブリュンヒルデが頼もしいことには同意するし、妊娠中のフロレンツィアの体調を気遣《きづか》う余裕ができたことには安堵する。しかし、だからこそ、まずいことにジルヴェスターは気付いていない。

「ブリュンヒルデは第二夫人として婚約した。だが、まだ貴族達の間ではブリュンヒルデもリヒャルダもローゼマインの側近という印象が強い。それに、クラリッサとフィリーネがレーベレヒトの下で働いている。そのため、ローゼマインが領主会議に深く関わっているように見えるのだ」

「王族の要請で星結びの儀式や写本を行うのだ。深く関わっているので間違いないぞ」

呑気《のんき》なことを言う甥の頭を小突きたくなったのは、ボニファティウスだけではないはずだ。

「そういう意味ではない。其方は昼食のために食堂へ行く余裕もなく、フロレンツィアは妊娠中でも碌《ろく》に休まず、ブリュンヒルデとシャルロッテは協力し合って第一夫人を支えている。ローゼマインは城にいないのに、側近達の頑張りによって領主会議と関わっている印象が強い。メルヒオールは神殿で引き継ぎを行うと宣言した。そんな中で祈念式の扱いに不満を漏《も》らして執務室でこれ見よがしに落ち込んでいるだけのヴィルフリートが、執務室を訪れる貴族達にどう見えるのか考えろと言っているのだ！」

ジルヴェスターが押し黙る。ヴィルフリートがライゼガング系貴族にどのような扱いを受けたとか、傷ついたとか、そんなことは貴族達にとってどうでも良いことだ。見ているのは、彼の言動や成果が次期領主として相応しいかどうか。

「……ヴィルフリートをこのまま次期領主にするかどうかは、最終的に其方が決めることだ。もう私からは何も言わぬ。だが、次期領主教育は一旦中止する。課せられた執務さえ終えられぬ今、急いでやることではない。領主一族としての執務をこなす方が大事だからな」

「わかった。ヴィルフリートにはこちらから注意しておこう」

領主である父親の注意ならば、ヴィルフリートも少しは素直に聞けるだろう。ボニファティウスはそう思った。懸念事項を一つジルヴェスターに伝えられたことに安堵し、目の前に運ばれてきた肉に意識を向ける。皮がこんがりと焼かれた肉の様子から鳥だろうと見当はつくが、何の肉かよくわからない。

「こちらはローゼマイン様が考案したファルバのカリカリトロトロ焼きだそうです」

給仕の返事にボニファティウスは「そうか」と頷いてみせる。ファルバは知っている鳥の名前だが、後半のカリカリトロトロは何を示しているのかわからない。ローゼマインが考案した料理は、同じ音を重ねる変な名前が多いのだ。調味料なのか、料理の工程なのか、どういう意味なのか一度質問したことがあるが、料理人もよくわからないようだ。ローゼマイン独特の名付け方だと受け止めている。

……名前が変でも美味《うま》いので、私の孫娘は素晴らしい。

「ジルヴェスター、其方のところにローゼマインの噂《うわさ》は届いているか？　妙な噂が広がっているようだが……」

「妙な噂？　何かあったか？」

全く心当たりがないという顔で、ジルヴェスターは給仕しているリヒャルダを振り返った。リヒャルダもカルステッドもわからないようで、不可解そうな顔をしている。

「ローゼマインがフェルディナンドに恋慕《れんぼ》していて、婚約者であるヴィルフリートを蔑《ないがし》ろにしているという噂が旧ヴェローニカ派の間で広がっているようだ。領地対抗戦の夜に寮のお茶会室で再会した時は人目も憚《はばか》らず触れ合っていた、と……」

エーレンフェストで留守番していた自分と違い、現地にいたジルヴェスターやリヒャルダならば何か気付くことがあったはずだ。そう考えてボニファティウスが二人を交互に見ると、二人は目を白黒させた。

「領地対抗戦の夜⁉　いや、私は知らぬが……。リヒャルダ、其方はローゼマインといただろう？　何も気付かなかったのか？」

「わたくしはその日ずっと姫様に付いていましたが、噂になるようなことは特にございませんでしたよ。何かあれば報告しています。……思い当たるとすれば、健康診断でしょうか？　触れると言えば触れていましたけれど、今までと特に変わりないやり取りでしたよ。オズヴァルトですか？　ずいぶんと姫様に対して悪意を感じる噂ですこと」

リヒャルダが不愉快《ふゆかい》そうに眉を寄せて頬に手を当てる。ボニファティウスは彼女があっさりと噂の根源を特定したことに目を瞬《またた》かせた。

「何故オズヴァルトだと？」

「ジルヴェスター様も、学生の側近達も夕食を摂るために食堂へ行った後だったのです。あの場にいたのは、来客であるフェルディナンド様達、接客をしていた姫様と坊ちゃま、それから、給仕を行うわたくしとオズヴァルトだけでした」

リヒャルダの説明に、皆が「なるほど」と納得する。その状況で旧ヴェローニカ派の間に広がっている噂ならば、ヴィルフリートかオズヴァルトによるものだろう。フェルディナンドやローゼマインが流す噂ではない。

「オズヴァルトが一枚噛《か》んでいる可能性は高い。ただ、オズヴァルトだと決めつけるのは早計だ。ローゼマインがフェルディナンドとの再会を喜んでいたことを少し漏れ聞いた他の貴族が、何倍も大きくして流した可能性もある」

当人は微笑《ほほえ》ましく思って世間話くらいの意識で口にした内容が、悪意によって歪められることは多い。そう考えると、噂の根源がローゼマイン側の言葉であっても不思議ではないのである。ボニファティウスの説明にジルヴェスターは少し考え込む。

「ボニファティウス、その噂はどこを中心に広がっている？　噂の根源はともかく、広げている者達は誰だ？　噂は本当に領地対抗戦の夜のことだけか？」

当然のことながら、ボニファティウスも噂について情報を集めようとした。だが、ライゼガング系貴族の間にあるローゼマインの噂は「次期領主を拒否された」「次期第一夫人としての社交もせずに神殿に籠もっている」という失望感に溢《あふ》れたものだし、旧ヴェローニカ派の貴族は処罰《しょばつ》に巻き込まれることを恐れてボニファティウスや彼の側近に近付かない。「私は何も存じません」で済まされるのが現状だ。

「正直なところ、私もよくわからぬ。ヴィルフリートに注意した時に、そういう噂のあるローゼマインの方が問題だと反論されたことで知ったくらいだ」

「は？　噂を広げているのがヴィルフリートだと？　その場にいたくせに否定するのではなく広げるなど、何を考えているのだ？　ひとまずこちらでも情報を集めるぞ、カルステッド」

ジルヴェスターが頭を抱えている様子を見ても、噂はヴィルフリートの周辺か旧ヴェローニカ派くらいにしか広がっていないだろうとボニファティウスは推測する。

「仮に、オズヴァルトの仕業《しわざ》だとすれば、解任された腹いせか？」

「坊ちゃまを庇うために姫様の評判を下げようとしているように思えますね。オズヴァルトの場合、姫様に対する悪意より坊ちゃまに対する忠誠心が大きいのではございませんか？」

ローゼマインを下げることで、ヴィルフリートがこれ以上下げられることを防ごうとしているとリヒャルダが言った。この場にいるのは、ヴェローニカがそういうやり方を好んでいたことを知っている者達ばかりだ。

「厄介《やっかい》な忠誠心だな」

不愉快そうに顔を歪めるジルヴェスターに同意して頷いていたリヒャルダが、不意に心配そうな顔になった。

「ただ、姫様の見た目も成長してきましたし、フェルディナンド様が領地を出た以上、姫様も少し関係を見直さなければならない時期に差し掛かっているでしょうね。注意が必要だと思います」

ずっと幼い見た目だったローゼマインも、最近は貴族院入学くらいの年齢に見えるようになってきた。今までは見た目が幼かったから許されていたことが、許されなくなってくる。子供の頃と同じように甘えていてはならない。

……ゲオルギーネのようにローゼマインが荒れなければ良いが……。

ボニファティウスは腕を組んで遠い昔を思い出す。ライゼガングの血を引くカルステッドを次期領主にしないために、ヴェローニカはゲオルギーネをかなり厳しく教育していた。そんなゲオルギーネを甘やかすのは、母親の弟であり当時の神殿長ベーゼヴァンスくらいだった。しかし、彼との交流は貴族院入学を機に禁じられる。神殿と関わりなど持つものではない。貴族としては当然のことでも、ゲオルギーネは荒れた。

ボニファティウスとしては姪《めい》に手を差し伸べたかったが、当時はヴェローニカと自分の第一夫人の仲が最悪だったし、ゲオルギーネはカルステッドを敵視していたため、近寄ることもできなかった。

……ゲオルギーネと違って、ローゼマインを私が全力で可愛がっても全く問題ないだろう！

フェルディナンドと距離を取るように言われて傷心のローゼマインをいかに可愛がるか考えてい

たボニファティウスの耳に、ジルヴェスターの声が飛び込んできた。

「本当にそのような噂が流れているならば、否定せねばならぬ。ボニファティウスは何も手を打っていないのか？」

「そもそも、ローゼマインが神殿にいるから鎮火《ちんか》が難しいのだ。城にいればもっと気付けたことがあるし、対処も手早くできるはずだ」

城ならば妙な噂を流されても側近達がすぐに気付けるだろうし、ヴィルフリートとの接点も増えるのでフェルディナンドの方が親しいとは言えなくなる。それに、神事に対する他領の目に多少変化があり、神殿の雰囲気が以前と違っているとはいえ、ボニファティウスとしては可愛い孫娘を神殿に置きたくない。

「ローゼマインはあれほど可愛くて優秀なのに、神殿育ちという瑕疵《かし》を埋める気がないのは何故だ？神殿などさっさと他の者に任せて、貴族達の支持を集めた方がよほど将来のためではないか」

「わたくしもそう思っていましたが、姫様には神殿で過ごす時間が大事なのですよ。寮で過ごす騎士見習い達が定期的に実家へ帰るようなものです」

心穏やかに過ごすためには必要なのだとリヒャルダは言った。洗礼式直後からローゼマインに仕えている彼女がそう言うならば、神殿で過ごす時間が孫娘にとって大切なのは間違いない。

「だが、神殿育ちだからこそ第一夫人に相応しい教育が必要ではないか。神殿へ籠もらせるのではなく、貴族との社交や親族との交流を深めた方が良い」

ボニファティウスの頭にはライゼガング系貴族の不満が蘇《よみがえ》る。一族の姫が非協力的なのだ。ブリユンヒルデが第二夫人に決定したことで少し収まっているが、ローゼマインを神殿から出したいと考えている親族は多いし、今後は彼等との協力関係が大事になる。

「領地の一事業を先導するのは領主や文官の仕事ではないか。印刷業務はジルヴェスターやヴィルフリートに任せ、ローゼマインはフロレンツィアの下で第一夫人にとって必要な教育を受けるべきだ。その考えは変わらぬ」

「これ以上執務を回されたら、私が死ぬぞ！」

「その程度で脱走慣れしている其方が死ぬか。適当なところで息抜きをするに決まっている」

ボニファティウスは反射的に悲鳴を切り捨てた。リヒャルダやカルステッドも彼に同意して苦笑している。そんな側近達の様子を見て、ジルヴェスターは悔しそうに唸《うな》って肉を次々と口に入れた。そのまま噛み締めながら少し考えるように視線を巡らせる。

「其方の主張は理解できるが、今更ローゼマインに神殿を出ろとは言えぬ。実際、アレが神殿にいなければ困る」

「其方の執務が増える以外に困ることがあるのか？」

ボニファティウスにとって神殿はそれほど重要な場所ではない。大声では言えないような目的のためにこっそりと訪れる場所だった。神殿が多少変化していても、幼いローゼマインを置いておく場所ではないという意識は変わらない。

「神事は収穫量に直結するし、下町の商人との会合も神殿で行われている。平民との意見交換によって、他領の商人の受け入れが上手《うま》く進んでいるのは事実だ。一番大事なのは、旧ヴェローニカ派の子供の監視だ。側近による監視の目を緩《ゆる》めることはできぬ」

「ぐぬぅ……」

ジルヴェスターの言う通り、罪人の子供達を処刑せずに孤児院で保護した以上、領主一族による監視は必須だ。子供に甘いローゼマインはともかく、ハルトムートを始めとした側近達による監視を緩めることはできない。

「そのローゼマインの側近達も問題なのだぞ」

「ヴィルフリートだけではなく、ローゼマインの側近にも問題があるのか？」

意外そうにジルヴェスターが目を丸くする。リヒャルダやカルステッドも同じように驚いているが、何故問題に気付いていないのかボニファティウスにはわからない。

「側近達はローゼマインに従来の社交をやらせる気がなく、頑《かたく》なに社交から離そうとしているのだ。その姿勢によってローゼマインは後《うし》ろ盾《だて》になっているライゼガング系貴族の評判を落としている。あれは何とかしなければならぬ」

コルネリウスを通して注意すると、「ローゼマインに古いやり方は必要ない」と言う。世代交代を進め、上位領地と付き合うための新しい社交の方が大事だ、と。

「世代交代を進めるのは構わぬが、将来の第一夫人に従来の社交は必須だろう。新しい社交など、その後で十分だ。上位領地のやり方を取り込むより自領のやり方を覚えるべきではないか」

他領との交流では新しい社交が必要になるかもしれない。しかし、エーレンフェスト貴族との交流に必要なのは従来の社交だ。上手く交流できなければ、自分達の足場が崩れる。まずは、足場を固めることを優先するべきだとボニファティウスは思う。

「ローゼマインは神殿業務が忙しいと領地内の社交を断り、側近達はそれを諫《いさ》めもしない。第一夫人が従来の付き合い方を知らずにどうするというのか。領地内の貴族達の理解を得られぬ領主一族がどれだけ苦労をするのか、今のジルヴェスターを見ればわかるはずだ」

ボニファティウスには将来的に困る孫娘の姿しか見えない。新しいことに挑戦することも大事だが、それを領地の大部分の貴族達に認めさせなければ成功は難しくなる。

「……ローゼマインには無理だろう。あれの育ちはライゼガング系貴族ではない。神殿育ちで、貴族としての育て親はフェルディナンドだぞ」

フェルディナンドも特殊な生い立ちだ。洗礼式前に母親を失ったため、後ろ盾のない領主一族として城に入った。第一夫人のヴェローニカに疎まれ、領地内の貴族とは碌に交流できずに育ち、父親の死を機に神殿へ入ったのだ。エーレンフェストの社交に詳しいとは言えない。

「姫様なりに努力していらっしゃいますが、表面的にしか理解できないようです。どうしても皆の期待通りには進みませんね。おそらく坊ちゃまが同じような失敗を繰り返すのと同じだと思います。表面的な真似事はできても、根本的な理解ができないのでしょう」

リヒャルダがジルヴェスターの皿を下げながらそう言った。

「まともな社交ができない次期領主夫妻だと？　将来のエーレンフェストが不安でならぬぞ」

「その補佐をするためにブリュンヒルデは第二夫人になるのだ。自分にできない部分を補ってくれる者が集まっているローゼマインは強いぞ」

領主一族にしては成人済みの側近が少ないが、成人前後の年齢の者達がよく育っているとジルヴェスターは褒める。フェルディナンドやユストクスに情報収集を鍛えられたハルトムート、平民達との交渉もできる文官見習い、失敗を越えて強くなった護衛騎士、上位領地との交渉の場を整えられる側仕え……。

「ローゼマインは人を育てるのが上手い。どれも私が欲しいくらいだ」

ボニファティウスはローゼマインの側近達を思い返す。下級騎士のダームエルは魔力圧縮で魔力を増やしつつも繊細《せんさい》な魔力の扱いが上手い。ユーディットは剣を振り回すより命中率を上げた方が良いと助言を受け、一気に才能を開花させた。アンゲリカは難しいことは考えられないが、命令に忠実で反応速度が速い。レオノーレは記憶力と指導力を活《い》かしたことで指揮官としての才能を伸ばしている。コルネリウスは突出して得意なところはないが、苦手もないので誰とでも組んで戦える。誰も彼もローゼマインに助言されたと言っていた。

「心配なのは新しく入った名捧《なささ》げ側近だが、ローゼマインならば上手く育てるだろう」

「確かに名捧げによって側近入りした犯罪者は心配の種だな」

思い出すのは、ゲオルギーネに名を捧げていた者達の館の探索をしていた時のことだ。ボニファティウスは名捧げによって連座《れんざ》を回避《かいひ》したことによる領主一族への感謝や自分の立場に対する認識にずいぶんと個人差があることに気付いた。

「それに、ヴェローニカに名捧げを強制されていた世代では、名捧げによる助命に対する不安と恐怖がローゼマインへ向かっているようだ」

「何故だ？　それを発案したのは私だぞ」

ジルヴェスターがデザートを食べながら不服そうに眉を寄せる。ボニファティウスは珍しい食感のデザートを食べながら、次々と新しいことを考える孫娘のことを思う。

「大事なことを、其方とローゼマインは側近達を排したところで決めるから誰も否定できぬ。それに、残念ながら、新しいことや突飛《とっぴ》なことはいつもローゼマインが考えていると思われている。其方は提案を聞き入れて宣言しているだけだ、と……」

「確かにローゼマインが名捧げと引き換えにダールドルフ子爵《ししゃく》を救うことを提案したところから思いついたからな……」

「ほぉ？」

フェルディナンドが騎士団に指示を出し、何やらコソコソと動いていたが、ボニファティウスは詳細を知らされていない。気付いた時には終わっていて、何もなかったことになっていたからだ。

……やはり最初はローゼマインの提案だったのか。

「名捧げは強制することではない。忠誠心を差し出す意味を変えた者がローゼマインだと貴族達が認識するようになるのは問題だ。それに、ヴェローニカに忠誠の証《あか》しとして名捧げを求められた世代の貴族達は、領主一族が名捧げを求める悪習が復活したのではないかと恐れているらしい」

領主の知らないところで、ガブリエーレ、ヴェローニカ、ゲオルギーネと三代にわたり、忠誠の証しとして名捧げが求められてきた。本来、名捧げとは自ら差し出すものであって、強要されることではない。助命と引き換えに名を縛《しば》るものでもない。名捧げの意味を変化させることを提案した自覚がローゼマインにはあるのだろうか。ヴェローニカやゲオルギーネが受けるはずの批判や非難をローゼマインが受けることになるのではないか。

「新しいことや突飛な提案の全てが皆に受け入れられるとは限らぬ。ローゼマインはできるだけ普通の貴族として過ごさせ、他の貴族達に恐れられないように注意しなければならぬ」

「だが、ローゼマインの提案がなければ、私はもっと窮地《きゅうち》に陥《おちい》っていたはずだ。実際にローゼマインの機転に助けられていることは多い。全てを止《や》めさせるつもりはない。責任は私が取れば良かろう。今更私の悪評が一つ二つ増えたところで問題ない」

ジルヴェスターは当たり前の顔でそう言うが、ボニファティウスは苦い思いを抑えられなかった。

「領主に悪い噂が立って、エーレンフェストにとって良いことなどないだろう」

ローゼマインの発案が元になってジルヴェスターに悪い噂が立ったり、その責任の全てを押しつけたりすることをあの孫娘が望むだろうか。ボニファティウスにはとてもそうは思えない。

……このような現状をどこまで知っているのか。

ヴィルフリートと同じように、ローゼマインも側近達によって目隠しされていることが色々とあるのではないか。第三者からの忠告が必要なのではないか。親族との交流さえ制限されている孫娘の姿を思い浮かべ、ボニファティウスは腕を組んだ。

青色見習いと孤児院の子供達

祈念式が終わる頃には春の半ばになっている。寒いと感じる日がなくなり、萌《も》える緑がどんどんと濃くなっていく季節だ。明るい日差しの中、神殿の正面玄関前に城からの馬車が到着した。扉が開くと、これから青色見習いになる子供達が貴族らしい動きで降りてくる。以前、見学に来た時と違って緊張した様子も見せず、彼等は正面玄関の階段を上がり始めた。領主一族であるメルヒオールは馬車に同乗せず、側近の騎獣《きじゅう》で到着する。わたしは神殿長として彼等を迎え入れた。これから彼等は神殿で生活するようになるのだ。

「では、神殿長室で誓いの儀式を行いましょう」

青色見習いとして神に仕えることを誓う儀式だ。わたしも行った。あの時と違い、わたしが先に祝詞《のりと》を唱える立場である。少し緊張しながら儀式を行い、彼等に青の衣を渡していった。彼等が成長のために努力してくれれば良いと思う。

「では、神殿の生活について説明します」

二の鐘で朝食を摂る。朝食を終えたら側仕えと一緒に神官長室へ行って、神殿の業務や課題をハルトムートかその側仕えから受け取る。その時に前日の様子や課題の進度などの報告を聞くことになっている。それから三の鐘までは自室で側仕えと共に神殿業務や神事の勉強をする。

三の鐘が鳴ったら孤児院へ向かって、ヴィルマとロジーナを教師にして皆でフェシュピールの練習や座学など貴族としての勉強をする。四の鐘で昼食だ。

午後からは基本的に自由に過ごす時間になる。鍛錬《たんれん》や工房の手伝い、写本などを行い、騎士や文官など自分の将来に向けた勉強をしても良いし、工房で商人の話を聞いたり、製紙業や印刷業の勉強をしたりするのも良い勉強になると思う。事前に申請を出せば城へ行っても構わない。

「六の鐘が鳴ったら夕食です。おそらく今までより早い時間でしょう。けれど、神殿ではそうしなければ、孤児院までなかなか食事が回らないのです。食事の時間は決まっていますが、就寝時間は各自に任せます。何か質問はありますか？」

一人の男の子が手を挙げた。

「孤児院にいる子供達も私達と同じように生活しているのですか？」

「彼等は神殿を清めたり、森や工房で作業をしたりするので全く同じにはなりません。けれど、作業を終えた夕方や雨の日には一緒に過ごす時間が取れます」

春になって外に出ることが増えると、孤児院の子供達が勉強できる時間は少なくなる。早めに作業を切り上げて、夕方に勉強の時間を取るつもりではいるけれど、孤児院は全員平等だ。犯罪者の子供だろうが、貴族の子供だろうが、平民の捨て子だろうが、食事の量や仕事の量に差はつけない。

「私達も森へ行けるのですか？」

「残念ですけれど、青色見習い達は森へ行けません」

ニコラウスが期待の眼差《まなざ》しで質問したけれど、わたしはあっさりと却下《きゃっか》した。貴族の子供に何かあった時は、森へ引率した平民が何かしらの処罰を受けることになる。孤児院の年長者やギル、ルッツ、彼等を通した門番達だ。わたしがそれを許容できないので、青色見習いを森に出せない。

「では、それぞれの側仕えと共に自室で着替えてくださいませ。今日は孤児院で子供達が待っているので、遊びに行ってあげてくださいませ」

神殿で少しでも楽しく過ごせるように、初日の今日は課題を設定していない。強いてあげるならば、昼食後に神殿の施設を見学するくらいだろうか。孤児院だけではなく神殿図書室にもローゼマイン工房の本を置いたので、じっくりと紹介したいと思っていた。だが、周囲に却下された。

……わたしが熱意をもって勧めると逆に引かれるって感じのことを言われたんだけど、ちょっとひどくない？

「ローゼマイン姉上も孤児院へ向かうのですか？」

青の衣を手にしたメルヒオールが首を傾《かし》げる。わたしは頷いた。孤児院から出ることが多くなった春の生活を子供達がどのように感じているのか、話を聞こうと思っていたのだ。

「では、一緒に行きませんか？　報告したいことがあるのです」

わたしはメルヒオールが迎えに来るまで神官長室でハルトムートと神殿業務の進み具合を確認した。祈念式の間、フリタークが頑張ってくれていたようだけれど、かなり色々と溜《た》まっている。

「青色神官の人数が減った影響が想像以上に大きいようですね」

「フェルディナンド様がいらっしゃらない影響が大きいのですよ、ローゼマイン様。青色見習いが増えたので、その側仕え達にどんどん仕事を割り振っていくしかありません」

人手が増えたので少しは楽になるとハルトムートがイイ笑顔でそう言った。

「そういえば、領主会議の星結びの儀式について詳細は決まっているのですか？」

「神具や供物《くもつ》などは中央神殿で準備されるようです。わたくしは儀式用の衣装をまとって、自分の聖典を持っていけば良いだけのようです」

聖典は持ち主の魔力登録が必要なので、他人の聖典を借りることはできない。それに、許可を得て中央神殿長の聖典を借りても、読める範囲が少ないので意味がないとも言える。

「大事な補佐をお忘れです。私はローゼマイン様を補佐するために神官長として参加します」

「別に忘れていません。ハルトムートは間違いなく付いてくると思っていましたから」

むしろ、強引に貴族院の神事に参加していたのに、おとなしく留守番をするハルトムートの姿が思い浮かばない。「お願いします」と一言で流し、わたしは自分の護衛騎士達を見回す。

「あとは、そうですね。護衛騎士を付けたいと王族に申し出たところ、青色神官や青色巫女《みこ》ならば付けても良いというお言葉をいただきました。成人している護衛騎士達に青色の服を着て護衛をしていただきたいと考えているのですけれど、よろしいですか？」

「もちろんです。わたくしは護衛騎士ですから」

アンゲリカは全く躊躇《ためら》いのない返事をした。コルネリウスとダームエルも「奉納式《ほうのうしき》で着たのだ。今更だ」と答えてくれる。レオノーレもコクリと頷いた。

「それに、領主会議の間は王族からの要請で図書館の地下書庫に籠もる予定になっています。そちらにも護衛と側仕えが必要なのですけれど、地下には上級貴族でなければ入れません。護衛はコルネリウスとレオノーレにお願いするのですけれど、側仕えがオティーリエしかいないのです。任せても大丈夫かしら？　特にクラリッサが心配なのですけれど……」

クラリッサもダンケルフェルガーとの交渉担当として領主会議に向かうことが決まっている。オティーリエをわたしが取ってしまって大丈夫だろうか。

「母上はローゼマイン様の側近です。余計な心配はいりません。父上がいますから、クラリッサもローゼマイン様のご迷惑になるようなことはしないでしょう。……多分」

……最後が不安だよ、ハルトムート！

不安になるわたしに、レオノーレが微笑んだ。

「大丈夫ですよ、ローゼマイン様。お茶の準備をしたり寮のお部屋を整えたりするなど、地下書庫以外の仕事ならばリーゼレータができます。オティーリエには地下書庫への付き添いを一番に考えてもらえば良いと思いますよ」

神殿から出て貴族としての振る舞いを求められると、リヒャルダがいなくなったのは痛手だ。けれど、地下書庫に籠もるわたしより、領主夫妻の方が大変なので仕方ない。

「ハァ、ダームエルが入れたら古い言葉を読むお手伝いをしてもらえるのに残念ですね」

「私としては王族と領主一族しか入れないような書庫に入る資格がなくてよかった、と心の底から思っています。緊張で死んでしまいますよ」

ダームエルが震え上がっているけれど、ユルゲンシュミット中の領主夫妻が集まる王族の星結びで青色神官の服を着て護衛騎士として壇に上がるのは平気なのだろうか。護衛騎士が減ったら困るのでわたしは口には出さない。

……まぁ、何とかなるよね？　頑張れ、ダームエル。

「領主会議も祈念式も成人でなければご一緒できませんから、わたくしは全くお役に立てません」

がっくりと落ち込んだようなフィリーネの残念がる声を聞いたダームエルが慰《なぐさ》める。

「そんなことはない。祈念式の時のようにローゼマイン様とハルトムートがいなくなる神殿を見ていてくれる者も必要だ。フィリーネは十分役に立っているよ」

「そう言ってもらえると嬉《うれ》しいです」

フィリーネがダームエルを見上げて、照れたように頬を染めて笑う。その表情が妙に華やかで輝いているように見えた。

……あ、あれ？　フィリーネの視線がダームエルに向いてない？　フィリーネってローデリヒが好きなんじゃなかったっけ？　ダームエルからそう聞いたような……？

首を傾げていると、着替えを終えたメルヒオールが入ってきた。ハルトムートにはこのまま神官長室で執務をしていてほしかったのだが、一緒に孤児院へ行くと言う。孤児院で魔石を割って丸めて直した事例をあげて「ローゼマイン様はいつ不思議なことを行うのかわかりませんから」というのが彼の主張だ。何もしないと言っても信じてもらえないのは何故だろうか。解《げ》せぬ。

わたしはメルヒオールと一緒にのんびりと歩きながら孤児院へ向かう。その間、メルヒオールは祈念式の様子をジルヴェスターに報告して色々と驚かれたことや、兵士達の言葉を伝えて褒められたことなどを教えてくれた。

「今は収穫祭へ行くために、姉上に教えてもらったお祈りの言葉を覚えているところなのです」

城では皆が忙しそうにバタバタとしているのに、メルヒオールに手伝えることはほとんどない。何となく肩身の狭い思いをしていたらしく、早く神殿に来たかったそうだ。

「そういえば、姉上は報告を受けましたか？」

「何の報告かしら？」

「前ギーベ・ゲルラッハの館で見つかった銀の布についての報告です」

マティアスとラウレンツが騎士団の調査に協力していたけれど、まだ報告は受けていない。彼等の護衛当番が明日なので、報告は明日受けるつもりだった。

「ボニファティウス様がしきりに変な布で絶対におかしいとおっしゃったようで、文官達が調べたところ、やっぱり変な布だったようです。……ちょっと難しくてそれ以上はわからなかったのですけれど、姉上ならばもっとわかりやすく教えてくれるのではないかと思ったのです」

……さすがに変な布では何とも言えないなぁ。

わたしはマティアス達から報告を受けたら話をする約束をして孤児院へ入る。青の衣をまとった子供達と孤児院の子供達が一緒にカルタをしているのが見えた。

「メルヒオールも一緒に遊んでいらっしゃい。わたくしはヴィルマから話を聞きますから」

「はい」

メルヒオールが子供達に交ざる様子を見た後、わたしはヴィルマに最近の孤児院の様子を尋ねる。

ヴィルマは心配そうな顔で階段の方を見遣《みや》った後、口を開いた。

「孤児院を出た子供達がいたことで、やる気のなくなった子がいるのです」

魔術具がないままに成長している子供達は、実家にある魔術具を動かすことに魔力を使っていたらしい。跡取りだけが魔術具を与えられ、貴族として扱われると思っていた。けれど、孤児院に集められたことで、弟妹にも魔術具が与えられる家もあるという現実を突きつけられたそうだ。

「それでも、まだ家族から必要とされていると思うことで耐えていたようなのですけれど、引き取りに来てくれなかったことで頑張る気力を失ったようです」

引き取られた下級貴族の子供よりも自分の方が位も上で魔力も多いのに魔術具がない。おまけに、親から必要とされていない。家に戻っても家の魔術具を動かすための下働きになるだけだし、孤児院で頑張っても魔術具がない自分が貴族になれることはない。何も頑張る気になれない、とぼんやりしている時間が増えたそうだ。

「ハルトムート、魔術具だけがあっても今からでは間に合わないのですよね？」

コンラートも魔術具を奪われて貴族への道を断たれたはずだ。今から魔術具だけあっても貴族にはなれない。そう思って尋ねたら、ハルトムートは「できないことはありません」と言った。

「本人の魔力量と、その者のために回復薬をどのくらい準備できるかによります。不可能ではありませんが、薬で魔力を回復させて魔術具へその魔力を無理に流し込むので体の負担は大きいですし、魔術具と回復薬の両方が必要なので金銭的な負担も大きいです」

政変の粛清によって貴族社会へ戻り、特例で貴族院へ向かった青色見習い達は家族の金銭的支援の下、そういう手段を使ったのだと教えてくれる。全く間に合わないならば諦めもつくけれど、少しでもできそうならば何とかしてあげたくなった。

「ただ、私としては孤児院の子供のために魔術具と回復薬の全てをローゼマイン様個人が負担するのは賛成できません。ローゼマイン様が神殿長でいらっしゃるのが後三年ほど。捨て子が増えてもその後が続きませんし、孤児院の平等に反します」

ハルトムートは静かにわたしを見ながら、不用意に手を出さないように言葉を重ねていく。

「それに、旧ヴェローニカ派の子供を救うためにローゼマイン様がそこまでするのはどうでしょう？　旧ヴェローニカ派の子供を救うくらいならば、こちらの子供に魔術具を与えてほしいと言い出す貴族は孤児院にいる子供よりたくさんいると思いますよ」

優先順位をつけるならば、孤児院の子供は後回しだとハルトムートに言われて、わたしはポンと手を叩《たた》いた。

「わたくしは旧ヴェローニカ派の子供を救うのではありません。自分の管轄《かんかつ》である孤児院の子供を救うのです。孤児院に入った子供であれば、派閥《はばつ》どころか貴族の子供でも平民の身食《みぐ》いでも一定以上の魔力と成績を収めた者を救うことにすれば、平等になると思いませんか？」

「ローゼマイン様……」

わたしの言葉にハルトムートが目を丸くした後、仕方がなさそうな顔になった。

「……ローゼマイン様の思い付きをどうするかはアウブと要相談ですね。こちらが勝手に決められることではありません。御加護《ごかご》の再取得のためにお招きしてみればいかがですか？」

養父様《とうさま》とおじい様の再取得

「養父様、おじい様。お待ちしておりました」

再取得の儀式のついでに相談したいことがある、とジルヴェスターに声をかけたらボニファティウスも一緒に来ることになったのだ。一度神殿に来たので、少しは忌避感《きひかん》が薄れたのだろうか。

わたしとメルヒオールは神殿長室へ二人とその側近を案内し、お茶やお菓子でもてなしながら城での近況を尋ねた。フィリーネとクラリッサから図書館で報告を聞いているし、護衛騎士から入ってくる情報もあるけれど、複数の情報を得ることは重要だ。

ジルヴェスターの周辺は領主会議の準備に一直線らしい。ダンケルフェルガーとの話し合いに参加するクラリッサがずいぶんと張り切っているので褒めてやるように、と言われた。

「さすがに成人したばかりで、まだ星結びの儀式さえ終えていない文官だからな。ダンケルフェルガーとの話し合いにしか出さないし、彼女に与える情報もレーベレヒトが管理している。だが、その準備に対する熱意や細やかさは周囲に良い影響を与えてくれているぞ」

周囲に多大な迷惑をかけた分を償《つぐな》おうとクラリッサは必死で仕事をしているそうだ。それも確かに間違いではないが、ハルトムートによると、領主会議に向かう人選に外れたらわたしが行う星結びの儀式を見ることができないので必死らしい。

……何が理由でも仕事を頑張っているならいいよね？

「騎士団では文官と協力して銀の布の研究を進めている。大まかな報告はマティアスとラウレンツから受けているであろう？」

わたしは頷いた。銀の布とは、メルヒオールが口にしていた変な布のことだ。神殿の護衛にやって来たマティアスとラウレンツから魔力を受け付けない布だという報告は受けた。ただし、ものすごく簡単な報告しか受けていない。ボニファティウスが直接わたしに報告したいらしく口止めされたそうだ。二人は「ボニファティウス様は布についての情報を共有することを理由に、ローゼマイン様から神殿へ招いてほしいと思っていたようです」と言われた。どうやら少し忌避感は薄れているようだが、理由や招待がなければまだまだ自分から神殿へ来られないようだ。

「布について最初に教えてくれたのはメルヒオールで、次の日にマティアスとラウレンツの報告を受けましたが、どのような布かよくわからなかったのです。わたくし、おじい様からお話を聞くのを楽しみにしていたのですよ」

中途半端《ちゅうとはんぱ》な情報しか与えられず、やきもきしていたわたしがそう言うと、ボニファティウスは嬉しそうに一度笑った。

「つい昨日、新しい発見もあったぞ。もう報告を終えているので、ジルヴェスターが儀式を行っている時に詳しく話をしようと思う。……そういうわけだから、さっさと儀式に向かえ。時間が経てば物覚えの悪い其方はせっかく覚えた神々の名前を忘れるであろう」

ボニファティウスはかなり失礼なことを言いながら、ジルヴェスターを追い払うようにパタパタと手を振った。けれど、ジルヴェスターは別に怒ることもなく、「私に邪魔されずに孫娘と話がしたいだけだろう?」と苦笑しながら立ち上がる。

「ローゼマインの相談事は大体の場合が突飛で頭が真っ白になる、とフェルディナンドが以前言っていたからな。其方の話を聞く前に儀式を終えるとしよう。案内せよ」

「では、私がご案内いたします、父上。このお役目のために側近達と一緒に礼拝室の場所を覚えたり、供物の準備をしたりしたのですよ」

青色神官姿のメルヒオールが張り切った顔で立ち上がって、側近達と一緒に歩き始める。ジルヴェスターは「他の子供達との話を聞かせてもらおう。城では話しにくいと言っていたであろう?」とメルヒオールと並んで部屋を出て行った。

「では、おじい様。銀の布について教えてくださいませ。マティアス達から魔力が全くない布だと報告されましたが、詳しくはおじい様に尋ねてください、としか答えてくれないのですもの」

わくわくしながら、わたしはボニファティウスの座っている正面に向かって少しばかり身を乗り出す。ボニファティウスは「これがその布だ」と銀色の小さな布を取り出した。わたしは許可を得てからそれを手に取ってじっくりと観察する。

わたしの手のひらくらいの大きさだ。引きちぎられたことがわかるギザギザの部分と真《ま》っ直《す》ぐに裁断《さいだん》された部分があるので、布の端の方だと思う。けれど、一見しただけでは普通の銀色の布だ。何が不思議なのか全くわからない。

「魔力が感じられない布は別に珍しくないですよね? 平民が織る布にはそういう物も多いですし、

貴族が魔力で染めた布でも、魔力が抜ければ段々と感じられなくなりますもの。どういうところが不思議なのですか？」

「魔力含有量《がんゆう》が低くて魔力を感じられないとか、魔力が抜かれているわけではないのだ。ただの低品質ならば調合で品質を上げることが可能であるし、抜かれているならば、魔力を与えれば魔力に染まるであろう？　だが、この布には魔力が全く含まれておらず、受け付けぬ」

この銀の布は全く魔力を含んでいない素材だけを使って、魔力を使う工程を全く経ることなく作られた布だと文官達は判断したそうだ。

「全く魔力を含んでいない素材、ですか？　そんな物があるなんて初耳です」

ツェントの、それから、各地のアウブやギーベの魔力で土地が満たされているユルゲンシュミットの素材は、多かれ少なかれ魔力を含んでいる。全く魔力を含まない素材などないはずだ。少なくともわたしは聞いたことがない。魔力を通さない皮などの素材はあるが、それは素材の基になった魔獣や魔木が持っていた性質などが反映されて魔力を跳ね返したり、反発したりするだけだ。素材自体には魔力が含まれている。

「この布はゲルラッハの夏の館で力任せに引きちぎられていたのを発見したのだが、逃亡しようと考えて時間がない時に引きちぎるようなことをするのはおかしいと思わぬか？」

「焦っていたらするかもしれませんよ？」

時間がないからこそ、どこかに引っ掛けたら力任せに引っ張るのは別に不思議でも何でもないと思う。わたしはそう言いながら、自分の護衛騎士達を見回して同意を求めた。けれど、誰も賛同してくれなかった。

「マントなり、衣装なりを何かに引っ掛けた場合は、メッサーで切り取るのが一番早いではありませんか。騎士ならばシュタープをできるだけ早く変形できるように訓練を受けていますし、力のない文官ならば、尚更《なおさら》道具を使うでしょう」

力任せに引きちぎるのは貴族的にあり得ないし、何度も引っ張って時間を無駄にすることもないそうだ。だから、ちぎられているというところがボニファティウスの勘《かん》にピピッときたらしい。

……わたしだったら絶対に引っ張っちゃうよ。咄嗟《とっさ》の時は気を付けなきゃ平民育ちの行動が飛び出しそうだね。

「では、どうしてこの布はちぎられたのでしょう？」

「先程この布は魔力を受け付けない、と言ったであろう？　故に、シュタープを変形させた武器では切れぬ。準備せよ」

ボニファティウスが自分の側近に合図を送ると、すぐさま数枚の板を重ねた上に銀の布が置かれた。ボニファティウスは「メッサー」と唱えてシュタープを変形させ、ダン！　と大きな音を立てて布を刺す。下に重ねた板は割れたけれど、銀の布には小さな穴さえ開いていなかった。物理的な衝撃は伝わるけれど、魔力は全く受け付けないと説明される。

「シュタープで切れぬから、引きちぎられたのだ。それがわかった後、一番問題になったのは、この魔力を全くまとわない布をまとえば、境界の結界を抜けることができるということだ」

「え？」

「平民くらいの魔力ならばアウブはいちいち感知せぬ。それはローゼマインも知っていよう？　魔力を全くまとわない布があれば、尚のこと結界を抜けることは簡単にできるのだ」

ボニファティウスによると、ジルヴェスターに協力してもらって小さな簡易の結界で実験したそうだ。その結果、この布切れで包んだボニファティウスの指が結界を突き抜けるのをジルヴェスターは全く感知できなかったらしい。

「つまり、前ギーベ・ゲルラッハが領地の境界を通り抜けるのは難しくなかったということになりますよね？」

「あぁ、領地の境界を越えるためにこの布が使われたことは間違いなかろう。だが、まだ疑問は残っている。どのように貴族街からゲルラッハへ移動したのか、そして、この布をどこで手に入れたのか」

ボニファティウスの言葉にわたしも考えを巡らせる。

「その布に包《くる》まれれば、人ではなく物として転移陣を使うことができるのではございませんか？」

「できぬ。全く魔力がない布だと言ったであろう？　魔力がないため、存在を感知できぬようで転移陣が動かぬ。この布で包んだ物はどのように小さな物でも転移できなかった」

文官の中でも「境界を簡単に越えられるのだから、転移もできるのでは？」という意見が出たらしい。けれど、物としても転移させることはできなかったそうだ。

「ただ、銀の布を見つけた隠し部屋には何かが燃やされた跡があった。マティアスによると、あの男は悪事に使った転移陣を燃やす習性があるらしい。転移陣が使われた可能性は高いと思う」

「父上が使用済みの転移陣を燃やす時は魔術具を使います。もしかしたら、その銀の布は燃やしたつもりでも魔力を受け付けず、燃え残ったのではないかと思うのです」

マティアスの言葉に頷きながら、ボニファティウスは腕組みをして考え込んだ。

「普段ならば執拗《しつよう》に痕跡《こんせき》を消したであろう。だが、ギーベの血族しか入れぬ隠し部屋の中だったため、放置されたのかもしれぬ。もしくは、マティアスが処分されずに残されていて、捜査に協力すると思っていなかったに違いない」

「……普通は残っている身内ならば、捕らえて捜査の役に立てますよね？」

マティアスは貴族院に行っていて無事だったのだから、騎士団の捜査に同行させるのは当然ではないのだろうか。わたしがそう言うと、ボニファティウスは難しい顔で首を横に振った。

「隠し部屋の扉を開けるためには登録された者の魔力が必要だが、魔力を封じる枷《かせ》をつけたままでは魔力が扱えぬ。かといって、どのような危険な魔術具が置かれているのかわからぬ隠し部屋の扉を開くために犯罪者の身内を自由にさせるのは危険すぎる」

どこにどのような形で魔術具が置かれているのか、捜査に赴《おもむ》く騎士団にはわからない。そこに魔力的に何の縛りもない犯罪者の身内を連れていって捜査に協力させるのは、死を前提とした反撃や抵抗を考えると騎士団にとって危険でしかないらしい。

「騎士団で捜査できる部分で証拠《しょうこ》を探し、アウブの命令で記憶を覗《のぞ》いて立証するのが精々《せいぜい》だ。だが、証拠となるはずの記憶はトルークによって肝心《かんじん》な部分は消されている。魔力が合わず、抵抗する者の記憶を無理やりに掻《か》き回せば、記憶を覗かれた者は無事では済まぬ。……ギーベ・ゲルラッハは恐らくマティアスも含めて完璧に証拠を消したつもりだったのであろう」

旧ヴェローニカ派の子供達を守るためにマティアスとラウレンツが裏切って情報を流すとも、名を捧げれば連座回避で命を救うという決断をアウブがするとも考えていなかったに違いない、とボニファティウスは言った。

「彼等の名を受けた領主候補生が、抗《あらが》わず捜査に協力するようにと命じたからこそ、我々は彼等をギーべの館に連れていくことができた。彼等は役に立ったし、有力な証拠や物品が見つかった。それは間違いない」

マティアスとラウレンツを見ながら、ボニファティウスは労《ねぎら》うような口調でゆっくりとそう言う。けれど、だんだんと空気が重くて厳しいものになっていくのを肌で感じる。わたしは緊張しながらボニファティウスを見つめ、背筋を伸ばした。

「直接犯罪に関与していない彼等の命をどのような手段を使ってでも救いたい、と其方は思ったのであろう。そのために名捧げを犯罪者の身内が命を長らえるための行為として提案した。それをアウブが認め、名捧げは延命のために実行された」

「ボニファティウス様、それは違います。そもそもアウブが……」

ハルトムートが言いかけたのをボニファティウスは鋭い眼光と片手で制して続ける。

「ダールドルフ子爵に提案したのはローゼマインであろう？　優しさや慈悲《じひ》の心から提案し、彼等の命を救えたことに安堵したのではないか？　良いことをしたと思ったかもしれぬ」

そこで一呼吸置いて、ボニファティウスは厳しい顔でわたしを見た。

「だが、その裏で己の誇りと誓いと命を貶《おとし》められたと考える者もいることは覚えておいてほしい。名を捧げるという行為は、本来とても神聖なものだ。犯罪者の身内が連座から逃れて命を長らえるために使うようなことではない、と私は今でも思っている」

その目は知っている。ローデリヒが同じような目で、同じようなことを言っていた。胸の奥が重くなる。マティアス達の命を救えたことは後悔していない。犯罪に関与していない者が連座で処刑にならずに生きる道ができてよかったと思っている。それでも、己の誇りを踏み躙《にじ》られたように感じている者の心情をそこまで深くは考えていなかった。

「……一度利用された以上、恐らくこれから先も連座回避のために名捧げを行う者は出てくるであろう。それはエーレンフェストだけではなく、他領でも行われるかもしれぬ。簡単に連座処刑ができるほど、貴族が余っている土地など、今はないからだ。そして、連座回避のために名を捧げることが広がれば、犯罪者の身内と思われることを忌避して、本来の名捧げを行う者はいなくなるであろう。其方が名捧げの意味を変えてしまうことになる」

冷水を浴びせられた気分だった。全く考えもしなかったことを突きつけられて、膝の上できつく握った拳が小刻みに震えている。わたしはそこまで大事になると考えたことはなかった。ただ、救える命を救いたかっただけだ。けれど、救われる道ができてよかったと単純に喜べることではなかったらしい。

「ジルヴェスターは其方が始める突飛なことに関して、いつでも許可したのは自分だから、悪評が立った時は自分が背負えば良いと言った。すでにたくさんの悪評があるのだから一つ増えたところで大差ない、と。……知っていたか?」

ボニファティウスの言葉にわたしは首を横に振った。そんなことは知らない。ジルヴェスターは何も言わなかった。

「申し訳ございません。わたくし、そこまで深く考えていなくて……」

「ローゼマイン、命を救いたいと思う優しい心は大事にしてほしい其方の美点ではあるが、自分が持っている権力と周囲への影響力、慣習を変えることの弊害《へいがい》についてはもっと深く考えてほしい。恐らく、このような小さなことや一見大したことではないことの積み重ねで神事や神殿が貶められる結果になったのではないか、と思う」

神殿長が変わるだけで神殿の雰囲気がここまで変わるのだから、とボニファティウスは言うと、体の力を抜いた。

「あ~、ローゼマイン。堅苦しいお説教はここまでだ。そのように泣きそうな顔をするのではない。本来ならば、このようなことは私が言うべきことではないのだ。其方には諌めるべき父親も母親もたくさんいるし、諫言《かんげん》するべき側近が頼りないのが悪いのだからな」

このような憎まれ役はたくさんんだ、と言いながらボニファティウスが側近達を見回した。

「其方等も主が知らぬところで憎まれ、恨まれ、敵を増やさぬようにしっかりせよ」

「申し訳ございません!」

側近達が揃って謝罪したところで、扉の向こうでベルの音がした。ジルヴェスターが儀式を終えて戻ってきたようだ。

「ハッハッハ！　二十一の御加護を得たぞ！　今までに得ていた御加護を足せば、ローゼマインにも勝ったのではないか？」

勝ち誇った笑みでババーンと入ってきた姿に、部屋の中の重かった空気が一気に消え失《う》せた。けれど、すぐにその高いテンションに付いていけるわけではない。

「そ、そうですね。やはり長年お祈りをしていることは重要なのかもしれません」

「それに、命の属性も増えて全属性になったぞ。どの程度のお祈りで属性が増えるのか知らぬが、これはかなり重要なことではないか？」

これから先、領主一族がお祈りの言葉を口にしながら礎《いしずえ》に魔力供給を続ければ、いずれは全属性になれる可能性が高いようだ。

「全属性ということは、エーヴィリーベの御加護を賜《たまわ》ったのですか!?」

「いや、大神《おおがみ》の御加護を得たわけではないが、命の眷属《けんぞく》からはダオアレーベンとシュラートラウム、それから……あ、いや、これはいい。子供の前で言えるようなことではないからな」

……養父様が口籠もるということは、バイシュマハートかな？

簡単に言ってしまえば、夜に最も精力的に活動する神様だ。正解かどうかわからないけれど、メルヒオールもいるのでわたしもわかったような、わからないような顔で微笑んでおく。

「とにかく、命の眷属だけでも複数の神々から御加護を賜った。それにしても何があった？　ローゼマインの側近達の謝罪が外まで響いていたぞ。ボニファティウスに何を言われた？」

自分が得た御加護から話題を逸《そ》らしたかったのか、ジルヴェスターは、ボニファティウスと側近達に視線を巡らせる。

「不甲斐《ふがい》ない側近達を叱り飛ばしていただけだ。このような状態でローゼマインを守れると思ってもらっては困る」

ボニファティウスが叱っていた内容を口にしなかったので、わたしも叱られた内容やジルヴェスターに庇われていたことを聞いたとは口にしない。ジルヴェスターに席を勧め、フランにお茶を淹《い》れてもらいながらニコリと笑った。

「お説教になる前は前ギーベ・ゲルラッハがこのような布を一体どこで手に入れたのか、とお話ししていたのです」

「うむ。非常に重要であろう。まだどこにも発表されていない新しい魔術具かもしれぬ」

……魔力が全くなくて魔力を受け付けない布を魔術具って呼んで良いのかな？

どうでもいい疑問と同時に、ふとキルンベルガで聞いた話が浮かび上がってきた。

「あの、養父様、おじい様。他国は魔石がとても少ないそうですから、魔力を含まない素材があるかもしれません」

わたしはキルンベルガで聞いたボースガイツの話をする。魔力を全く含まない素材はユルゲンシュミットになくても、他国ならばあるかもしれない。

「だが、領主会議でも聞いたことがないな。他国との取り引きは政変まで各地で行われてきたが、そのような布がユルゲンシュミットに入ってくることはなかったはずだ」

ジルヴェスターの言葉にボニファティウスも頷いた。

「他国がユルゲンシュミットから魔石で魔力を輸入していたのだとすれば、突然魔力の入ってこなくなった他国で様々な変化が起きていても不思議ではないと思います」

麗乃《うらの》時代も石油が枯渇《こかつ》しそうになれば、代わりのエネルギーを必死で探し始めた。今ある資源を節約して使いながら、代用できるものを探すのは当然だ。国境門を閉ざされたボースガイツの情報が他国に流れていれば、交易を打ち切られる危険性を考えて対策を練っている可能性もある。切り札的な物ならば、領主会議にお披露目せずに隠し持っているかもしれない。

「もしも、前ギーベ・ゲルラッハが生きているならば、向かった先はアーレンスバッハ以外に考えられません。そして、アーレンスバッハは唯一開いている国境門を抱える領地ではありませんか。他国と何か繋がりがある可能性もありますよ」

ボニファティウスが少し考え込んだ後、「考えるのはフェルディナンドの役目だったからな」と呟《つぶや》きながらゆっくりと頭を左右に振った。

「では、フェルディナンド様に相談してみましょう。ランツェナーヴェの布に同じような物がないかどうか探ってくださるはずです。何より、魔力を通さない布の存在とギーベ・ゲルラッハが生存していること、アーレンスバッハにいる可能性が高いことを知らせておかなければ。何かあった時にこの布に防がれて魔力攻撃が効かないのでは戦いになりませんもの。フェルディナンド様は一番危険なところにいらっしゃるのに……」

騎士団が発見したのは銀の布だけだったが、魔力を通さない武器や防具をギーベ・ゲルラッハやゲオルギーネが持っている場合、攻撃や防御方法をよくよく考えておかなければ大変なことになる。

「情報を送るのはジルヴェスターも駄目だとは言わぬであろう。だが、アーレンスバッハの検閲《けんえつ》で見つかるようではフェルディナンドの元に情報が届かぬばかりか、相手を警戒させるだけになるぞ。ローゼマインには検閲を通せるような方法があるのか？」

ボニファティウスの静かな問いかけにわたしは目を瞬く。笑ってはいるけれど、青い目が何かを探っているように見えた。ジルヴェスターもじっとわたしを見ている。まるで試されているような気がした。光るインクはフェルディナンドから秘密にするように言われている。わたしは作り笑顔で頬に手を当てて、コテリと首を傾げた。

「養父様はお手紙で伝える方法を何かお持ちですよね？　以前、夕食の席でそうおっしゃいましたから。わたくしにできる連絡方法は貴族院でフェルディナンド様の弟子であるライムントを経由してお手紙を渡すか、言付けを頼むくらいです。あとは領主会議で星結びの儀式の時にこっそりとお話しするくらいでしょうか。おじい様は何か良い方法をご存じないですか？」

ボニファティウスは少し表情を和らげて、「ないな」と首を横に振った。視線の鋭さが和らいだことにこっそり胸を撫《な》で下ろしていると、ジルヴェスターが顎《あご》を撫でながらわたしを見つめる。

「ローゼマイン。残念ながら、フェルディナンドは領主会議には出席せぬぞ。つい先日、アウブ・アーレンスバッハが亡くなったため、ディートリンデ様が礎の魔術を染めなければならなくなったそうだ。礎が染まるまでは魔力の変化がない方が良いので、星結びの儀式は来年に延期らしい」

そんな内容の手紙がフェルディナンドから届いたそうだ。他には、アーレンスバッハの祈念式に参加した時のことも書かれていたようで、アーレンスバッハへの対応を少々変更させなければならなくなったらしい。

「星結びの儀式が一年延期だなんて……フェルディナンド様はどうされるのですか？」

「どうとは？」

「礎を染め終わるまでは結婚できないのですから、エーレンフェストに戻ってこられるのでしょうか？　せめて、隠し部屋くらいは与えられるのでしょうか？」

季節一つ分でも息を抜ける場所がないことが大変そうだったのに、それがまだ一年も続くなんて思わなかった。わたしが慌てて問いかけると、ボニファティウスは「何を心配しているのか」と少し呆《あき》れたような顔になる。

「婚約者として向かったのに、婚約解消もなく戻ってくるわけがなかろう。それに、結婚するまで隠し部屋が与えられないのは普通のことだ。あと一年だから少々長いが、其方がそれほど心配するようなことではない」

……心配、することですよね？

わたしがボニファティウスとジルヴェスターの顔を見比べていると、ジルヴェスターがゆっくりと息を吐いた。

「伯父上《おじうえ》、御加護の再取得をしてきてはいかがですか？　どうやらローゼマインは貴族の結婚をよくわかっていないようだ。私はそちらの説明をします」

「……うむ。では、行くか。メルヒオール、案内してくれ」

ボニファティウスは何度か振り返り、わたし達の様子を見ながら退室していく。完全に扉が閉まると、ジルヴェスターは大きく溜息《ためいき》を吐《は》き出した。

「ローゼマイン、其方、フェルディナンドとどういう関係だ？」

「はい？」

何を問われているのかわからなくて、わたしは首を傾げた。今更フェルディナンドとわたしの関係を尋ねられても困る。

「養父様が知っての通りだと思いますけれど……？　わたくしにとってフェルディナンド様は保護者です。後見人だと思っていますけれど、他に何かございますか？」

わたしの回答にジルヴェスターと、後ろに護衛騎士として控えていたカルステッドが望んでいた答えを得たように、フッと表情を緩めた。

「其方にとってはそうであろうし、フェルディナンドにとっても其方は被保護者であろう」

「えぇ。そうですね。それ以外に一体何だとおっしゃるのでしょう？」

わたしが問うと、ジルヴェスターは「うーむ」と言い難そうに口籠もった後、側近達を含めてゆっくりと見回す。

「貴族の基準で考えると其方等は……お互いに踏み込みすぎているように思えるそうだ」

「はぁ、そうなのですか」

何となく頷いてはみるものの、全くわからない。貴族の基準が。わたしが全く理解できていないことは通じたようで、ジルヴェスターとカルステッドが顔を見合わせ、言い難そうに口を開いた。

「実は、其方がフェルディナンドに恋情を抱いているという噂がある」

「それは初耳ですし、身に覚えがありませんね」

「……え？」

何故か周囲がざわめいた。正直なところ、どうして側近達にまでそのような反応をされるのかわからない。フェルディナンドのことは貴族の中で一番信頼しているし、家族同然に大事だと思っている。「トゥーリやルッツと同じくらい好き」とは言えるけれど、恋情と言われると首を傾げつつ、否定するしかないのだ。

「どうしてそのようなことを言われるようになったのでしょうね？」

「あ、それは……後見人と被後見人という関係で、館を譲り受けることはそれほど奇異なことではないのだが、使用人や家具を入れ替えずに使用することは少ない。フェルディナンドの部屋をそのまま保存していて貴重品の管理をしたり、要望に合わせて荷物をアーレンスバッハへ送ったりするのは……その、踏み込みすぎていると言わざるを得ないのではないか、と」

カルステッドがひどく苦い顔になってそう言った。館の管理をして、貴重品を預かり、要望に合わせて準備をするのは女性の家族の役割で、他人のやることではないそうだ。

「え……？　でも、ユストクスもエックハルト兄様もエーレンフェストに貴重品を残していますし、リヒャルダやお母様が要望に合わせて送っているのですよね？　フェルディナンド様には管理して送ってくれる母親がいらっしゃらないので、館を管理している側仕えに要望を伝えて準備してもらっているのですけれど、それが問題なのですか？」

別にわたしがフェルディナンドの荷物の準備をしているわけではない。管理をしているのはラザファムで、わたしはラザファムに伝言するだけのオルドナンツのようなものだ。どうして突然そんなことを言われるようになるのか、全く理解できない。フェルディナンドが去ってから季節が二つ過ぎようとしているけれど、これまではそんなことを言われなかった。

「フェルディナンドの場合は緊急で呼ばれたために荷物の準備が間に合わず、季節が変わってから送ることになったが、本来ならば、他領へ婚姻で向かう者は荷物を残さずに持って向かうのだ」

そういえば、エーレンフェストとフレーベルタークの境界門で受け取ったクラリッサの荷物は、必要な物が全て積まれていると言っていたはずだ。どうでもいいことだけれど、衣装は流行《はや》りに合わせて誂《あつら》えるので少なめだが、流行が関係ない下着はたくさん準備するものらしい。

「荷物を実家に残してくるのは離婚を望んでいるようで良くないと言われているからな」

「そうなのですか⁉　では、フェルディナンド様の結婚は大丈夫なのでしょうか？　春にも荷物を送りましたけれど、要求された必要分しか送ってないので、お部屋にまだ残っていますよ」

さすがに「環境が整ったら呼び寄せる予定のラザファムも健気《けなげ》に待ってるんだけど……」とは言わなかったけれど、荷物が残っている宣言にジルヴェスターもカルステッドも目を見開いた。

「フェルディナンドの荷物は私が管理した方が良いかもしれぬ……。さすがにこれ以上其方に任せるわけにはいかぬからな」

「どうしてですか？」

「其方が管理する上で一番問題になるのは、フェルディナンドがアーレンスバッハへ向かったことで、後見人から外れたことだ。すでに季節が変わり、周囲の認識が変わるくらいに時間が過ぎている。其方はもうフェルディナンドの被後見人ではない、と見做《みな》されていると思った方が良い」

後見人が残した館を相続するまでは問題ないが、その後も関係が変化していないことに問題があるそうだ。カルステッドが困った顔で腕を組んだ。

「実は、我々の認識も其方と同じだった。最近になって周囲の忠告によって気付かされた我々同様に、其方にとっては突然すぎると思うかもしれぬ。だが、其方の外見も成長している。少し背が伸びて、見た目が貴族院へ入学する年頃に見えるようになってきた。事情を知っている我々が目溢《めこぼ》しできたとしても、周囲の目が保護者を慕《した》う幼い子供を見る目ではなくなってきている」

わたしは自分の手足を見下ろした。ユレーヴェから目覚めて、自覚がないままに裾の長さが変わったし、「貴族院へ行く年になったのだから」と何度か言われたけれど、周囲の扱いはほとんど変わらなかった。それは二年間ユレーヴェに浸《つ》かっていて、わたしの外見が洗礼式前後のままだったからだろう。今もヴィルフリートやシャルロッテとはまだまだ差があって、彼等より下にしか見えない。それでも、周囲の目は変わってきているらしい。わたしは成長を単純に喜んでいたけれど、こんな変化が出てくるとは理解していなかった。

「あ～、それから、アーレンスバッハへ向かったフェルディナンドを心配しすぎているという声もある。その心配の半分も婚約者に向けられていないのではないか、と」

言い難そうにジルヴェスターは言ったが、わたしは「その声は間違っていませんね」と頷いた。

「フェルディナンド様とヴィルフリート兄様のどちらが心配かと尋ねられれば、フェルディナンド様の方がよほど心配ですもの」

わたしがそう答えると、うっ、と言葉に詰まったようにカルステッドがわたしを見た。同時に、ジルヴェスターは「むぅ」と頭を押さえる。

何かおかしいことを言っただろうか。額を押さえるカルステッドと考え込むように腕を組むジルヴェスターを見つめる。ジルヴェスターは何とも言えない表情で私を見た。

「……少しは婚約者の心配もしてやってくれぬか？　孤軍奮闘《こぐんふんとう》という様子でライゼガングに立ち向かっているのだが」

「多少は心配していますし、情報交換の申し出や、ライゼガングに近付くならば時間をおいた方が良いなどの助言ならばしていますよ。でも、フェルディナンド様よりヴィルフリート兄様の優先順位が低いのはどうしようもありません」

「何故だ？」

問われて、わたしはジルヴェスターを真っ直ぐに見た。

「ヴィルフリート兄様は一応婚約者ですけれど、フェルディナンド様は仕事の多くを肩代わりしてくれていた保護者で、本や知識や貴族社会で生きていく常識を与えてくれた師匠で、わたくしを一番心配してくださっていた主治医ですもの。これまでに与えられてきたものが違いますし、接してきた時間が違います」

何故ヴィルフリートとフェルディナンドを比べるのかわからない。同列になるはずがない。

「それに、孤軍奮闘とおっしゃいますけれど、ヴィルフリート兄様にはこうして気にかけて心配してくれる両親がいて、何かあった時に協力を頼めるシャルロッテやメルヒオールもいます。神殿業務に差し支《つか》えない範囲であれば、わたくしだってお手伝いできるではありませんか。フェルディナンド様と同じように心配する必要がありますか？」

わたしはトゥーリや父さん達のことが大好きだけれど、ご飯を食べているか、死にそうな目に遭《あ》っていないか、無事かどうかなんて毎日は心配していない。だが、フェルディナンドはアーレンスバッハで隠し部屋も工房もなく、信用できる側近が二人しかいない状態で、周囲の全てに緊張しながら執務漬けで過ごしている。おまけに、忙しいと食事を疎《おろそ》かにしたり、睡眠時間を削ったり、毒を警戒して慣れない料理に手を出したがらなかったりするのだ。周囲を警戒するので他人と打ち解けるのは苦手っぽいし、婚約者はヴェローニカにそっくりなディートリンデである。フェルディナンドがアーレンスバッハで呑気に楽しく暮らしているならば、わたしだって心配なんてしない。

「ヴィルフリート兄様が寝食を放棄し、回復薬を飲みながら仕事をこなしていて、いくら側近達が休めと言っても聞かずに仕事をしているという状態であれば、フェルディナンド様と同じように心配しますよ。でも、ヴィルフリート兄様は普通に過ごしているのですよね？」

わたしの言葉にジルヴェスターはもちろん、側近達も絶句した。カルステッドがぐりぐりと眉間《みけん》を押さえながら「其方の心配はそのような基準で優先順位が決まっているのか……」と呟く。

「……何かおかしいですか、お父様？」

「いや、普通は自分との関係性というか、親密さというか、そういうもので優先順位が変わるであろう？　保護者よりも婚約者と親密になってくる年頃ではないか」

「つまり、お父様がお母様と親密になってきた年頃ということですか？」

「あ、いや、違う。忘れなさい」

咳払《せきばら》いしてそっぽを向いてしまったけれど、どうやらカルステッドとエルヴィーラが親密になってきたのはわたしくらいの年頃だったようだ。だが、正直なところ、同じことを求められても困る。大学卒業付近まで生きた麗乃時代の記憶があるせいだろう。ヴィルフリートは兄という立場であっても年下に見える。同い年という意識にならないせいか、どう見ても恋愛対象には見えない。

……せめて、麗乃の享年《きょうねん》くらいにはなってほしいなぁ。

「それでもライゼガングとの関係などを考えれば、心配になるものではないか？」

「ですから、全く心配していないわけではありませんよ。ヴィルフリート兄様の側近に情報共有をしてみようとしたり、お守りを作ったりはしましたもの。けれど、情報共有は拒絶されましたし、お守りに関してもヴィルフリート兄様からは何の反応もないのです」

受け取ったというオルドナンツが飛んでくることもなかったし、側近を通じて喜んでいたという報告もない。喜んでくれたのか、必要のない余計なお世話だったのかわからないので、次を作る気にはならないし、接触がないので忙しい日常の中でヴィルフリートのことを思い出すことさえ最近では少なくなっている。

「それはヴィルフリートも悪いな」

「あとは、そうですね。ライゼガングの支持など、アウブになる時までに得られていれば良いので急ぐ必要はないでしょうと助言することも考えたのです。でも、祈念式でひどい言葉を言われたらしいヴィルフリート兄様の神経を逆撫でする、と側近達に止められました」

わたしが側近達を見ながらそう言うと、ジルヴェスターとカルステッドは揃って溜息を吐《つ》いた。

「それは側近達も止めるであろう」

「うむ。その判断は間違ってないらしい……」

側近達の判断自体は間違っていない。何となく皆からヴィルフリートの詳細を知らせたくない。近付かない方が良いという空気は感じるけれど、本当にそれが正しいのだろうか。わたしはコルネリウス達から得た曖昧《あいまい》な情報を伝え、ジルヴェスターに尋ねてみる。

「養父様、ヴィルフリート兄様は今どのような状態なのですか？　わたくしは側近達の言う通り、近付かない方が良いのですか？」

ジルヴェスターはしばらく考え込んでいた。カルステッドも、ジルヴェスターの側近も難しい顔をしている。

「……今は、そうだな。ヴィルフリートにはどれほど不愉快でも、気に入らなくても、呑み込まねばならぬ現実がある。同時に、ローゼマインにも呑み込まねばならぬ現実がある。二人が自分達の現状を見つめられるようになるまでは近付かぬ方が良いだろう」

「わたくしが呑み込まなければならない現実、ですか？」

首を傾げると、ジルヴェスターは深緑の目でわたしをじっと見つめた。

「フェルディナンドはもう其方の後見人ではなく、他領の者だ。アウブ・アーレンスバッハが亡くなり、礎を染め始めたディートリンデ様の支えであって、其方の支えではなくなった。其方の婚約者はヴィルフリートだ。フェルディナンドの心配をするのが悪いことだとは言わぬ。私も心配はしているからな。だが、心配して世話を焼くことで、すがって甘えていてはならない時が来ている。其方はこれからの生を共にしていくヴィルフリートと支え合えるようにならなければならない」

それはジルヴェスターが最初に言った通り、呑み込みたくないけれど、呑み込まなければならない現実だった。距離が離れても変わらない関係でいたかった。何かあったら愚痴《ぐち》を手紙に書いたり、知りたいことをこっそりと教えてもらったり、フェルディナンドに甘えられる関係を断ち切りたくなかった。

「ローゼマイン、フェルディナンドから過保護に守られていた期間は心地良かったであろう？　常に行く先を示してくれていたので、歩きやすかったであろう？　いなくなった途端に周囲と噛み合わなくなったり、同じことをしているつもりでも周りの反応が変わったりしたことはないか？」

「あります。……フェルディナンド様ならば止めるだろうと思うところで、誰も止めてくれなくて戸惑ったこともあります」

わたしの言葉にジルヴェスターが表情を緩めた。

「私も同じだ。あれがいなくなったことで、自分がいかに考えてこなかったのか、嫌という程突きつけられている。王命の結婚でアーレンスバッハへ向かったフェルディナンドがエーレンフェストに戻ってくることはない。それは覆《くつがえ》しようがない現実だ」

粛清の結果、ジルヴェスターが大変な状態になっているのはクラリッサに聞いた。「アウブ・エーレンフェストは見通しが甘すぎたように思えます」と言っていたけれど、本来ならば粛清の時はフェルディナンドがいるはずだった。ライゼガングを黙らせる秘策を抱えていたフェルディナンドは、ある程度の後始末まで終えてからアーレンスバッハへ向かうはずだったのだ。

様々なことを調整してくれていた彼がいないことで起こっている歪みを、自力で直していかなければならない。それはフェルディナンドに頼りきりだったわたしとジルヴェスターの大きな課題だ。

「ローゼマイン、ヴィルフリートは其方がエーレンフェストに留《とど》まるために必要な鎖《くさり》だ。もっとお互いに向き合わねばならぬ。婚約者であるヴィルフリートとの仲を深めて、余所《よそ》からの干渉を防げるようになっておくことは大事だぞ」

すぐに現実を呑み込むのが難しくても自分で消化していかなければならないと言われ、わたしはゆっくりと頷いた。

「……でも、何をすればヴィルフリート兄様との仲が深まるのでしょうね？」

「とりあえず、最初は振りで良い。ヴィルフリートの心配をするところから始めろ。婚約者である自分よりもフェルディナンドの方が大事にされていると思わせている現状の改善からだ」

ジルヴェスターからの課題に、わたしは「……はぁい」と小さく返事をする。心配する振りというのは、どうすれば良いのだろうか。特に心配することが思い浮かばない。孤児院の子供達と違って栄養が足りているか心配する必要もないし、ルッツを心配していた時のように家出しているわけでもない。お針子仕事で悩んでいたトゥーリに助言したことはあるけれど、成人文官に囲まれているヴィルフリートが仕事に悩んでいると聞いたこともない。フェルディナンドより心配しろということは、食事の時間になったら仕事を終えるようにオルドナンツを飛ばしたり、隠し部屋から引っ張り出したり、側仕えに睡眠時間を確認したりすれば良いのだろうか。

……オルドナンツで「こんな時間に仕事などしていない」と返事をされれば、逆に「もっと頑張ってください」と言いたくなりそうなんだけど。

「それで、其方の相談事とは何だ？」

わたしはジルヴェスターに問われて、孤児院の子供の話をする。魔術具がないことでやる気を失った子供のために魔術具と回復薬を準備したい、と。ジルヴェスターは少し顔を顰めた。

「必要ない。旧ヴェローニカ派の洗礼式さえ終えていない子供の命を救い、孤児院で保護するだけでも過分な配慮《はいりょ》と言われているのだ。孤児院の子供に与えるくらいならば、自分の派閥の子供に与えるに決まっているだろう」

ジルヴェスターにハルトムートから言われたのと同じようなことを言われ、わたしは同じように言い返す。

「わたくしは自分の管轄である孤児院の子供を救いたいのです。孤児院に入った子供を救うことにすれば、魔術具のない子が孤児院へ連れて来られて、知らないところで死んでしまう子供が少しでも減ると思うのですけれど」

「貴族となるために必要な金がない子供の面倒など見切れぬ。孤児院や子供部屋の子供達にかかる費用は、親が貯《た》めていた金を使えば良いと其方が言ったし、私はそれを認めた。だが、魔術具を持っていない子供の分は、親が貯めていなかったことになる。その子供に魔術具を与えるための金は誰が出すのだ？」

親が貯めていた教育資金で保護された子供達は貴族として必要な物を与えられているのだ。親が貯めていなければないというのは正しい。けれど、それでは魔術具のない子供に魔術具を与えることはできない。

「えーと、貸し付けにしておいて、将来働くようになってから返してもらうこともできると思いますけれど……」

親を失った旧ヴェローニカ派の学生達には貴族院を卒業するまでの資金を貸していることを例に出しながらわたしが言うと、ジルヴェスターは呆れた顔になった。

「見習いとして働き、貴族院でお小遣いを稼ぎながら数年分の費用を借りるのと、貴族として洗礼式を受ける前から莫大《ばくだい》な借金を背負うのでは大きな違いがあるであろう。孤児院出身では親も親戚《しんせき》もないはずだ。貴族として生きていくのには更にお金がかかるのに、莫大な借金を背負ってどのように貴族として生きていくのだ？」

「えーと……それは……」

すぐに答えられず、口籠もるわたしにジルヴェスターは「私は魔術具を持っていない子供に新しく与える気はない」とはっきりと宣言した。

「子供の命を救うのは構わない。魔力があり、これまで通りの補助金と自分の稼ぎで青色神官としての生活が維持《いじ》できるならば、神殿で青色神官として生きていくのも良いだろう。だが、魔術具を持っていない孤児を貴族にする必要性は全く見出《みいだ》せぬ」

「でも……」

「ローゼマイン、本来ならば接収した旧ヴェローニカ派の持ち物は私の物で、味方の貴族達に様々な形で分配されるはずの物だ。今、救われて孤児院にいる子供達が持っている物は、彼等が処分されていれば同派閥の貴族に配られる物だったのだ。これ以上を望むな。すでに私は彼等に十分以上の施しを行っている」

ついさっきボニファティウスから新しいことを始める時は様々な影響を考えるように、と言われたわたしはすぐに反論を思いつくことができずに俯《うつむ》いた。救いたいと思っても、救うのは簡単ではない。どこにどんな影響があるのか、わたしにはわからない。

……孤児院の皆を何とか救ってあげたいんだけど、どうすれば正解かなんてわからないよ。

「余計なことを始めようと考える前に、自分がしなければならぬことを考えよ。領主会議で星結びの儀式を行う準備はできているのか？」

「神事の護衛も決まりましたし、図書館へ向かう人員も決まっています」

「ならば、よい。前日には城に戻っているように」

領主会議に関する話をしていると、ボニファティウスが儀式を終えて戻ってきた。大きな肩が落ちていて、心なしかしょんぼりしているように見える。

「おじい様、いかがでした？」

わたしが尋ねると、ボニファティウスは悔しそうにジルヴェスターを睨みながら「……十七の御加護を得た」と答えた。どうやらジルヴェスターより少なかったのが悔しいようだ。

「お祈りを始めた時期は私も伯父上も同時期だが、私はアウブとして礎を染める時にかなりの魔力を奉納しているからな。多少の差はあろう。それよりもどのような神々から御加護を得たのだ？」

変わった眷属から御加護を得たジルヴェスターがわくわくした顔を向ける。ボニファティウスは自分の手を握ったり、開いたりしながら、「むぅ」と呟いた。

「私も全属性にはなったぞ。ほとんどの戦い系の眷属から御加護を賜ったからな。どの程度強くなれるのか、訓練して調べてみなければならぬが……」

「では、師匠。早速手合わせをいたしましょう！」

アンゲリカがぱぁっと顔を輝かせ、同時にコルネリウスが悲鳴のような声を上げた。

「その年でそれ以上に強くなってどうするつもりですか、おじい様⁉」

領主会議の星結び

「荷物の積み忘れはないかしら？」

わたしはレッサーバスのところで灰色神官達に指示を出していたハルトムートへ声をかける。

「儀式用の衣装、小物、聖典など、星結びの儀式に必要な物は全て積み込みました」

神官長として同行するハルトムートが自信たっぷりにそう言ってくれたので、わたしは神殿の側仕え達を振り返る。

「フラン、モニカ、ザーム。領主会議の間の留守を任せます。新しく入った青色見習い達の指導をよろしくお願いします」

「かしこまりました。お戻りをお待ちしております」


「おかえりなさいませ、ローゼマイン様」

「ただいま戻りました。準備はできていますか？」

久し振りに城へ戻ったが、懐《なつ》かしさより先に領主会議の準備を確認していく。未成年のわたしが領主会議で星結びの儀式をしたり王族の手伝いを命じられたりしているせいか、領主会議に同行する成人組はどことなくピリピリしている。

「こちらを領主会議用の衣装や小物として準備しました。ご確認ください。……こちらの箱、神事用の衣装と書かれていますが、青い衣装ですね。どなたの物でしょう？」

今回はわたしの衣装だけではなく、護衛騎士達が着る青色の儀式服も複数入っている。オティーリエとリーゼレータが神殿から持ち込まれた荷物の確認を始めた。

「こちらの衣装は問題ありません。植物紙とインクは多めに準備が必要ですけれど……」

「それはわたくしが準備しています。このくらいあれば大丈夫だと思います」

わたしの側近らしい仕事ができると張り切っているクラリッサが、満面の笑みを浮かべて一日分の文箱と予備が詰まった木箱を見せてくれる。これだけあれば、図書館の地下で翻訳《ほんやく》作業をしてもなくなることはないだろう。

「ハルトムートは星結びの儀式が終わったら、文官として交渉に参加するのでしょう？　そちらの準備はできているのですか？」

「私は頭数合わせというか、情報を得るのが目的ですが、ローゼマイン様の側近として恥ずかしくない程度には準備をしています」

旧ヴェローニカ派の文官が何人も領主夫妻の側近から外された。そのため、新たに入れた側近達に教育しているものの、八位の領地としてはもう少し頭数が必要らしい。ハルトムートは神官長の役目を終えると、文官として領主会議に参加することになっている。

「それにしても、神官長の職務をこなしながら、よく領主会議の準備まで手が回りますね。ハルトムートの優秀さにはいつも驚かされます」

「恐れ入ります。……私だけの努力ではなく、クラリッサや父上の協力があってこそですが」

ちらりと隣にハルトムートが視線を動かした。隣ではクラリッサが「わたくし、頑張りました」という顔をして立っている。手綱《たづな》を握っていたハルトムートの両親を労う必要もありそうだが、彼女が努力したことは事実だ。

「クラリッサの頑張りについては養父様からも話を聞きました。領主会議に参加するわたくしの文官はハルトムートとクラリッサの二人だけです。期待していますね」

「はい！　お任せください」

領主会議に同行できるのは成人だけだ。側仕えはオティーリエとリーゼレータ、文官はハルトムートとクラリッサ、護衛騎士はコルネリウス、レオノーレ、アンゲリカ、ダームエルである。

荷物の確認をした後は、留守番の未成年組に声をかけていく。

「フィリーネとローデリヒはなるべく神殿へ向かってください。フラン達と一緒に青色神官達の面倒を見たり、孤児院の様子を見たりしてほしいのです」

新しく青色見習いになった子供達の様子を確認してほしいし、貴族である彼等がいると成人の青色神官の抑止力になる。

「神官長室でメルヒオール様の側近達とまとめてハルトムートの指導を受けていたので、領主会議の期間は少し落ち着いて写本ができそうです」

どうやらローデリヒはハルトムートが不在だと息が抜けると考えているらしい。けれど、ハルトムートがそんなに優しいわけがない。執務や課題が神官長室で待っているに違いない。

「マティアスとラウレンツは特訓のない日、できれば神殿へ行ってほしいと思っています。ローデリヒとフィリーネのお手伝いをしたり、ニコラウス達の鍛錬を見てあげたりしてくださいね」

「特訓のない日が待ち遠しいです。御加護をたくさん得たボニファティウス様は、以前にも増して訓練に力を入れていますから」

ラウレンツが苦笑気味にそう言うと、マティアスは自分の腰にある剣に視線を向けた。

「魔力を受け付けない銀の布に対応する訓練も始まりましたから。騎士は全員銀の布を切り裂くことができるシュタープ以外の普通の武器を携帯するように命じられました」

銀の布が見つかったことにより、前ギーベ・ゲルラッハの生存が浮かび上がった。息子のマティアスにとっては複雑な心境だろう。少し眉間に力の入った深刻な顔をしている。

「いざという時にはないと困るが、普段は重くて邪魔で仕方がありません。な？　マティアス」

ラウレンツに軽く背中を叩かれたマティアスは、ハッとしたように表情を取り繕《つくろ》った。

「今まで私達はほとんど重さを感じない魔石でできた鎧《よろい》やシュタープ製の武器を使っていたので、これがなかなか厄介な代物なのです。上手く扱えるように訓練したいと思います」

二人に神殿へ行ってもらうことを頼むと、わたしはユーディットへ視線を向ける。

「ユーディットは城にいてください。ブリュンヒルデがベルティルデを伴って教育のために城へ出入りすると連絡がありましたけれど、グレーティア一人に留守を任せるのは心配ですもの。旧ヴェローニカ派の名捧げ組に辛《つら》く当たる貴族がいると聞きましたから……」

オティーリエもリーゼレータも領主会議に連れていくので、グレーティア一人を城に残すのは心配だ。この場合、同じ名捧げ側近のマティアス達がいてもあまり意味がない。それに、グレーティアは男性が苦手なので、女性騎士であるユーディットを残す方が安心できるだろう。

「わかりました。お任せください」

ユーディットが明るい笑顔で引き受けてくれる。

「北の離れにいる分には問題ありませんが、お心遣いに感謝いたします」

この部屋に一人で残ることになるグレーティアは少し俯きがちに視線を逸らせる。

「城にいるのが辛くなったらユーディットと共に神殿へ行っても良いですからね」

城での連絡係がいなくなるのは困るけれど、それでもグレーティアが辛い思いをする必要はない。

次の日はもう出発だ。まずは下働きや料理人達が移動する。フーゴとロジーナも転移した。エラは懐妊《かいにん》して、お休み期間に入っているので神殿にもいない。それから、荷物が次々と送られていき、文官や側近達が転移していく。わたしの順番は領主夫妻の直前だ。護衛騎士のコルネリウスとレオノーレに挟《はさ》まれる形で転移することになっている。

「お姉様、お気をつけて」

「私もローゼマイン姉上の神事を見たかったです」

シャルロッテとメルヒオールの見送りを受け、わたしはヴィルフリートへ視線を向ける。ジルヴェスターに指摘されたように、まだお互いが現実を呑み込みきれていないようで、昨日の夕食の席では作り笑いの挨拶以外に会話を交わさず終わった。

……さすがにここで何の会話もなしってわけにはいかないと思うんだよね。

「しばらくはヴィルフリート兄様を心配することができないのが残念ですね。貴族院はオルドナンツが届かないのですもの。木札の交換でもいたしましょうか？」

ひとまず笑顔でわたしが話しかけると、ヴィルフリートがげんなりとした顔になった。

「私は其方が領主会議に行ってくれてホッとする。少なくともこの期間はオルドナンツから解放されるのだからな」

「あら、わたくしの心配のオルドナンツをそのようにおっしゃるのですか？」

「毎日毎日食事と仕事の内容を確認するオルドナンツだぞ。仕事に向かって追い立てられている気分にしかならぬではないか！」

ジルヴェスターに言われた通り、ヴィルフリートを心配している振りをしてフェルディナンドと同じように毎日生活態度を心配するオルドナンツを送ってみたのだが、少々不評のようだ。あまり良い効果は出ていなそうだけれど、まだ続けた方が良いのか考えていると、ヴィルフリートが側近に軽く突《つつ》かれているのが見えた。不満顔を作り笑顔に変えたヴィルフリートが口を開く。

「其方が王族の手伝いで地下書庫に行くというのは不安でしかないが、しっかり頑張ってくると良いぞ。くれぐれも王族とエーレンフェストに迷惑をかけぬようにな」

「ヴィルフリート兄様も礎の魔術にしっかりと魔力供給をしてくださいね。養父様もおじい様も御加護の再取得でたくさんの神々から御加護を賜りましたから。油断していると、シャルロッテやメルヒオールに追い抜かれますよ」

ヴィルフリートはシャルロッテとメルヒオールを見て、何を言うでもなく皮肉な形にフッと笑みを深めた。「弟妹には負けぬ」とか「私が負けるわけがなかろう」というような言葉が出るかと思っていたのに、予想外の反応だ。わたしは何となくその笑顔に引っかかるものを感じながら転移陣に乗った。

「ローゼマイン様、お部屋の準備が整うまでこちらでお寛《くつろ》ぎください」

転移の間の様子は学生達がいる時と変わらない。側仕え達が部屋を整えるまで多目的ホールで待機するのも同じだ。けれど、そこにいるのは、貴族全員が集まる宴《うたげ》でしか顔を見たことがない文官や側仕えが多い。トロンベ退治や冬の主を倒す時の祝福などで騎士はまだ比較的顔がわかるけれど、文官は半分以上わからない。当たり前だけれど、本当に大人ばかりだ。

……一人だけスコンと背が低い自分がものすごく場違いなところにいる気がするよ。場違いで間違いないんだけど。

文官のお仕着せに身を包んだエルヴィーラがやってきた。わたしはノルベルトが淹れてくれたお茶を飲みながら、他領と取り引きする印刷関係の話をする。周囲には印刷関係の文官達が集まり、質疑応答が始まった。

「ローゼマイン様、ごきげんよう」

「ローゼマイン様、アウブから許可があったのはこちらの品々です。ミュリエラから報告があったと思うのですけれど、下町にも連絡は行っていますか？」

「えぇ、プランタン商会からの報告は来ています。それに商業ギルドからはグレッシェルからやって来た人達の教育をしている最中で、商品に関しては準備万端だと報告がありましたから」

わたしが下町の状況を伝えると、エルヴィーラは笑顔で頷きながらキラリと漆黒《しっこく》の目を光らせた。

「フェルネスティーネ物語の三巻はどうなっていますか？」

「依頼があった通り、ローゼマイン工房とグレッシェルの工房で夏に間に合うように印刷中です。グレッシェルの進度は存じませんけれど、ローゼマイン工房で完成した本が少しございます。今回の領主会議で見本にできるように持参しましたから、後でお部屋に届けさせますね」

「まぁ！　ありがとう存じます」

エルヴィーラがホクホクの笑顔になった時に、領主夫妻が多目的ホールへ入室してきた。ジルヴェスターはいつも通りだ。フロレンツィアは悪阻も収まってきているようで、領地対抗戦で見た頃よりはずいぶんと顔色も良くなっている。少しお腹《なか》のラインがふっくらとした感じになってきたけれど、まだ一目でわかるという感じでもない。

同行している中に護衛騎士のカルステッドの姿と側仕えのリヒャルダの姿が見えた。昨夜の夕食でも見かけたけれど、元気なようで何よりである。

「ローゼマイン、其方等は初日に星結びの儀式があるので、準備を怠らぬように。明日は朝食と準備を終えたら、儀式を行う講堂で中央神殿の者と打ち合わせをするそうだ。王族からの依頼で大変だと思うが、しっかりしてほしい」

「はい」

領主会議に向けて各自準備をするように、と言葉をかけると、領主夫妻はそれぞれの部屋へ入っていった。領主夫妻の目の前で準備に奔走《ほんそう》するわけにはいかないのだろう。二人の姿が見えなくなった途端、文官達は慌ただしく準備を始めた。けれど、騎士は何だか暇そうに見える。わたしの護衛騎士達も多目的ホールで立っているだけなので暇そうだ。

「騎士は今日のお仕事はないのですか？」

「事前に打ち合わせが終わっているでしょうし、これから先は会食やお茶会の予定が決まらなければ動きようがありませんからね」

コルネリウスが多目的ホールで手持ち無沙汰《ぶさた》にしている騎士達を見回す。領主夫妻の護衛にしても部屋にいる分にはそれほどの人数が必要ない。

「貴族院の採集場所を大人が使用してはならないという規則がないのであれば、養父様の許可を得て手の空いている騎士達と行ってきてはどうかしら？」

「狩りですね？　ローゼマイン様が祝福を行った採集場所は魔獣が強くなっていると聞いています。とても行きたいです」

貴族院へ移動したらまず採集という予定が染《し》みついているわたしの言葉に、アンゲリカが顔を輝かせた。実際に暇な騎士は多いのだろう。こちらに注目している騎士がいることに気付いた。

「わたくしは星結びの儀式があるので同行しませんけれど、領主会議の最終日までには祝福で回復させられますから、気にせずに好きなだけ採集してきてください。皆のお守りを作るために使った素材を補充したいので、色々な素材を集めてきてくれると嬉しいです。買い取りますよ」

わたしがそう言うと、アンゲリカだけではなく、ダームエルも少しそわそわし始めた。コルネリウスもじっとしているよりは体を動かしたいのだろう。うずうずしているように見える。皆の様子を見ていたレオノーレがクスリと笑った。

「わたくしがお部屋の護衛に付くので、アンゲリカ達は行ってきてもよろしいですよ」

「その、一人で付いていることになるが、レオノーレはそれで良いのか？」

「コルネリウスが素敵な魔石をお土産に持って帰ってきてくださると期待していますから」

レオノーレがこれまでと違ってナチュラルにラブラブな雰囲気を出して微笑んだ時、リーゼレータが自室の準備が整ったと知らせるために多目的ホールへ入ってきた。レオノーレと一緒にわたしは自室へ下がる。エルヴィーラが目を輝かせて何か書き始めたのが視界の端に映った。

……お母様、領主会議の準備優先でお願いします！

「すごかったです、ローゼマイン様！　強い魔獣がたくさんいました。魔石がいっぱいです」

「あれほどよく茂っている採集場所を初めて見ました。私の貴族院時代に比べると良い素材が多くて、今の学生が羨《うらや》ましいですね」

夕食の場ではわたしが祝福を与えた採集場所を知らないアンゲリカとダームエルが興奮気味にどのような状態だったか教えてくれる。コルネリウスも自分が知っている頃より更に豊かになっていると言っていた。

……そういえば、魔力が溢れて大変で採集場所に撒《ま》き散らしていたのは、コルネリウス兄様が卒業した後だったね。

「わたくし、領主会議の間、毎日狩りをしたいくらいです」

「アンゲリカが領主会議の間、毎日行うのはローゼマイン様の護衛です。わたくしが地下書庫にご一緒するので、お部屋の護衛はアンゲリカに任せることになりますから」

「それはわかっています、レオノーレ」

冷静なレオノーレの言葉にちょっとだけガッカリしながらアンゲリカが答える。部屋の中の護衛は女性騎士にしか任せられないので、地下書庫にも行くレオノーレには負担が大きい。

「レオノーレ、ごめんなさいね」

「訓練が続くことに比べれば、地下書庫の護衛は特に大変ではありません。お気になさらず」

ニコリと笑うレオノーレの隣では、領主会議で最も忙しい文官のクラリッサとハルトムートが疲れた顔で夕食を摂っている。

「ローゼマイン様が祝福した採集場所だなんて、わたくしも採集にご一緒したかったです」

「クラリッサが行けるのは、星結びの儀式を終えてからですね。ダンケルフェルガーとのやり取りは期待していますから頑張ってください」

「お任せください」

クラリッサとハルトムートを始め、側近達はとてもよく頑張ってくれているので、ご褒美《ほうび》の一つくらいは準備しようと思っているけれど、何が良いだろうか。

……イタリアンレストランはこれから忙しくなるし、人数が増えてるから全員を連れていくとなると大変だし、何か形に残る物がいいかな？

学生ばかりの貴族院の食事と違って、夕食にお酒が当たり前のように出てくるのが不思議な感じだったし、領主夫妻が同席するせいか、話題は比較的真面目だ。文官や側仕えからすでに会食やお茶会の予約が入り、どの領地とどのような日程で行うのか、料理やお菓子の準備に関しての話が飛び交っている。貴族院のお茶会や領地対抗戦の打ち合わせと似ていた。こうして大人のやり取りを見ていると、本当に領地対抗戦は領主会議の前哨戦《ぜんしょうせん》だとわかる。

わたしが一年生の時に最終学年だった人達が一生懸命に意見を出して提案している姿を見ながら、わたしは夕食を終えた。

部屋で湯浴《ゆあ》みをオティーリエに手伝ってもらいながら、フェルネスティーネ物語の三巻をエルヴィーラに届けた報告をしてもらう。大変な喜びようであったらしい。

「ダンケルフェルガーのハンネローレ様もとても心待ちにしていると思うのです。途中で終わっているのはひどいです、とおっしゃっていましたから」

今はフェルネスティーネ物語の二巻を読み終えて、「まだ続きがあったなんて」と打ち震えていると思う。

「地下書庫でお貸しできると良いのですけれど……」

「王族からのご命令で、地下書庫に向かうということですけれど、ローゼマイン様にお楽しみがあるようで何よりです」

星結びの儀式も地下書庫での作業も命令である。本来ならば、未成年であるわたしはここにいるべきではないのだ。オティーリエは緊張のあまり倒れないか、とても心配してくれていたらしい。

「それにしても、貴族院にリヒャルダではなくてオティーリエがいるのは何だか不思議ですね」

「えぇ。でも、冬はどうしましょう？　わたくしは家のことがあるので、付き添いはリーゼレータに任せますか？　上の息子たちと同じように、ハルトムートとクラリッサが結婚して新居で暮らし始めれば、少しは手が空くのですけれど……」

オティーリエには夫も息子もいるし、今はクラリッサを城まで同行するという大事な役目も負っている。今回の領主会議は家族全員が参加しているので家を空けても問題ないけれど、今の状態で長期の出張は難しいだろう。

「今年はまだブリュンヒルデが最終学年にいるので、成人の側仕えがリーゼレータでも大丈夫だと思います。問題はその次ですね。上級貴族がベルティルデだけになってしまうと、リーゼレータでは心許《こころもと》ないでしょう」

低学年のベルティルデに王族や上位領地とのやり取りを任せるのは可哀想《かわいそう》だし、中級貴族のリーゼレータでは代われない部分もある。

「成人している上級の側仕えをもう一人くらいは入れることを考えなければなりませんね。……とても難しいですけれど」

粛清によってただでさえ人数が減っているし、アウブの第二夫人となるブリュンヒルデの側近としてライゼガング系の貴族が集められている。成人している上級側仕えを探すのは大変だ。

……今度、養母様《かあさま》やお母様に相談してみようかな。


次の日。朝食を終え、一度湯浴みをして身体を清めてから神殿長の儀式用衣装に着替える。オティーリエとリーゼレータが小物を飾り付けている時に青色巫女の儀式用の衣装をまとったレオノーレとアンゲリカが入ってきた。

……二人とも美人すぎるよ。わたしより自分の身を守った方が良いんじゃない？

「ハァ、やっぱりうっとりしてしまいますね。壇上にご一緒できないのは残念ですけれど、会場でローゼマイン様の神事はこの目に焼き付けますから！」

クラリッサの熱い応援を受けながら準備を終え、階段を下りていく。踊り場には青色神官の儀式服を着たハルトムート、コルネリウス、ダームエルの三人が待ってくれていた。全員、革の腰帯に回復薬や魔石が下げられていて、アンゲリカはシュティンルークも下げている。ハルトムートが抱えているのは聖典だ。

「では、養父様。わたくし達は先に参ります」

「うむ。くれぐれも王族に失礼のないように」

ジルヴェスターの言葉に頷き、わたし達は講堂へ向かう。寮の扉を出て、貴族院の中央棟の廊下を歩く。窓から見える景色が雪景色ではないのが不思議な感じだ。わたしが知っている貴族院は、建物が白くて、更に外は雪が積もっているのが基本なので、白いという印象しかない。けれど、今は暖かそうに日差しが降り注ぎ、緑が輝いて見える。花があちらこちらで彩りを添えて、柔らかな風に揺れていた。

「春の貴族院はこれほど色鮮やかなのですね。いつも見る景色は白ですから、驚きました」

「わたくしも初めて見ましたが、美しいですね」

レオノーレとそう言いながら進む。講堂は星結びの儀式を行うために、卒業式と同じような形に変形していた。一番奥の方にある祭壇では中央神殿からやって来ている神官達が儀式の準備をしているのが見える。

「ローゼマイン様」

わたし達に気付いてこちらに寄ってきた顔には見覚えがあった。貴族院の二年生でのターニスベファレンの事情聴取に同席していた中央神殿の神官長だ。フリュートレーネの杖《つえ》を作った時の目が怖かった記憶はあるけれど、名前が思い出せない。

「本日は私、イマヌエルが神官長を務めさせていただきます。エーレンフェストの聖女の神事をこの目で見られるとは……」

……あぁ、そうそう。そんな名前だったね。

相変わらず灰色の目は妙な光を宿している。焦点が合っているのかいないのかわからないような熱っぽい目は怖い。思わず一歩退《ひ》いて、そこにあった袖を握った。

「ローゼマイン様？」

「……間違えました」

そこに立っているのはハルトムートで、フェルディナンドではない。わたしはハルトムートの袖から手を離して、イマヌエルと向き合う。

「祭壇の準備はできているようですね」

「……こちらの準備はそろそろ終わりますが、ローゼマイン様のお支度は調っていないように見受けられます。闇のマントと光の冠がございませんね」

祭壇には闇の神と光の女神の像が並び、そこに闇のマントと光の冠はある。イマヌエルが何を言っているのかよくわからない。わたしは首を傾げた。

「祭壇には準備できているようですけれど？」

「いえ、祭壇ではなく、神殿長がまとう分です」

「エーレンフェストの星結びの儀式で神具を神殿長がまとうことはありませんけれど？」

どの神事でも神殿長が神具をまとうことなどない。祈念式で聖杯を持っていくくらいだ。わたしの言葉にイマヌエルは「嘆《なげ》かわしい」と深い息を吐いて、ゆっくりと首を横に振った。

「古い神事が残っている土地だとエグランティーヌ様がおっしゃいましたが、その程度の準備もできていらっしゃらなかったとは……。ローゼマイン様の聖典には神事の様子が載っていらっしゃらないのですか？」

「少なくとも神殿長が神具をまとうという記述はありませんね。養父様から貴族院の星結びの儀式についても伺《うかが》いましたけれど、中央神殿の神殿長が神具を身にまとっていたというお話はなかったと思いますよ」

アナスタージウス王子とエグランティーヌの儀式で神殿長がそんな特殊な恰好《かっこう》をしていたのならば、ジルヴェスターが出発前に何か言ったはずだ。

「夏に古い文献が見つかり、そこに古い神事の様子が載っていたのです。我々と違い、神殿長の聖典をたくさん読めるローゼマイン様ならばご存じかと思っていました。ローゼマイン様の読めない部分に載っているのかもしれません」

……あぁ、一部分は読めないことにしてあったね。

「去年の神殿長が使っていなかったのですから、特に必要ないではありませんか」

ハルトムートの声にイマヌエルが「おや」と眉を上げた。

「貴族院の成人式でディートリンデ様が魔法陣を起動させたことをご存じでしょう？　次期ツェントを選出するための魔法陣が文献にあったと我々がいくら主張しても受け入れられませんでした。けれど、魔法陣は存在しました。中央神殿にある古い文献は正しいのです」

イマヌエルの灰色の瞳がゆらりと熱っぽく揺れ、中央神殿が儀式にかける情熱を語り始めた。

「古い儀式を蘇らせ、正しく儀式を行うことで正当なるツェントをお迎えするために我々は研究を重ねています。だからこそ、今回の儀式でトラオクヴァール様のお言葉を受け入れました。正しく儀式を行う力のあるエーレンフェストの聖女が神殿長をすることを認めたのです。古い儀式を行うことができないのであれば、話が違うではありませんか」

……うーん、王族と中央神殿の間にも色々あったみたいだね。

ジギスヴァルト王子を次期王として認めさせるためにわたしに祝福を行ってほしい王族。正当なツェントを得るために古い儀式を蘇らせたいけれど、そのための魔力が足りない中央神殿。両方の思惑はわたしが神殿長として神事を行うということで上手く噛み合ったようだ。

「まず、その文献を見せてください」

「それはできません。神具もお持ちでないローゼマイン様にはお見せしたところで実行できませんから。いつも通りの神事を行うならば、中央神殿の神殿長で十分なのです」

肝心の文献を見せようともせず、「自分達が望む神事を行うことができないなら帰れ」という意味合いの言葉にハルトムートが一瞬ピクリと動いた。

「イマヌエルの神事にかける情熱はよくわかりました」

わたしは一歩前に進み出てそう言いながら、片手を少し挙げる。ハルトムートを制しながら、イマヌエルに向かってニコリと微笑んだ。

「中央神殿の神事に闇のマントと光の冠が必要だとおっしゃるのでしたら、準備しましょう」

「おや、今からエーレンフェストの神殿へ取りに戻って間に合うのですか？」

嘲《あざけ》るようなイマヌエルの言葉にわたしは首を横に振って、右手にシュタープを出す。

「別に取りに戻らなくても、自分で作れば良いのです。……フィンスウンハン」

わたしが自分で作った闇のマントをバサリと翻《ひるがえ》して肩にかけ、留め金を留めると、大きかったマントはわたしがまとうのにちょうどよい大きさに調節される。

驚愕《きょうがく》に目を見張るイマヌエルの目の前でもう一つシュタープを出して、「ベロイヒクローネ」と唱え、光の冠を被《かぶ》った。

「これで神事ができるでしょう？　さぁ、その文献を読ませてください。古い神事を行うためには必要ですものね」


イマヌエルは祭壇の近くにある神殿長の待機場所へわたし達を案内し、胸を張って古い文献を差し出した。白い石板に刻まれたその文献は、図書館の地下書庫にある物と酷似《こくじ》している。

「こちらがその文献です。ローゼマイン様に読むことができるかどうか……」

「問題ありません」

わたしは白い石板を受け取り、まとっていた神具を消す。文献さえ手に入れば、神具は必要ない。

「神具が消えた⁉」

「必要もないのに神具を出したまま維持するのは魔力の無駄遣いですから。こちらを確認した後、本当に必要であれば、その時にまといます」

驚きの声を出したイマヌエルに対して、わたしは白い石板から目を離さずに答えながら刻まれた文字を追っていく。周囲で儀式の準備が進んでいる中、わたし一人が読書をすることになるけれど、神殿長のわたしが古い儀式のやり方を理解しなければ儀式を始められない。ここでわたしが読書に没頭するのは神殿長としての義務なのだ。

「うふふん、ふふん……」

古い文字も時代によっていくつかに分類される。この石板に刻まれている文字は地下書庫にあった物と同じなので、これは多分地下書庫にある文献の写しではないかと思う。別の儀式について書かれた石板と同じような書き方だからだ。

……それにしても、この文字を読める人が中央神殿にはいるんだ。

王族が古い言葉を読めないと言っていたけれど、中央神殿には読める者もいるらしい。偽者ツェントに教えることなどないと中央神殿が突っぱねたのか、神殿なんかに古い文字を読める者などいるはずがないと王族が軽んじたのか、最初から尋ねてもいないのか知らないけれど、中央神殿と協力できていれば王族はもっと助かったかもしれない。

……命を削って国を支えているのに、「グルトリスハイトを持たぬ偽りの王」とか「協力などできるか」とか言われたら歩み寄る気にもなれないだろうけどね。

王族と神殿の関係はともかく、イマヌエルが主張していた通り、星結びの儀式について書かれた物で間違いない。光の冠と闇のマントをまとうだけで、簡潔に書かれた神事の流れは自分が知っているものと基本的には同じだ。祝詞も変わらない。石板に書かれている分しか文量がないので、目を通すのにもそれほど時間はかからなかった。

……でも、変だな。エーレンフェストでは星結びの儀式って夜の儀式なんだよね。闇の神が命の神と土の女神の婚姻を祝福した神話に因《ちな》んだもので、闇の神の御加護を得られやすい夜に行われる儀式だとわたしは習ったし、今でもエーレンフェストでは夜に行われている。けれど、朝食後すぐにわたしが講堂へ向かったことからもわかるように、領主会議で行われる星結びの儀式は三の鐘に始まるのだ。王族の儀式なのに夜でなくてもよいのだろうか。そんな疑問が頭に浮かんだけれど、白い石板には時間に関して何も書かれていない。

「どうかされましたか、ローゼマイン様？」

レオノーレが覗き込んでくる。わたしは首を左右に振り、「神殿長が神具をまとうだけで、儀式の順番や祝詞には特に変わりはないようです」と答えて、イマヌエルに石板を返した。

……ま、いっか。ここに書かれている通りにすれば中央神殿は満足するし、わたしがジギスヴァルト王子に祝福を与えたら王族からの依頼は達成なんだから。

すでに全領地の領主達が儀式にやって来る準備をしているのだ。どう考えても今から儀式の時間を変えるなどできるわけがない。口にするだけ無駄である。

「とりあえず、現状を王族にお知らせしておきましょう」

文献を一通り読んで満足したわたしはアナスタージウスにオルドナンツを飛ばし、中央神殿が古い儀式を復活させようとしていることと、それに協力要請されていることを伝える。

「文献自体は本物のようです。古い儀式を復活させますか？　例年通りの儀式ならば、わたくしではなく中央神殿長に今回の星結びの儀式を任せると言われましたが、どうしましょう？」

儀式で祝福してほしいとわたしに頼んできたのは王族だ。どのような儀式をするのか、誰が神殿長を務めるのかは王族と中央神殿が話し合って決めてほしい。わたしは別に神殿長役をしたいわけではないし、文献を読み終わったので心残りはない。どちらかと言えば、王族と中央神殿の面倒事に巻き込まれたくないので帰りたい。

「そのまま待機していろ。すぐに行く」

残念なことに「帰っても良い」とは言ってくれなかった。わたしは儀式の動きを打ち合わせているイマヌエルとハルトムートを見た。二人は儀式の流れの確認だけではなく、儀式の神官長役の取り合いもしている。ハルトムートはどこでわたしの補佐が必要なのか何度も確認に来るし、イマヌエルは神殿長役を譲るのだから神官長役は中央神殿が行うと主張している。

「ローゼマインはここか？」

「お久し振りです、アナスタージウス王子」

挨拶を交わし、わたしはイマヌエルとアナスタージウスの二人でどのように儀式を行うのか決めてもらう。

……不敬だって怒られるから口に出してわざわざ言わないけど、余所を巻き込んで神殿長をさせるのに、王族から中央神殿への命じ方が杜撰《ずさん》だと思うんだよねぇ。

ずっと神事をしてきた中央神殿の神殿長が、余所の神殿長に役目を取られて面白いはずがない。何の打ち合わせもなく、事前に知らせもしなかったくせに、当日にいきなりわたしが神具をまとっていないなんていちゃもんを付けてくるのだ。わたしに祝福をしてほしいと言い出したアナスタージウスには中央神殿に対して目を光らせるなり、采配を振るなりしてほしいものだ。

……それだけ王族の言葉が神殿には軽んじられてるってことなんだろうけど。

「では、古い儀式で良いのですか？」

「……あぁ。ディートリンデの時のようなことが不意に起こるよりは心の準備ができる。其方が関係して何も起こらないはずがないからな」

失礼極まりない言い方である。本気で何も起こしてほしくないならば、どうしてわたしを神殿長として呼ぶのか。命じたのが自分だとアナスタージウスはわかっているのだろうか。

「それで、ローゼマイン。神具をまとって儀式を行うと一体何が起こるのだ？」

「存じません」

「文献を読んだと言ったではないか」

アナスタージウスが目を剥《む》いたけれど、文献には簡潔に儀式の行い方が書かれているだけだった。儀式の結果、何が起こるのかは書かれていない。わたしが知っているわけがない。

「……星結びの儀式の文献であることに間違いはなかったので、結婚はできますよ」

わたしの説明にアナスタージウスはしばらく唸っていたが、諦めたような顔でわたしを見た。

「星結びの儀式ができるならば、それで良い。そろそろアウブ達がやって来る時刻だな。……王族の入場は後だ。私は一度戻るが、其方はここで待機だ。不用意に動き回らぬように気を付けろ」

身を翻して去っていくアナスタージウスを見送り、わたしは少しずつ増えてくる各地のアウブ達を見ていた。マントの色でどこの領地が入場してきているのかがわかる。学生と大人で違いはあるものの、貴族院の成人式の光景とよく似ていた。

カラーン、カラーン……と三の鐘が鳴り響いた。けれど、まだ完全には入場が終わっていないようだ。鐘が鳴る前よりはやや人の動きが速くなった。講堂内に全ての領地の色が揃うのを確認して、神官長であるイマヌエルが祭壇の前に立ち、たくさんの鈴が付いた魔術具を振った。

その音に合わせて扉が開けられ、王族が入場してくる。ツェントと第一夫人、アナスタージウスとエグランティーヌが入ってきて席に着く。第二夫人や第三夫人の姿が見えないことを不思議に思った直後、そういえば領主会議はアウブと第一夫人が出席する会議だったことを思い出した。

二度目の鈴はわたしの出番を示す音だ。わたしは立ち上がると、祭壇前に向かって歩き始めた。わたしが神殿長をすることは全領地に知らされていなかったのだろうか。講堂内に驚きと戸惑いのざわめきが広がっていくのがわかる。場内の声は無視して転ばないように慎重《しんちょう》に、けれど、できるだけ速足で歩いた。わたしの隣には聖典を持ったハルトムート、周囲には青色の儀式服をまとった護衛騎士達がいる。

エーレンフェストの神事でもわかるように、本来ならば一人で入場するはずの神殿長が青色神官達に完全に周りを囲まれた形になっているのは、ハルトムートが強硬《きょうこう》に主張したせいである。

ハルトムートはものすごく中央神殿を警戒している。神殿長は一人で入場するものだと主張する中央神殿に「領主一族のローゼマイン様と余所の神殿長は違います」と笑顔でごり押ししたし、護衛騎士達には「彼等をローゼマイン様に近付けないことが最も重要な任務です。許可なくローゼマイン様に触れた場合は腕を切り落としても構いません」と真顔で言っていた。

……さすがに腕を切り落とすのはやりすぎだと思うけど、イマヌエルの目が怖いから警戒して側にいてくれるのはありがたいんだよね。


祭壇前に立つと、ハルトムートが聖典を渡してくれた。レオノーレがわたしの衣装の裾を直しつつ、すぐ近くに控える。イマヌエルはわたしの準備が整ったことを確認すると、一瞬目を細めて少し手を動かした。「神具をまとえ」という合図だ。

けれど、神具を維持するのに魔力をどのくらい消費するのか知っているハルトムートは、その合図を無視して「さっさと始めろ」という合図を送る。「神具をまとえ」「始めろ」の応酬《おうしゅう》が数回続き、講堂の貴族達から「まだか？」と声が上がり始めたところでイマヌエルが折れた。

「これより星結びの儀式を始める。新郎新婦はこれへ！」

王族であるジギスヴァルトとアドルフィーネを先頭に、他の領地の新郎新婦が五組入場してくる。講堂内には貴族達からの拍手と歓声が飛び交い、お祝いの声がかけられていて、喜びに満ちていた。

……フェルディナンド様の祝福、したかったな。

当然のことだが、結婚が延期になったので新郎新婦の中にフェルディナンドの姿はない。ジギスヴァルトに祝福を与えてほしいから王族はわたしに神殿長を依頼したのだ。今後の星結びの儀式には呼ばれないだろうし、未成年のわたしは領主会議に同行できない。フェルディナンドを祝福する絶好の機会を逃した形になり、わたしはその不満を心の中で零《こぼ》す。

……アウブ・アーレンスバッハがせめて今日まで生きていてくれたらよかったのに。

そうしたら、フェルディナンドは配偶者としての立場が確立したし、隠し部屋も与えられただろうし、できるだけの祝福を贈ることもできた。少しは心配が減ったはずだ。

……間が悪いよ。

溜息を吐きかけたところで結婚式という晴れの場に相応しくない顔をしている自分に気付いて、わたしは笑顔を浮かべる。舞台に上がってきたジギスヴァルトやアドルフィーネと目が合って、わたしはお祝いの気持ちを込めてニコリと微笑んだ。

わたしは書見台に置かれている聖典の鍵を開けると、ページを捲《めく》る。「んまぁ！」とどこかでフラウレルムの声が響いた気がしたけれど、それから先は何も聞こえなかったので儀式を始めた。

視界の端でイマヌエルが目を三角にして「神具をまとえ」と合図をしている。けれど、神話を語る間は拡声の魔術具も使うのだ。神具をまとうのはまだ先である。

……必要な時にまとうって言ったのに、せっかちさんだな。

イマヌエルの合図を無視して、わたしは拡声の魔術具を使って神話について語り始める。聖典に載っている闇の神と光の女神の神話だ。命の神が求婚にやってきて、土の女神との結婚を認めるお話である。わたしが語っている間にハルトムートとコルネリウスが星結びの儀式で使う契約書や署名する時に使う魔術具のペンを準備していた。

「では、これから神話のように新しい夫婦の誕生と祝福を行いましょう」

わたしは一度下がって自分の護衛騎士達が大きく広げた袖に隠れるようにして、闇のマントと光の冠をまとう。こういう時に小さいと完全に隠れるのでやりやすくて良い。

当然のことながら、闇のマントと光の冠をまとって再登場したわたしに全ての注目が集まった。このまま普通の儀式が行われるのではないか、と気が気ではなかったらしいイマヌエルだけは満足そうな笑みを見せて口を開く。

「ツェント・トラオクヴァールの第一王子ジギスヴァルト、並びに、アウブ・ドレヴァンヒェルの娘アドルフィーネ」

名を呼ばれた二人がハッとしたように祭壇前に進んでくる。

「アナスタージウスから話を聞いていましたが、実際に神具をまとっている姿を見ると驚きます」

「祭壇に同じ物がありますが、こちらの神具はエーレンフェストの物なのですか？」

……自分のシュタープ製です。

そんな答えを口にできるはずもなく、ニコリと微笑むだけで返答を避けて、わたしは二人に婚姻の意思を確かめて契約書を差し出した。二人が名前を書き終わると金色の炎で燃えていく。その後、同じように他の者達が書いた契約書も次々と金色の炎に包まれていった。

「新たなる夫婦の誕生に神殿長からの祝福を」

イマヌエルの言葉にわたしは手を上げて神に祈り始めた。

「高く亭亭《ていてい》たる大空を司《つかさど》る　最高神は闇と光の夫婦神《めおとがみ》よ」

祈り始めた途端にマントの留め金が勝手に外れた。するりと音もなくマントが外れて、ふわりと天井へ向かって飛んでいく。手を上げてやや上を向きながら祈りを捧げていたわたしの目には、闇のマントが大きく広がり、夜空になっていく様子がよく見えた。

「我の祈りを聞き届け　新しき夫婦の誕生に　御身《おんみ》が祝福を与え給《たま》え」

わたしの頭にあったはずの光の冠が勝手に浮かび上がり、光を放つ。夜空に浮かぶ太陽のようだ。講堂内を包み込むように広がる闇の神とそこを照らす光の女神が見える気がする。

……あぁ、最高神だ。

何の疑問も抱かずにそう思った。だから、わたしはそのまま最高神に祈る。

「御身に捧ぐは彼等の想《おも》い　祈りと感謝を捧げて　聖なる御加護を賜らん」

夜空が一点に集中し始めた。光の輪がくるくると回り始める。直後、闇の柱と光の柱が立ち、一部がどこかへ飛んでいった。貴族院の神事では見慣れた光景なので、特に何という感慨もない。残った大半の光は捻《ねじ》れあい、重なりあって弾《はじ》けた。小さな光の粒となって、飛び散り、祝福として新郎新婦に降り注いでいく。これはエーレンフェストで行う神事と同じだ。

けれど、この光景を見て、貴族院では神具をまとって神事を行えば夜空が現れるから、わざわざ夜に儀式を行わなくてもいいのだと腑《ふ》に落ちた。

……終わった。

自分の中にシュタープが戻ってきた感覚に神事が終わったことを悟って、わたしは王族に頼まれていたお役目を無事に終えたことに安堵の息を吐く。

「相変わらず貴族院で儀式を行うと、エーレンフェストの何倍も派手ですね」

わたしの呟きを拾ったのは隣に立っていたハルトムートだけだろう。ハルトムートは「何倍も神々《こうごう》しいです」と小さく笑い、書見台の聖典を抱えると手を差し出した。

「皆が呆気《あっけ》にとられているうちに退場しましょう」

……異議なし！


ハルトムートの誘導に従って、わたしは講堂近くの控え室に一度入る。ハルトムートが聖典をレオノーレに手渡し、ダームエルにわたしを抱き上げさせて、できるだけ早く寮へ戻るように命じた。

「片付けや問い合わせに対応するためにコルネリウスをお貸しください、ローゼマイン様」

「それは構いませんけれど……」

「対応に困る者が現れる前に戻った方が良いでしょう。少し大回りになりますが、こちらからお戻りください」


ハルトムートは早々にわたし達を部屋から押し出す。護衛騎士達とは打ち合わせがされていたのだろうか。アンゲリカはいつでも抜けるようにシュティンルークの柄《つか》を握り、先頭に立って歩き始めた。急展開について行けないわたしを戸惑いなく抱えてダームエルは速足で続き、レオノーレはわたしを安心させるように微笑んで最後尾を歩く。

「念のためですよ、ローゼマイン様。ハルトムートが中央神殿のイマヌエルをとても警戒しているのです。危険すぎる狂信者と言っていました」


神具をまとって儀式ができること、王族が理解できなかった文献を即座に読めたこと、イマヌエルは時間と共にどんどんと目が熱っぽくなっていて、危険度が上がっているらしい。

……ハルトムートに狂信者って言われちゃうんだ。……いや、まぁ、目が違うし、怖さの種類が全く違うのはわかるんだけどね。

「どうやら何としてもローゼマイン様を中央神殿に取り込みたいと考えているようです。彼等は文献などから知識を得ることはできても、儀式を行う魔力が足りないようですね。ローゼマイン様の魔力を使って真のツェントを得たいそうです」

ユルゲンシュミットが真のツェントを得ることは何よりも大事なことなので、古い儀式を研究している中央神殿にエーレンフェストの神殿も協力しろ。アウブ・エーレンフェストにわたしを中央神殿へ向かわせるように頼め。全ては真のツェントを得るため、ユルゲンシュミットのためだ、というようなことをイマヌエルはハルトムートに言ったらしい。

ハルトムートは「私はローゼマイン様のためにしか動きませんし、ローゼマイン様はエーレンフェストにいることをお望みです」と笑顔で却下したそうだ。

「中央神殿の言葉など無視しても良いのではありませんか？」

「えぇ、神殿だけならば無視するのは簡単です。けれど、王族もグルトリスハイトや真のツェントを欲しています。王族と中央神殿の利害が一致した時にどのような命令が下されるかわかりません。ハルトムートはそれを一番心配していました」

王命を断る術《すべ》はエーレンフェストにはない。それがわかっているはずなのに、王族はエーレンフェストに命じすぎているとハルトムートは感じるらしい。

「ローゼマイン様が個人的に親交をお持ちだからですけれど、普通はこれほど色々なことを王族から頼まれることはないのです」

今回の領主会議で地下書庫の文献を読むのも王族からの命令だ。本来ならば、未成年が入る時期ではないし、貴族院の学生に手伝わせるようなことでもない。けれど、慣例《かんれい》を破ってでも王族はわたしに命じた。

「書庫へ行くことをローゼマイン様が楽しみにしているので、ハルトムートは何も口にはしないでしょう。けれど、神殿業務や商人との交渉が忙しいローゼマイン様に星結びの儀式や地下書庫での現代語訳を命じる王族に対してハルトムートは不安を感じているようです。ご命令ですから仕方がないのですけれど、王族のお手伝いよりエーレンフェストの穴埋めの方が大事ですもの」

レオノーレが困ったような笑みを見せた。

「……そうですね」

王族の手伝いをするくらいならば城の業務を手伝った方がよほどエーレンフェストのためになると言われ、わたしは地下書庫へ行くのを楽しみにしているのが少し後ろめたくなる。

「あの、えーと……」

少し重くなってしまった雰囲気を払おうと思ったのか、ダームエルがあちらこちらに視線をさまよわせた後、「ローゼマイン様は重くなりましたね」と笑顔で言った。重い雰囲気を払うどころか、空気が凍りつく。一応「大きくなった」とか「成長した」という言葉と同じ意味で使っていることはわかる。けれど、「重くなった」と面と向かって言われると、何となく胸に刺さるのだ。

「お、降ろしてください」

「ダメです、ローゼマイン様。……ダームエルはそういうことを女性に言って嫌われているのではありませんか？」

レオノーレの指摘にダームエルがオロオロとした様子でわたしとレオノーレを見比べる。

「え？　私はローゼマイン様が成長したことを喜ばしく思って……」

「言いたいことはわかりますし、雰囲気を和《なご》ませようと思ったこともわかりますけれど、女の子に対して、重くなったというのは言葉の選択がとても悪いですよ」

「……失礼いたしました」

ちょっとへこんだダームエルのおかげで少し雰囲気は和らいだ。クスクスと笑いながら、角を曲がったところで、アンゲリカが突然足を止めた。イマヌエルと何人もの神官達が廊下を塞《ふさ》いでいる。ダームエルがわたしを抱き上げている腕に力を込めたのがわかった。

「おや、ローゼマイン様。ずいぶんとお急ぎのようですね。まだ古い儀式を執《と》り行ってくださったことにお礼を申し上げていないのですが……」

「えぇ。魔力を使いすぎて少し気分が悪くなったので、寮へ戻るところなのです。このような姿を見られて恥ずかしい限りです」

ダームエルに運ばれている現状を説明しつつ、穏便《おんびん》に包囲網を突破できないか考える。

「ローゼマイン様、中央神殿には他にも古い文献がたくさんございます。一度ローゼマイン様には中央神殿にお越しいただいて、読んでいただきたいと思っているのです」

ピクリとわたしの体が動いたのを、ダームエルが力を込めて止めた。

「王族は中央神殿の文献を偽物と決めつけ、こちらの話を聞いてくださいません。ぜひローゼマイン様に読んでいただき、中央神殿の言葉が正しいということを伝えてもらいたいのです」

「ごめんなさい。今はとても気分が悪くてそのようなことを考えられないのです。それに、そのような要求はアウブ・エーレンフェストを通してくださいませ」

言うべきことは言ったので、わたしは進むように目でアンゲリカに合図する。アンゲリカはコクリと頷いて歩き出す。

「こちらで一度お休みになってはいかがでしょう?」

イマヌエルが手を伸ばした瞬間、アンゲリカがシュティンルークを抜いた。

「許可なくローゼマイン様に触れたら、即刻《そっこく》その手を切り落とします」

ゴクリとイマヌエルが唾《つば》を呑む音がした。青色巫女の恰好をしているアンゲリカがわたしの護衛騎士で、武器を持っているとは思っていなかったのだろう。驚きに目を見張っているイマヌエルの横をレオノーレの誘導でダームエルがわたしを抱き上げたまま通り過ぎる。

わたし達が十分に離れるまで、アンゲリカはシュティンルークを構えて牽制《けんせい》していた。

地下書庫での作業

「気が付いた時には其方達の姿がなく、何も知らされていなかった我々は大変だったのだぞ」

何の連絡も受けていなかったジルヴェスター達は周囲に座っている他領地の貴族達から質問攻め

にあい、真っ青になったらしい。「王族の依頼ですから、詳細は王族にお願いします」と言って、全員で一丸となって寮へ戻って来たようだ。

ジルヴェスターに呼び出され、今のわたしは多目的ホールで領主会議のためにやって来た全員に囲まれている状態だ。大人ばかりなので囲まれると、非常に威圧感がある。王族関連の呼び出しがあったり、変わった事が起こったりすることに慣れてきている学生達に比べると、大人達は全く慣れていなくて顔が強張《こわば》っているせいで余計に怖い。

「本当ならばあの場で午後からの会議に向けて探り合ったり、お茶会や会食の予定を決めたりするのだが、とてもそれどころではなかった。説明を要求するぞ」

昼食が終わって午後の会議が始まるのが億劫《おっくう》だ、とジルヴェスターは頭《かぶり》を振った。

「あの儀式は中央神殿で発見された古い文献に載っていた古いやり方の儀式だそうです。中央神殿の神殿長では魔力が足りずに再現できなかったようで、わたくしに再現してほしいと申し出がありました。古い儀式の再現については王族の決定です」

それまでに受けた腹立たしい対応も交えて説明し、アナスタージウスに確認を取ったことを強調する。わたしは中央神殿の神殿長に儀式を任せて帰っても構わなかったけれど、アナスタージウスが決定を下したのだ。

「今回の件は中央神殿の要望をアナスタージウス王子が受け入れて、わたくしに依頼されたのですから、これ以上のご不満やご質問は王族にお願いします。文献には儀式の手順しか載っていなかったので、わたくしもどのような儀式になるのか、実際に行うまでわからなかったのです」

「其方は知らずにしていたのか⁉」

ジルヴェスターもフロレンツィアも驚いた顔になったけれど、わたしはコクリと頷く。

「はい。文献を読んでも何が起こるのか誰にもわからなかったのです。それでも実行すると決めたのは王族です。他領からの質問は王族に回せば良いと思います」

面倒な依頼をしてきた王族達に対応を任せれば良いのだ。どうせ王族も中央神殿も大した回答はできない。巻き込まれただけのエーレンフェストが頑張る必要はないと思う。

「儀式の本質は、領地対抗戦でダンケルフェルガーが光の柱を立てたのと同じですもの。神具を使って神々への魔力の奉納を行う、昔ながらの儀式だからあのようになった。それだけの話です」

領地対抗戦でデモンストレーションのように行われたダンケルフェルガーの儀式を思い出したのだろう。ジルヴェスターは少し納得の表情になった。

「……わたくしはむしろ古い儀式を蘇らせることで、真のツェントを得たいと言っていた中央神殿の方が気になります」

わたしの言葉に一歩前に進み出てきたのはハルトムートだった。

「中央神殿には重々お気を付けください。イマヌエルは周囲の話を聞く男ではありません。自分の思い通りにするためには手段を選ばずに行動するでしょう。貴族の常識は通用しません」

儀式の間、ずっと警戒していたハルトムートが真剣な目でそう言った。迂回《うかい》先を押さえられたことで、更に警戒度が上がったのだ。

「イマヌエルは神殿に残る古い儀式を蘇らせる魔力を持つローゼマイン様を狙《ねら》っています。正当なるツェントを得ることは必要かもしれませんが、それは王族や中央神殿の仕事であり、エーレンフェストの領主候補生の仕事ではありません」

余裕がある時期ならばまだしも、フェルディナンドがアーレンスバッハへ向かい、粛清の後始末が終わっておらず、魔力も人手も全く足りていないエーレンフェストの仕事ではない。

「他領地を納得させられる建前があれば、中央神殿や王族にローゼマイン様を奪われる可能性もあります。ローゼマイン様の安全を最優先に考えるならば、図書館でのお手伝いをお断りすることもお考えください」

ハルトムートはジルヴェスターにそう申し出る。周囲の大人達が「王族の申し出を断れるのか⁉」「そのような無礼なことは……」と口々に言う中、ジルヴェスターはしばらく目を閉じて考えていた。

「こちらから王族のお手伝いを断るのは恐れ多いと思うが、いざとなればフェルディナンドを奪われたことを持ち出し、抗議する」

「恐れ入ります」

「素晴らしかったです、ローゼマイン様！」

昼食はクラリッサの陶酔《とうすい》した語りで始まった。エーレンフェストの一員として講堂にいたクラリッサは星結びの儀式を見て、実に感激したらしい。

「周囲を青色に囲まれてゆったりと歩みを進める様子も優雅で気品があり、お一人だけ白の衣装をまとわれているため、そこに自然と視線が集中しますし……」

「クラリッサ、落ち着きなさい。周りを取り囲んでいた青色の護衛騎士達で、入場の時はローゼマイン様のお姿がほとんど見えなかったではありませんか」

オティーリエがそう指摘したが、クラリッサは止まらない。

「何をおっしゃるのですか⁉　オティーリエ様にはローゼマイン様の神々しいお姿と慈愛に満ちた表情が見えていらっしゃらなかったのですか？……驚きました」

……表情まで勝手な心の目で見てるクラリッサの方にビックリだよ。

「ハルトムートがローゼマイン様のお手を取り、壇に上がられるお姿にはアイファズナイトが大きく髪を乱し、マントを大きく広げるような心地がいたしましたわ。もちろん、それはキュントズィールの寵愛《ちょうあい》を賜っているとしか思えない高く澄んだ愛らしい声が最高神に語り掛けるまでのことですけれど」

……クラリッサ、ごめん。褒められてるっぽいのはわかるけど、よく理解できない。アイファズナイトが髪を乱すのが大事なの？　それとも、アイファズナイトのマントに意味があるんだったっけ？

文章として書かれていれば、前後の流れや一つ一つ意味を確かめていくことで理解できるけれど、だーっと勢いよく話されると咄嗟には理解できない。考えている間に別の神々の表現を挟まれると、更に混乱してしまう。

……オティーリエ、助けて。

わたしは視線を向けたけれど、オティーリエはクラリッサを落ち着かせることを完全に諦めたようで、食事を再開させていた。婚約者であるハルトムートは相槌《あいづち》を打ちつつ、祭壇から見ていた情景を語っていてクラリッサの興奮を加速させている。

「あぁ、とてもよくわかります。まるでメスティオノーラの化身のようなローゼマイン様の呼びかけに最高神がお答えを返すかのように私にも思えました。闇のマントがふわりと舞い上がり、夜空が出現した時の神々しさは筆舌《ひつぜつ》に尽くしがたく、グラマラトゥーアを悩ませるほどの美しさだと思いませんか」

「えぇ、本当に。闇の神の深い懐《ふところ》を思わせるような星がきらめく夜空に、光の女神の……」

……全然わからないよ。もう二人の世界だから放っておこう。

二人だけで盛り上がっていることからもわかるように、実に気が合った婚約者同士である。クラリッサとハルトムートの語り合いは放置して、わたしは儀式を見るために講堂へ来ていたらしいリーゼレータに視線を向けた。

「リーゼレータも見たでしょう？　貴族院で儀式を行うと、相変わらず派手だと思いませんか？」

貴族院の学生として一緒に行動していた彼女に同意を求めると、リーゼレータは困ったような顔で微笑んだ。

「……ローゼマイン様、派手という表現は少し……。せめて、幻想的であるとか、神秘的であるというような表現を使っていただきたいです。本当に美しかったのですから」

「神秘的というのは理解できます。本当に最高神がいらっしゃるように感じられましたもの」

わたしが祈りを捧げていた時の感覚を説明していると、青い瞳をキラキラと輝かせたクラリッサが感激したようにわたしを見ていた。

「さすがローゼマイン様！　神々と語り合うことができるのですね」

「そのようなことは言っていません。……それから、クラリッサ。儀式の感想は後でハルトムートと一緒にすれば良いでしょう。今は料理を味わって食べてくださいい。それほど興奮して話していてはせっかくのお料理の味がよくわからないでしょう？」

領主会議開始の景気づけと会食の試食を兼ねているので、今日の昼食は豪華だ。クラリッサのお喋《しゃべ》りが微笑ましいものから騒音に聞こえるようになってきたわたしは、遠回しに「ちょっと黙ってください」とお願いしてみた。

「大丈夫です。ローゼマイン様のお話をしながらいただけば、何でもおいしく感じられますから」

「では、一人だけメニューを変えましょうか？」

「申し訳ございません。黙って食べます」

クラリッサがお喋りを止めたことに周囲の皆がホッと息を吐いたのがわかった。ダンケルフェルガーでは一体どんなふうにクラリッサを扱っていたのか、非常に気になる。


午後からの会議では、他領からの質問は「古い儀式の再現を王族に頼まれました」「領地対抗戦でダンケルフェルガーが光の柱を立てたのと同じです」「それ以上の詳細は王族にお願いします」の三つで受け流すことに成功したようだ。前年よりも会食の申し込みが多いけれど、それは何とかするらしい。

「では、ハルトムート、クラリッサ。文官としてしっかりお仕事をしてくださいね」

「かしこまりました」

翌日、三の鐘に合わせて出かけていく大人達を見送り、しばらくの間、わたしは部屋で読書をしていた。皆の移動が完全に終わるくらいの時間を見計らってから図書館へ移動するのだ。

「ハンネローレ様もいらっしゃるので、フェルネスティーネ物語の三巻を持っていきますね」

リーゼレータとオティーリエが準備をしている間、護衛騎士達は打ち合わせだ。

「地下に入れるのは上級騎士だけだから、私とレオノーレが地下へ行く。ダームエルとアンゲリカは図書館の外の様子に目を光らせてほしい」

「不審人物がいた場合は直《ただ》ちに知らせてほしいのです。せめて、閉架書庫に上がらなければ逃げることも隠れることもできません。……図書館を戦いの場にするとローゼマイン様がどのように暴走するかわかりませんもの」

コルネリウスとレオノーレの指示にダームエルとアンゲリカが頷いた。

「図書館で一日いるよりも、外の方が嬉しいです」

アンゲリカが嬉しそうにそう言った時、ソランジュからオルドナンツが飛んできた。ハンネローレがやって来たらしい。

「では、図書館へ行きましょう」

わたしは護衛騎士四人と側仕え二人を連れて図書館へ向かった。

「ひめさま、きた」

「ひめさま、まりょくほしい」

シュバルツとヴァイスに出迎えられ、わたしは額の魔石を撫でながら魔力供給をする。シュバルツ達の様子にリーゼレータが相好《そうごう》を崩し、オティーリエが目を丸くした。話には聞いていても、図書館の魔術具がわたしを「ひめさま」と呼ぶことが不思議な気分らしい。

「ローゼマイン様、ようこそいらっしゃいました。執務室で皆様がお待ちですよ。今日はとても人数が多いので、執務室へ同行する側近は三人までお願いします」

ソランジュによると、ハンネローレがすでに到着していて、王族もいるらしい。執務室は確かにいっぱいだろう。アンゲリカとダームエルは打ち合わせ通りに外へ出ていき、リーゼレータは「お茶の準備を始めていますね」と微笑んで離れていく。わたしはオティーリエ、コルネリウス、レオノーレの三人を連れて執務室へ入った。

そこにはアナスタージウス、エグランティーヌ、ヒルデブラント、ハンネローレともう一人、見覚えのない女性がいる。ヒルデブラントとよく似た色合いの髪を結い上げ、ハンネローレより更に赤く見える瞳は、勝ち気で意志の強い性格をよく表していた。年は二十代の半ばくらいだと思う。

「ローゼマイン、昨日の儀式は予想通り想定外だったが、想像以上に良い結果が得られた」

……意味がわからないよ。

アナスタージウスが何を言っているのかわからないけれど、良い結果だと満足しているようなので聞き流し、初対面の女性を紹介してほしいと目で訴える。

「……あぁ、こちらは父上の第三夫人でヒルデブラントの母君のマグダレーナ様だ。ダンケルフェルガー出身で古い言葉に通じているため、一緒に現代語訳をしてくださることになっている」

アナスタージウスの紹介を受け、わたしはマグダレーナの前に跪《ひざまず》いて挨拶する。

「エーレンフェストの領主候補生ローゼマインと申します。水の女神フリュートレーネの清らかなる流れに導かれし良き出会いに、祝福を祈ることをお許しください」

「許します。……王子達から色々と話は聞いています。こうしてお会いできて嬉しいです。領主会議の間、よろしく頼みます」

挨拶が終わると移動だ。閉架書庫を通って地下へ向かう。上級司書のオルタンシアが先頭に立ち、ぴょこぴょことシュバルツとヴァイスが続く。こういう時も身分順だ。わたしは王族達が閲覧室で待たされていた側近達に声をかけて下りていくのを眺めながら待っていた。

「話には聞いていましたが、図書館にこのような場所があるとは思いませんでした」

初めて地下書庫に入るコルネリウスは少し険しい表情で階段を下りていく。「レオノーレの言う通り、襲われた時に逃げ場がないな」と呟くのが聞こえた。

わたし、ハンネローレ、オルタンシアの三人で鍵をはめ込むと、金属のように見える壁に魔力の線が走り、全体に複雑な模様を描いた後、ギギッと音を立てて壁が三つの部分に分かれて回転し始める。透明の壁に隔《へだ》てられた地下の書庫が出現するのは、いつ見ても心躍る光景だ。

シュバルツが中に入っていき、ヴァイスが手前で待機するのも見慣れた光景である。側近が入れない場所なので一番身分の低いわたしが先に入って危険がないことを示さなければならない。わたしはオティーリエから紙やインクを受け取って抱えると、透明の壁を抜ける。

「ひめさま、いのりたりない」

シュバルツにそう言われるのもいつものことだ。わたしは「これからも頑張りますね」と返事をしながら、机に紙やインクを置いていく。

「ハンネローレ、ぞくせいたりない。いのりたりない」

ハンネローレもすでに何度も聞いているせいだろう。聞き流して、筆記用具の準備を始めた。

「あら、ヒルデブラント王子？」

次は誰が来るのかと思っていたら、ヒルデブラントが緊張した面持ちで透明の壁に向かって手を差し出したのが見えた。貴族院の時には押し返されていた手がそのまますりと通り、ヒルデブラントが書庫に入ってきた。

「ヒルデブラント、ぞくせいたりない。いのりたりない」

「……入れました」

シュバルツの声を聞いている様子はなく、驚きと喜びに満ちた顔でヒルデブラントが自分の手を見つめ、後ろから入ってくる母親のマグダレーナを振り返る。

「入れました、母上！」

「よくやりました、ヒルデブラント。其方の努力の賜物《たまもの》です」

「マグダレーナ、ぞくせいたりない。いのりたりない」

なんとヒルデブラントは少しでも役に立てるように魔力を増やしたいと王に願い出て、王族の魔力圧縮方法を学び、マグダレーナからダンケルフェルガーの魔力圧縮方法を教えられ、魔力を増やしていたらしい。

「少しは古い文字も覚えたのです。……せめて、書き写せるようになりたいと思って」

中央にも古い文字を読める者はいるけれど、ここには入れない。そのため、ここにある資料を書き写して、彼等に現代語訳してもらうことになっているらしい。

「ここに入るためにわたくしもトラオクヴァール様にお願いされて、久し振りに古い文字の勉強をいたしました」

クスとマグダレーナが微笑む後ろから、エグランティーヌとアナスタージウスが入ってくる。

「エグランティーヌ、いのりたりない」

「アナスタージウス、いのりたりない」

「ふむ。言葉が変わったな。やはり御加護の再取得で属性が足りたようだ。この分ならば、兄上も言葉が変わっていよう」

王族も御加護の再取得を行ったようで、アナスタージウスとエグランティーヌは全属性になっているようだ。

「アナスタージウス王子は再取得で全属性を得たのですか?」

「あぁ、祈りの言葉を唱えて魔力供給すれば良いと其方が教えてくれたであろう? 冬の奉納など魔力を使うところでは神々に必ず祈りを捧げるようにしたところ、四つの御加護を賜ったのだ」

一年後にまた再取得の儀式を行うらしい。エグランティーヌは二つの御加護を得たそうだ。

「まぁ、エグランティーヌ様も再取得で全属性になられたのですね。わたくしも卒業時の再取得で属性を増やすことができるでしょうか？」

ハンネローレの言葉にエグランティーヌはそっと頬に手を当てて、「わたくしは元々全属性でしたから」とゆっくりと首を横に振った。

「属性や御加護を増やすことも大事だが、今はここにある資料を写したり、訳したりする方が大事だ。私とエグランティーヌは午後に予定があるため、午前中しか作業ができぬ。急ぐぞ」

アナスタージウスの号令によって、わたし達はせっせと白い石板を訳したり、書き写したりし始めた。マグダレーナ、ハンネローレ、わたしは現代語に訳しながら。アナスタージウス、エグランティーヌ、ヒルデブラントは古い言葉の勉強を始めたばかりで訳すのに時間がかかりすぎるため、古い文字をそのまま書き写していく。

それぞれのタイミングで休憩をしながら四の鐘までは黙々と作業をした。


「では、我々は戻る。大変だと思うが、午後からもよろしく頼む」

アナスタージウスとエグランティーヌの二人が側近と共に去っていく。わたしとハンネローレは地下書庫の前にある休憩場所で昼食を摂ることになっている。未成年が領主会議中の貴族院をうろうろしている姿を見られることを避けるためだ。王族が他領の未成年を使っているというのはあまり外聞の良いものではないらしい。当初の予定では離宮へ戻るつもりだったらしいマグダレーナとヒルデブラントも、ここで一緒に昼食を摂ることにしたようだ。側仕え達が準備をしている。

「離宮までは結構距離もありますし、第三夫人のわたくしが領主会議の期間に貴族院を歩き回る姿を見られるのも、あまり褒められた行為ではございません。こちらでご一緒させてくださいませ」

マグダレーナはそう言いながらカトラリーを手に取る。彼女は第一夫人を立てるため、今まで敢《あ》えてあまり表に出ていなかったそうだ。表に出ると、どうしてもダンケルフェルガー出身のマグダレーナを第一夫人にした方が良いという勢力が出てくるという。

……ツェントの第一夫人の出身はギレッセンマイアーだっけ？　確かに四位の中領地よりダンケルフェルガーの方がって言い出す人達はいそうだよね。

普段は領主会議へ出席せずに潜んでいるのに、今回だけ貴族院の中を歩いている姿が見つかると、何かがあって暗躍している印象やダンケルフェルガーへ情報を流しているように取られる可能性がある。どのような噂に発展するかわからないらしい。

「この季節は外でピクニックも気持ち良いけれど、なかなか難しいでしょうね。流言のように形のない敵は本当に厄介ですもの。ローゼマイン様やハンネローレ様もお気を付けくださいね」

「ご忠告、ありがとう存じます」

「それはそうと、わたくし、ローゼマイン様から昨日の儀式のお話を伺いたいものです。講堂へは行かなかったので、素晴らしい儀式を見られませんでしたから」

マグダレーナがそう言うと、未成年のヒルデブラントとハンネローレも「お話を伺いたいです」と大きく頷いた。二人の目の輝かせ方がよく似ている。

「私も見てみたかったです。部屋の中に夜を浮かべ、光の柱が立つ光景はとても神秘的だったと父上が話してくださいました」

ヒルデブラントの言葉にハンネローレがフフッと笑う。

「わたくしはお兄様が絵を完成させるのを楽しみにしています。とても美しい光景で、描かずにはいられなくなったようですよ。お母様に絵は領主会議が終わってから、と叱られていました」

「ローゼマイン様の祝福を受けて、ジギスヴァルト王子とアドルフィーネ様が立っている舞台にほんの数秒間ですけれど、うっすらと魔法陣が浮かんだそうですね？　ジギスヴァルト王子が次期ツェントとして神々に認められたのでは、という声が上がっています」

それは初めて聞いた。わたしは驚いて口に運ぼうとしていた一口サイズの鶏肉《とりにく》が落ちたのにも気付かずにマグダレーナを見つめる。

「舞台に魔法陣が浮かび上がったのですか？」

「あら？　わたくしもダンケルフェルガーの皆からそのように伺いましたけれど、ローゼマイン様は魔法陣をご覧になっていらっしゃらないのですか？　祭壇で儀式を行っていたのですよね？」

目を見張ったハンネローレにそう言われてわたしは自分の行動を思い返す。

「最高神に祈りを捧げるために上を向いていましたから、舞台は全く見ていませんでした」

「エーレンフェストでは魔法陣が全く話題にならなかったのですか？」

マグダレーナに驚いた顔で言われて、わたしは昨日の寮の様子を思い出す。少なくともわたしは聞いていない。

「その、古い儀式を行えと中央神殿が言い出したのが当日の朝で、実行すると決まったのが直前だったため、エーレンフェスト側には全く知らされていなかったのです。ですから、昼食の席ではわたくしが何をしたのか、他領の貴族達の質問にはどのように答えれば良いのかという対策に関する話題でいっぱいでした。それに、クラリッサとハルトムートは……」

「何もおっしゃらなくてもわかります。ローゼマイン様のことしか口にしないのですよね？」

ハンネローレの言った通り、二人の話題はわたしの行動が中心になっているし、同じような称賛《しょうさん》がリフレインするので、夕食前に「いつまで同じことを話しているのですか？」とレーベレヒトに叱られていたくらいだ。

「夕食の席では午後からあまりにもたくさんのお申し込みがあったため、どのように対応するのかを話し合わなければならない状態で、儀式のことはもう話題に上がらなかったのです。魔法陣が光ったことは初めて知りました」

……わたし、その場にいたのに、儀式を行った張本人なのに知らなかったよ。

次期ツェント候補を選別する魔法陣が浮かんだならば、正当なツェントを欲しがっている中央神殿が古い儀式を蘇らせようと必死になるのも納得だし、アナスタージウス王子が「予想通り想定外だったが、想像以上に良い結果が得られた」と言っていた意味もわかる。

「今日の夕食時にでも養父様達に話を聞いてみます。知らなかったでは済まされませんから」

昼食を終えると、午後からも作業だ。せっせと現代語訳していく。こうして新しい文献を読んでいくのはとても楽しい。

「……ローゼマイン様！」

マグダレーナに強く肩を揺さぶられて、わたしはハッと顔を上げた。

「貴女《あなた》の側近にオルドナンツが届いています。書庫を出ましょう」

わたしが書庫から出ると、コルネリウスはマグダレーナに礼を言って、ダームエルから届けられたオルドナンツの内容を教えてくれる。

「アーレンスバッハのディートリンデ様が図書館へやって来たようです」

「ディートリンデ様は成人式に魔法陣を光らせて次期ツェント候補になったはずです。ツェントになるのに必要な知識を得るためにここに来るつもりかもしれませんね」

レオノーレの言葉にマグダレーナが「ここを知っている者はほとんどいないはずですよ」と目を瞬いた。

「いいえ。フェルディナンド様は王族や条件を満たしている領主一族ならば入れる場所だと認識していらっしゃいました。昔は王族や領主候補生がここに出入りできるのが普通だったのであれば、誰が情報を持っていてもおかしくはございません」

わたしの言葉にマグダレーナは「そうでしょうか……」と納得できないような表情で呟き、その後、何かを思いついたようにニッコリと唇の端を上げていく。

「次期ツェント候補を名乗るディートリンデ様とは一度お話をしてみたいと思っていたのです。対応はわたくしに任せて、ヒルデブラントとハンネローレ様とローゼマイン様は書庫の中で作業を続けていてくださいませ」

次期ツェント候補

頼もしいマグダレーナに全てを任せて書庫に戻ろうとしたら、ハンネローレが「あの、マグダレーナ様」と恐る恐るという様子で呼びかけた。

「何かしら？　ハンネローレ様？」

「書庫で作業を続けるより、隠れるというか、ディートリンデ様とわたくし達が顔を合わせないようにした方が良いのではありませんか？　その、未成年であるわたくし達がここでお手伝いをしていることはあまり知られない方が良いのでしょう？」

昼食の時の話を例に出したハンネローレの言葉に少しマグダレーナが考え込む。

「ディートリンデ様がどのくらいの護衛を連れていて、どのような目的でこちらにいらっしゃるのかわからないので、書庫に入っているのが一番安全ではあるのですけれど、ハンネローレ様のお言葉ももっともですね」

どれだけの騎士を連れていても、書庫の中にはディートリンデ一人しか入れない。書庫の中が一番安全ではあるけれど、最初から存在を知られないようにできるならばそれが一番だ。

「階段で鉢合《はちあ》わせするのが一番危険だと思いますが……」

レオノーレの言葉に皆が言葉に詰まる。その時、オルドナンツが飛んできた。白い鳥はマグダレーナの手首に降り立ち、口を開いた。周囲を気にしているように少し潜めたソランジュの声でオルドナンツが話し始める。

「ソランジュでございます。これから執務室でアーレンスバッハのディートリンデ様の入館登録を行うことになりました。未成年者が貴族院にいる姿を見られない方が良いのであれば、閉架書庫の奥にお隠れくださいませ。後で別の出入り口から外へ出られるようにお手伝いいたします」

わたし達が昼食も地下書庫で食べていることを知っているソランジュがわざわざ伝えてくれたことだ。時間稼ぎをして、外へ出してくれるならば、それに越したことはない。

……今日は一日中書庫に籠もれると思ってたのに。ディートリンデ様め。

「マグダレーナ様もあまりお姿を見られない方が良いならば、一緒に閉架書庫で隠れましょう」

わたしはそう声をかけたけれど、マグダレーナは「いいえ。こちらの書庫が開いているのに、誰もいないのも不自然です」と首を横に振った。

「それに、わたくしはディートリンデ様がいつ誰からの情報でこの書庫の存在を知ったのか、調べなければなりません」

政変後に残っている王族が知らなかった書庫の存在を、ディートリンデが知っていたはずがない。もしも知っていたのならば、学生時代に図書館登録をしているはずだとマグダレーナは言う。

……確かに知っていたら、図書館登録もしていないのは変だよね。

「今はまだ昼食を終えた方々が移動を終えていないくらいの時間帯です。ソランジュ先生の誘導で外に出られたとしても、中央棟には近寄らないでくださいませ。ディートリンデ様が図書館を出たらオルドナンツを飛ばします」

マグダレーナの言葉に頷きながら、わたしは自分が現代語訳した文章をまとめてマグダレーナに手渡し、筆記用具を片付けて外に出られるように準備をする。その間にコルネリウスが昼食の片付けに行っている側仕え達に状況を知らせるオルドナンツを飛ばし、連絡があるまで図書館へ戻らないように伝えた。

「ヒルデブラントは皆の迷惑にならぬようにするのですよ。わたくしはここでディートリンデ様とお話をしますから」

マグダレーナはニコリと笑って護衛騎士達にヒルデブラントを託すと、早く閉架書庫へ行くように急《せ》かした。わたし達は急いで階段を上がる。閉架書庫と地下書庫の間にある扉の鍵は側仕え達が出入りできるように開けられているので、閉架書庫に入ることは問題なくできた。

閲覧室から入ってくる扉の前に立ったコルネリウスがどこに隠れれば見えないのか確認しながら指示を出していく。

「ヒルデブラント王子は一番奥の本棚の後ろに隠れてください。ダンケルフェルガーはその手前でお願いします。ローゼマイン様はこの本棚より手前に出ないように気を付けてください」

側近が多いハンネローレとヒルデブラントを奥に行かせて、わたし達は手前の本棚の後ろに陣取る。貴重な書物が置かれている閉架書庫の本棚は背板が付いているので、本棚の奥に隠れれば見えることもないだろう。

「……まだでしょうか？」

完全に隠れたのにディートリンデがやって来ない。ソランジュが時間を稼いでくれているのかもしれないが、少しも動かずにじっとしているのはとても苦痛だ。

「側仕え達が出入りできるように鍵は開いているのです。いつ入って来るのかわからないので、おとなしくしていてください」

……ここにある本が読みたいよぉ。

目の前に読んだことのない本があるのに、本棚の前で本を読むこともなく、じっとしているのはとても苦痛だ。

……静かにしてるから読んでいい？　ダメだよね。わかってるよ。わかってるけど、読みたい。

口に出したら怒られることを考えながら、わたしはディートリンデがやって来るのを待つ。カチャリと音がして扉が開き、明るい光が閉架書庫に差し込んできた。

「まぁ。では、ディートリンデ様がこちらへいらっしゃったのは、そのお手紙で……？」

ソランジュの柔らかな声が閉架書庫に響いた。ソランジュがわたし達に聞かせるために図書館来訪の理由を尋ねているのがわかる。

「えぇ、差出人の書かれていない不思議なお手紙が届いて……。わたくしが次期ツェントになれるように心ばかりのお手伝いがしたいと書かれていたのです。貴族院の図書館にはツェントになるために必要な知識が眠っている、と。あれはきっと神々からわたくしへ贈られた物でしょう」

……ちょっと待って。差出人不明のそんな怪しい手紙を信じて図書館へ来ちゃったの!?　ディートリンデ様の行動って、領主一族としてあり得ないくらいに迂闊《うかつ》じゃない!?

迂闊だと叱られることが多いわたしでもわかる。わたしが同じことをしたら絶対にフェルディナンドから雷を落とされるような行為だと思う。何より、普通は側仕え達が手紙を仕分けするので、そんな怪しい手紙が自分の手元まで届くかどうか定かではない。

……領主一族としてはあり得ないのに、正解をつかむディートリンデ様にビックリだよ。

フェルディナンドは「魔力が足りていなくて魔法陣は起動しなかった」と言ったけれど、本気で次期ツェントを目指すならば地下書庫にある文献を読むことは必須だ。

「領主会議の間は図書館が開いていると書かれていたので、足を運ぶことにしたのです。どんどんと会食やお茶会の予定が入りますから、今日を逃せば次はいつ足を運べるのかわかりませんもの」

領主会議が始まった初日から予定がぎっしりと詰まっていることは少ない。最初の数日は領主夫妻が全員集められる会議があり、その合間にお誘いや予定の摺《す》り合わせを行う。そのため、始まってすぐはまだ時間の余裕があるけれど、だんだんと忙しくなるそうだ。

底辺領地だった頃のエーレンフェストは、勝手に切り上げて領地へ帰りたくなるくらいに予定がなかったらしい。今は初日から予定がびっしりだとジルヴェスターから聞いた。

……わたしが青色巫女見習いの頃は抜け出す余裕があったもんね。

「ジギスヴァルト王子が星結びの儀式で魔法陣を光らせましたし、領主会議の時に王族は地下書庫に出入りするのでしょう？　先に候補になったわたくしが後れを取るわけにはまいりませんもの」

オルタンシアが苦笑気味に「……そのようなおっしゃり方は王族に不敬だと思われましてよ」と

窘《たしな》める。けれど、ディートリンデはクスと笑った。

「グルトリスハイトも持たない者を王族と呼ぶのはおかしいでしょう？　神々に選ばれ、真のツェントになるのはわたくしですもの」

どうすればそんな自信が持てるか知らないけれど、閉架書庫にディートリンデの高笑いが響く。

「ディートリンデ様は次期アウブ・アーレンスバッハではございませんか」

「今はそうですが、わたくし、アウブになる前にグルトリスハイトを手に入れられるはずです」

側近達が何も言わないのはディートリンデの言葉を正しいと思っているのか、それとも、抗うのが面倒で流しているのか。このままでは冗談抜きでフェルディナンドが不敬罪の連座になりそうだ。

「ディートリンデ様、一つお伺いしたいことがあるのですけれど……」

オルタンシアがコホンと咳払いして、ディートリンデの高笑いを遮《さえぎ》った。それから、まるでこの場にいるわたし達に聞かせるようにおもむろに切り出し、心持ち大きな声で尋ねる。

「シュラートラウムの花は今年も美しく咲くのでしょうか？」

「何の花かしら？」

「ディートリンデ様はご存じありませんか？　アーレンスバッハでしか手に入らない、わたくしの夫が好きな花だそうです。ゲオルギーネ様に伺ってみてくださいませ」

オルタンシアがそう言いながらディートリンデとその側近を連れて階段を下りていく。

……シュラートラウムの花って何？　ディートリンデ様は知らなくて、ゲオルギーネ様に尋ねたらわかる花？　オルタンシアの夫って中央騎士団長のラオブルートだったよね？

多分、何かのヒントだと思う。夢の神の名前が使われるような花である。大っぴらにはしたくないとか、無関係を貫きたいとか、わかる人にだけわかれば良いとか、そういう時に貴族が使う暗号のような言葉に違いない。

……フェルディナンド様にお手紙で相談すればわかる？　でも、相談してもいいのかな？　接触を控えるように言われた直後に手紙を出してもいいのだろうか。けれど、自分一人で抱えているには重すぎる。エーレンフェストを狙うゲオルギーネと、フェルディナンドによる簒奪《さんだつ》を疑ってアーレンスバッハへ向かわせたラオブルートの名前が同時に出ているのだ。不穏なことはわたしにだってわかる。

……ゲオルギーネ様関連なので、養父様にとりあえず相談するつもりだけど……。

ジルヴェスターがラオブルートを知っているかどうかわからない。わたしがラオブルートと個人的に接触したのは、貴族院で呼び出しを食らって聖典を見せた時と図書館へやって来てアダルジーザの実であることをフェルディナンドに確認した時だ。

……アダルジーザの実のことを隠しながら上手く説明できたらいいんだけど。

わたしの考えごとはソランジュが地下へ続く扉を閉めた音で打ち切られた。ソランジュは一度扉に鍵を閉めてから、くるりと振り返る。

「皆様、いらっしゃいますか？」

「えぇ、ソランジュ先生」

「こちらから外へ出られますよ」

ソランジュはわたし達を非常口のようなところから外へ出してくれた。暗い閉架書庫から突然明るい外へ出ると、目が眩《くら》んで視界がチカチカとする。

「ここは図書館の裏側です。中央棟とはちょうど逆になるので、騎獣に乗らない限りは人目には付きにくいと思いますよ」

図書館の裏庭だろうか。外でお茶をするためのテーブルや椅子が草に埋もれているのが見えた。昔は多くいた司書達の休息の場だったことが何となく察せられる。

「ディートリンデ様がお帰りになるまで少しお散歩をしてみてはいかがですか？　一日中地下に籠もっているのも体に良くないでしょう？　わたくしは地下書庫の扉の鍵を開け直し、執務室へ戻らなければなりませんが……」

ソランジュはそう言って中へ引き返していく。ディートリンデと顔を合わすことは避けられたけれど、彼女が帰るまでずっと散歩をするのは、わたしには無理だ。

……せめて、本を借りてくればよかったよ。

後悔先に立たず。わたしは呆然《ぼうぜん》とする。ハンネローレも困ったように裏庭を見回した。

「これだけお天気が良いのであれば、ピクニックにちょうど良いのですけれど、お茶を淹れる道具もお茶菓子も地下書庫に置いてきましたものね。どのように時間を過ごしましょう？」

「ハンネローレ様、確かにピクニックも良いのですが、万が一のことを考えると少し移動した方が良いかもしれません。ここでは閲覧室の窓から見える可能性がありますす」

ヒルデブラントの筆頭側仕えであるアルトゥールは、緊張した面持ちで周囲を見回している。

「そうですね。領主会議中に閲覧室のキャレルを使う者はいないと思いますが、使用するキャレルによってはわたくし達の姿が丸見えになります。あちらをお散歩してみませんか？　森の中であれば、人目にも付きにくいと思うのです」

レオノーレは庭の南側に広がる森を指差した。木漏れ日がちらちらと地面に複雑な模様を描いている森の中は、燦々《さんさん》と日が当たるここよりも過ごしやすそうに見える。

「レオノーレの言う通り、ローゼマイン様は一人用の騎獣を出して移動した方が良いでしょう。あまり日差しに当たりすぎると体調を崩しますから」

「これでも少し丈夫になったのですけれど……」

オティーリエの言葉にわたしは唇を尖《とが》らせる。二回目のユレーヴェに浸かってから、わたしはかなり丈夫になったのだ。オティーリエは貴族院へ同行していないし、エーレンフェストに戻ってからも神殿で過ごすことがほとんどだったわたしの体調を把握できていないのだと思う。

「ローゼマイン様が少しずつ丈夫になっていることは存じていますが、油断は禁物です。体調を崩すと、しばらく書庫へ行けなくなりますよ」

……それはそうなんだけど、ハンネローレ様とヒルデブラント王子の前で言わないで！

オティーリエの言葉に悲鳴を上げたい気持ちで、わたしはちらりと二人の様子を窺《うかが》う。案の定、お茶会で突然倒れられたトラウマ持ちの二人とその側近達は顔を真っ青にして森を指差した。

「ローゼマイン、森へ行きましょう。騎獣を使っても良いですから。王族のお手伝いをさせて倒れさせてしまうようなことになれば、私は……」

「ヒルデブラント王子の言う通りです、ローゼマイン様。このまま真っ直ぐ南に進めばダンケルフェルガーの寮があるはずなのです。少し森に入れば見えるかもしれません」

ヒルデブラントから許可を出された状態で「健康のために歩きます」など言えるはずもない。わたしは一人用のレッサーバスを出して乗り込むと、皆と森へ向かう。皆が歩いているのに、自分だけ騎獣に乗っている現状がちょっと恨めしい。

……ヒルデブラント王子と同じくらいの速さなら、わたしだって歩けるのに。

コルネリウスがオルドナンツを飛ばし、ダームエルとアンゲリカが合流する頃には森に入っていた。わたしは皆の過保護にちょっとだけ不満を感じつつ騎獣に乗っていたけれど、生い茂る木々に程良く日光が遮られた森の中はマイナスイオンもたっぷりなのか、とても心地が良い。色々と考え込んでいた頭が少し解《ほぐ》れていくような感じがする。

「雪景色ではない貴族院が初めてなので不思議な感じですけれど、とても心地良い森ですね」

「えぇ。これほど美しい場所だとは思っていませんでした。白の建物に緑や色とりどりの花が映えてとても色鮮やかですもの」

白に覆われた貴族院しか知らないわたしと同じで、ハンネローレも春の貴族院の美しさに驚いたらしい。周囲の美しさを称賛した後、ハンネローレはマグダレーナがいたために控えていたフェルネスティーネ物語の感想を述べ始める。

「もう本当に続きが気になって、気になって堪《たま》りませんでした。これでフェルネスティーネが幸せになれなかったらダンケルフェルガーは……、いいえ、わたくしはどうすれば良いのか……」

　ハンネローレがぷるぷると震えながらわたしを見つめる。フェルネスティーネ物語の二巻は、王子の求婚を受けて幸せになれると思った矢先、王の反対にあったり、義母の陰謀《いんぼう》で別の男に嫁がされたりという絶望の淵《ふち》に沈んだところで次巻へ続くという鬼畜《きちく》仕様だ。

「ハンネローレ、そのように嘆かなくても大丈夫です。王子は必ずフェルネスティーネを助けに行きます。あのように深く愛し合っているのです。諦めるはずがありません」

　どうやらヒルデブラントもフェルネスティーネ物語を読んだらしい。力強く断言している。

「そうなのですか、ローゼマイン様？」

　希望に満ちた二人の目に見つめられ、わたしは思わず笑ってしまう。

「続きは三巻を読んで、ご自分の目で結末を確かめてくださいい。今日、お持ちしていますから」

「まぁ、本当ですか？　楽しみですわ。……今度こそ完結で間違いないのですよね？」

　ハンネローレがちょっと身構えるようにしてわたしに尋ねた。フェルネスティーネ物語は三巻で完結するので間違いない。わたしが笑顔で頷くと、やっとハンネローレは安心したように笑った。

「……あれは何でしょう？　何か白い建物が見えます」

　木の上から先の様子を探っていたアンゲリカの声が降ってきた。わたし達の位置からは見えないけれど、それほど大きくはない建物があるらしい。

「もしかして、ダンケルフェルガーの寮ではありませんか？」

「いいえ、違います。ダンケルフェルガーの寮はもっと遠いですし、あのように小さくはありません。木々に埋もれて、騎獣で上空を飛べば見えないくらいの建物です」

他の者もアンゲリカの言葉に思い当たるような建物はないようで首を傾げている。各領地の寮は基本的に森の木々より高い。地下室、下働きのいる地階、食堂や多目的ホールがある一階、男子部屋がある二階、女子部屋がある三階、そして、四階というか屋根裏部屋が物置として使われている。とても森の木々に隠れられる高さではないのだ。

「アンゲリカ、どのようなところか見てきてください。建物の周囲が開けているならば、そこで少し休憩したいですから」

アンゲリカは即座に身体強化を使って、枝から枝へ軽快な動きで移って先へ進んでいく。ダンケルフェルガーの護衛騎士もハンネローレの言葉を受けて、アンゲリカを追いかけていった。

「扉には鍵がかかっていて閉まっていました。ずいぶんと汚れていて、もう十年以上使われた形跡がないように思える建物です」

「我々も知らない建物ですから、休憩しても人目に付くことはないと思います」

偵察隊《ていさつたい》からの報告を聞いて、わたし達はその建物へ向かうことにした。報告通り、森の木々に囲まれた中にひっそりと白い建物がある。周囲の草の生い茂り方や手入れのされていない建物の状態を見れば、誰もここを訪れていないのがよくわかる。

「管理して魔力を注ぐ者がいれば、白の建物は劣化《れっか》しませんもの。本当にここを訪れる者がいないのでしょう」

「本当に小さな建物ですね。森の管理小屋でしょうか？」

ヒルデブラントの言葉にアルトゥールが「管理小屋はもっと小さいですよ」と言葉を返す。寮や城と比べれば小さいけれど、東屋《あずまや》や森の管理小屋よりは大きい。窓が見つからないので、中の様子を見ることはできない。変わった建物だけれど、扉を挟んで左右に石像が並んでいる雰囲気が、何となく下町から神殿に入る門の様子を思い出させた。

「……もしかしたら、祠《ほこら》かもしれません。昔、わたくしのおじい様が宝盗《たからと》りディッターの最中に貴族院の辺鄙《へんぴ》なところにある祠を壊したことがあるそうなのです。それに、貴族院のあちらこちらにある、神を祀《まつ》った祠で悪戯《いたずら》ばかりする悪い生徒が突然消えたという二十不思議をソランジュ先生から伺ったでしょう？　こちらがその祠かもしれません」

扉の左右に配置された石像が神殿の門と似ている話をすると、わたしは騎獣を降りて、その建物に近付く。神々の祀られた祠がこんなふうに汚れているのを放置しておくわけにはいかない。

「ローゼマイン様？」

「とりあえず、綺麗《きれい》にしましょう。このままではこちらに座って休憩することもできませんから」

わたしは騎獣で移動したけれど、ヒルデブラントやハンネローレは結構歩いていた。少し座って休憩したいだろう。わたしは今まで休憩していた分を働くように、腰の革袋から魔法陣の描かれた魔紙を取り出した。

「それは何ですか？」

「クラリッサが研究していた広域魔術を補佐するための魔法陣です。これがあると、とても楽に広域魔術を使えるのですよ」

わたしはシュタープを出し、その魔法陣に魔力を込めていく。ふわりと紙が浮かび、光を放つのを見つめながら「ヴァッシェン」と唱えれば、次の瞬間、建物全体を水が包み込んだ。数秒後には水の塊《かたまり》が消える。汚れが落ちて、輝きを放つような白の建物になっていた。

「これで綺麗になりましたね」

「た、建物をヴァッシェンで丸洗いするなんて、初めてです」

エントヴィッケルンの後、フェルディナンドが平然とした顔で下町全体を丸洗いしていたので、魔力が大量に必要になるけれど、比較的普通のやり方だと思っていた。でも、周囲の反応を見れば、どうやら違ったらしい。

「補佐の魔法陣がなければ、さすがにできません。クラリッサのおかげですね。ホホホホ……」

笑って誤魔化してみたけれど、わたしに貴族の常識が足りないのは、もしかして、フェルディナンドのせいではないだろうか。

「せっかく綺麗になったのですから、少し腰を下ろして休憩しましょう。ヒルデブラント王子もハンネローレ様もお疲れでしょう？」

わたしが「扉の前の段に座って休憩しよう」と誘うとヒルデブラントが笑顔で駆け寄ってくる。

「ローゼマインの言葉に甘えますが、私はこれくらいの距離ならば平気ですよ。ダンケルフェルガー出身の母上の教育方針で、年相応に鍛えていますから」

王族とはいえ、ヒルデブラントはダンケルフェルガーの血を引く男子だ。このくらいの距離の移動では疲れないらしい。ハンネローレもどうやら別に疲れていないようで、側仕えを寮へ戻してお茶の準備をするかどうか考え込んでいる。

……わたし、騎獣に乗って正解だったね。二人の体力に合わせたお散歩は無理だったよ。

「ここからダンケルフェルガーの寮は比較的近いですから、お茶を準備させましょうか？」

「目立たない方が良いので、お気になさらず。騎獣でお茶の準備をする側仕えも大変でしょう」

ヒルデブラントの側近達の言葉にハンネローレは頷き、「では、わたくしも少し休みます」と休憩のためにこちらへ歩いてくる。

「ハンネローレ様はこちらへどうぞ。マグダレーナ様からオルドナンツが来るまでフェルネスティーネ物語の感想を聞かせてくださいませ」

わたしは扉に手を突いてハンネローレに呼びかける。次の瞬間、わたしは閉まっているはずの扉に吸い込まれた。

「うぇ⁉」

瞬きした途端《とたん》、わたしの視界は森の風景から神々の像が祀られた祠に変わっていた。窓はないけれど、祠の中心にある石像が持っている透き通った青の石板が光を放って祠の内部を照らしているので、決して暗くはない。十二、三畳くらいの広さの内部にはずらりと十三の神々の像が並んでいる。槍《やり》と青い石板を持った美丈夫を中心に雄々《おお》しい像が並ぶ様子を見れば、ここが火の神ライデンシャフトを祀っている祠であることがわかった。

「こんな祠、初めて見た」

神殿や貴族院の祭壇に最高神と五柱《いつはしら》の大神の石像はあるけれど、眷属が全て並べられた火の属性だけが祀られた祠を見たのは初めてだ。

「うわぉ、なんか成長にご利益がありそう」

わたしはバッと手を上げて、ここにある眷属達に祈りを捧げていく。

「火の神ライデンシャフト、導きの神エアヴァクレーレン、育成の神アーンヴァックス……」

……どうか人並みに成長しますように！

わたしが祈ると、パァッと魔力がライデンシャフトの持っている青い石板に吸い込まれていく。

それを見ていると、青い石板がキラリと光り、文字が刻まれているのが見えた。

……何だろう？

わたしは初めて見る青い石板に近付いて、文字を読んでいく。

「其方の祈りは我に届いた。其方を認め、ライデンシャフトよりメスティオノーラの書を手に入れるための言葉を与える……」

そこでライデンシャフトの指に遮られて文章が途切れた。肝心の「メスティオノーラの書を手に入れるための言葉」が一体何なのかわからない。わたしは「こんな持ち方では読めませんよ、ライデンシャフト様！」と石像に向かって文句を言いながら青の石板を手に取った。

「我の言葉だけではまだ足りぬ。次期ツェント候補は全ての神々より言葉を得よ」

最後の言葉を読み終わった瞬間、青の石板が自分の中に吸い込まれていった。自分の中にあるシュタープと同化していく。この青の石板が、これまで自分が捧げた祈りの魔力と「神の意志」が混じり合った物であることが感覚でわかった。同時に、まるで闇の神と光の女神の名前が頭に刻み込まれた時のように、ライデンシャフトから与えられた言葉が浮かんでくる。

「クレフタルク」

「では、わたくしはこちらに座らせていただきますね」

ハンネローレが笑顔で近付いてきて、扉の前に腰を下ろしている。わたしは扉に手を突いた恰好のままだ。全く時間が過ぎていないような奇妙な感覚に、わたしは思わず周囲を見回す。ライデンシャフトから与えられた言葉が口をついて出た次の瞬間、祠の外に立っていた。まるでライデンシャフトがその言葉を与えるために、わたしを呼んだようではないか。

「ローゼマイン様、どうかなさいましたか？」

「いいえ、何でもないのです」

ハンネローレにニコリと笑い返す。周囲の景色は変わらない。誰もわたしが祠の中に入っていたことさえ気付いていない。けれど、脳裏《のうり》に浮かぶ言葉は消えていない。

……メスティオノーラの書を手に入れる言葉って言ってたよね？

英知の女神メスティオノーラの書。つまり、新しい本。抗いがたい甘美な誘惑《ゆうわく》だ。

……あぁ、読んでみたいな、メスティオノーラの書。

ヒルデブラントとハンネローレの会話を聞き流しながら、わたしはぼんやりとメスティオノーラの書について考える。

……女神様の本って一体どんなのだろう？　楽しみだね。……って、あれ？　メスティオノーラの書って普通はグルトリスハイトを指すよね？　もしかして、わたしが読んじゃいけない系？

読みたい誘惑に駆られていた頭にふっと現実が戻ってくる。その途端、一人で祠に取り込まれたのだから、石板を読む前に護衛騎士達と連絡を取るべきだったとか、そもそも怪しい石板に近付くべきではなかったとか、現実的な視点で自分の行動が見えてくる。

……まるでフリュートレーネの夜に女神の水浴場で不思議体験をした時みたい。

あの時も同行者に連絡を取ることを不自然に忘れるとか、フェルディナンド達が入れないとか、何らかの魔力的な干渉があったはずだ。あの祠の中もそういう感じなのだろうか。

……ちょっと落ち着いて冷静に考えてみよう。

メスティオノーラの書が本当にグルトリスハイトだった場合、わたしが手に入れるのは非常にまずいと思う。わたしはグルトリスハイトを手に入れたいわけでもないし、ツェントになりたいわけでもない。余計なことに巻き込まれたくなければ、手を出さずに口を噤《つぐ》んでいるのが一番だ。ただ、この機会を逃したら女神様の本なんて絶対に読める気がしない。読みたい。ものすごく読んでみたい。その気持ちは偽《いつわ》れない。

……それに、王族はグルトリスハイトを探しているんだよね？　ちょっとでも手がかりがほしいんだよね？

地下書庫にツェントになるために必要な知識があるという情報だけで必死に翻訳しているくらいなのだ。今のわたしの体験はかなり貴重で大きな情報になると思う。

……貴重は貴重だけど、同じやり方でできるのかな？

多分光の柱が立った時に飛んで行った一部の光が青の石板の元になっていると思う。つまり、それだけの祝福をして魔力を奉納し、光の柱を立てなければならない。中央の魔力供給で大変な状態の王族が貴族院で光の柱をどんどん立てるような祝福ができるのだろうか。

……王族にできなかったらどうなる？

自分にできないことは他人に丸投げして生きてきたわたしが一番に思いつくのは、「できる人にしてもらえばいいじゃない」である。手に入れられそうな者にグルトリスハイトを手に入れてもらえば良い。手に入れられそうな者がわたしでなければ、そう提案するだろう。

……それでわたしがグルトリスハイトを手に入れたら王族はどうする？

わたしが読んでから王族に譲渡《じょうと》することが簡単にできれば良い。けれど、簡単でなかった場合はどうなるのか。フェルディナンドは危険視されて王命でアーレンスバッハへ婿《むこ》として向かうことになった。わたしも同じように危険視されて王命を受ける可能性は高い。

……最悪の場合、殺されるかもしれない。

政変の始まりがグルトリスハイトを巡るものだった。フェルディナンドの事例は王族以外が手に入れたらどうなるのかを示していると思う。不意にフェルディナンドの声が脳裏に蘇った。

「君は王になることを望むのか？」

あれは聖典に王となる道が示された時だ。あの時とわたしの気持ちは変わっていない。王は望んでいないけれど、本は読みたい。それから、争いの種になりたくない。王族のためには情報提供するべきだけど、自分のためには口を噤んでおくべきだ。

誰かに相談したいけれど、相談できる相手が思い浮かばない。うーん、と悩みながら視線を上に移すと、空に青い線が走っていた。祠の屋根から何本かの青い光が出ている。

「……あの青い光は何でしょう？」

「どの青い光ですか？」

わたしが指差す先をヒルデブラントとハンネローレの二人が見上げて不思議そうな顔になった。あんなにはっきりと見える不自然な青い光が全く見えていないようだ。二人だけではなく、側近達も見えていないようで、目を凝《こ》らしたり首を傾げたりしている。見えない人たちに向かっていくら主張してもわかってはもらえない。わたしは何度か瞬きをして首を横に振った。

「……わたくしの見間違いだったようです。木漏れ日で目が眩んだのかもしれません」

「思ったより眩《まぶ》しいですものね」

ハンネローレが同じように上を見て眩しそうに目を細めた。その方向に青い線があるのだが、全く見えていないようだ。

……青い光の線の先には何があるんだろう？

空を見上げて目を凝らしていると、オルドナンツが飛んできた。アルトゥールの腕に留まって口を開いた白い鳥は、マグダレーナの声で地下書庫へ戻るように三回告げた。

祠の場所

「少しは外に出られて気分転換になったかしら？」

地下書庫に戻ると、側仕え達はすぐにお茶の準備をしてくれた。うろうろと外を歩き回って喉《のど》が渇《かわ》いていたのでお茶がとてもおいしい。お茶を飲みながらマグダレーナが外でどのような時間を過ごしたのか質問する。

「はい、母上。ソランジュ先生が鍵を開けてくださって、閉架書庫から外へ出ることができたのです。図書館の裏庭だったのですが、ローゼマインには日差しが強いので森へ入ることにしました。そこにあった祠の前で休憩したのです。鍵がかかっていて中に入れなかったのですけれど……」

ヒルデブラントが外での自分の行動を母親に報告する。マグダレーナは息子を慈《いつく》しむ優しい笑顔で「中に入れなかったのに、どうして祠だとわかったのです？」と先を促《うなが》した。

「エーレンフェストの神殿の入り口に似ているとローゼマインが言っていました」

「……貴族院の神事にあれだけの意味があったのです。祠にも何か意味があるのでしょうね」

少し考えるようにして呟かれたマグダレーナの言葉に、わたしは「とても大きな意味があります」と頷きたくなった。だが、明確に伝えるのは避け、わたしは当たり障《さわ》りのない情報を伝える。

「すでに修復されているそうですが、わたくしのおじい様が宝盗りディッター中に祠を壊したことがあるそうです。貴族院の辺鄙なところとおっしゃったので、先程の祠とは別だと思います。図書館からわたくし達が少し歩いて到着するところを辺鄙とは表現しないでしょう？」

中央棟、文官棟、側仕え棟、図書館などが集まる辺りは貴族院の中心部だ。辺鄙という表現は寮が点在する辺りの方が相応しいと思う。これで他にも祠がありそうだと伝わるだろうか。わたしが皆の様子を窺うと、ハンネローレにはしっかりと伝わっていたようだ。

「では、他にも同じような祠や神を祀っている場所があるかもしれませんね。王族が管理している貴族院の地図などはないのですか？　もしくは、祠の鍵とか……」

「昔は各領地の寮を記した地図をディッターのためにそれぞれが独自に作成していましたけれど、王族が管理していた祠の地図は耳にしたことがありませんね。ソランジュや王宮図書館の司書にも尋ねてみましょう」

マグダレーナはそう言った。そういえば、フェルディナンドのディッター指南の本にも簡易な貴族院の地図があったはずだ。寮に戻ったら調べてみるのも良いかもしれない。

「マグダレーナ様、ディートリンデ様とはどのようなお話をなさったのです？」

「……次期ツェント候補を名乗る方はずいぶんと個性的で、本当に驚かされました。さぁ、お喋りはこのくらいにして作業をいたしましょう。あまり時間がありません」

よほど話したくない内容なのか、マグダレーナはニコリと微笑んで作業を急かせる。

……ダンケルフェルガーの第一夫人も驚いていたもんね。閉架書庫で言ってたようなことをマグダレーナ様に面と向かって言うとは思えないけど、ディートリンデ様だからねぇ……。

ディートリンデは貴族院のお茶会でも失礼なことを言っていたけれど、基本的には下位の貴族に向けてだったので、眉を顰《ひそ》められる程度のものだった。アウブ・アーレンスバッハが亡くなったのだから、アーレンスバッハで最上位になる以上、領地のことを考えれば自分よりも上位の王族に対して失礼なことをするとは思えない。普通は側近達がそんなことをさせないはずだ。

けれど、マグダレーナの話の切り上げ方を考えると、ものすごく不安になってきた。現在の王族に向けて次期ツェント候補を名乗ったらしい。ディートリンデが王族に対して不敬が過ぎると、夫になるフェルディナンドが連座になる可能性は高くなる。星結びが延期になって良かったと思わざるを得ない。婚約者で領主会議に来られないフェルディナンドは、ここでディートリンデが何かやらかしても、まだ連座にはならないはずだ。

……わたし、もしかして、早めにグルトリスハイトを手に入れた方が良いんじゃない？

それがあれば、いざという時に王族に向かって「グルトリスハイトを渡すので、フェルディナンド様は見逃してください！」と連座回避を願うことができる。何もなければ交渉の席に着くことさえできない。ディートリンデの連座になるフェルディナンドを見ているだけになる。

……これも心配しすぎって言われるのかな？

わたしはそっと胸元を押さえる。ディートリンデが閉架書庫で言っていたようなことをマグダレーナにそのまま言うようなタイプならば、わたしの心配は遠からず現実となるはずだ。口に出さずに勝手に心配する分には怒られないだろう。

……メスティオノーラの書がグルトリスハイトとは限らない。もしかしたら、グルトリスハイトを手に入れるために必要な物かもしれないし、グルトリスハイトだとしてもすぐに手に入る物とも思えないもんね。ひとまずこっそり探してみよう。

わたしはオティーリエから紙と筆記用具を受け取ると、地下書庫に入った。シュバルツがわたしを見上げて「ひめさま、いのりたりない」と言う。青の石板を手に入れただけのわたしでは、確かに祈りは足りないだろう。

……どこにあるのかわからない祠の位置から確認しなきゃダメなんだよね。

「シュバルツ、祈りを捧げるための祠の位置を記した貴族院の地図ってあるかしら？」

「ある」

わたしが何となく尋ねてみると、シュバルツは白い石板をいくつも出してきた。シュバルツが取り出す石板は本棚の真ん中から右の方に点在している。左上から読んでいくわたしの読み方ではなかなか到達できない部分にあったようだ。

「ありがとう、シュバルツ」

わたしはシュバルツの額を撫でると、ずらりと並べられた地図を確認していく。ものすごく大ざっぱな地図と詳細な地図では祠らしき点の数が全く違うので、どこに祈りを捧げれば良いのかよくわからない。ついでに、この地図には各領地の寮や目印になる物が描かれていないので、どこにあるのかよくわからない。全部写しておいて、寮に帰ってからディッター用に作成されている地図と突き合わせて確認する必要がある。場所の確認にも時間がかかりそうだ。

「ローゼマイン、終わりだ！」

「ひゃっ⁉」

突然ガッと石板を取り上げられたことに驚いて顔を上げると、ジルヴェスターが白い石板をシュバルツに渡しているところだった。

「其方は本当に書物に集中していると、周囲の声が聞こえていないようだな。何度呼びかけたと思っている？」

「……わかりません」

わたしは呆れた顔のジルヴェスターに「早く片付けろ」と急かされて、現代語訳を終えた紙をマグダレーナに渡し、書き写した地図を自分の革袋に折って入れる。

「養父様が迎えに来てくださったのですね」

「当たり前だ。このような巨大な魔術具の中に妊娠中のフロレンツィアを入れられぬ」

強固な魔力で選別を受ける地下書庫は、閉架書庫の扉から巨大な魔術具といえるそうだ。お腹の中の赤子がどのような影響を受けるのかわからないため、フロレンツィアを入れたくないらしい。

「養母様を図書館へ入れる気がないのでしたら、毎日養父様がお迎えに来てくださるのですか？」

「そのつもりだ。ほら、来い」

ジルヴェスターに差し出された手の意味がわからず、わたしは戸惑って首を傾げる。これは一体どうすれば良いのだろうか。

「何をぼんやりとしている？　私のエスコートでは不満か？」

「いいえ。……養父様が養母様以外をエスコートすると思わなかっただけです」

「フロレンツィアがいる時はフロレンツィアが最優先だからな」

わたしはジルヴェスターに手を差し伸べて、エスコートしてもらいながら書庫を出た。階段を上がる時、下りる時にお姫様のように丁寧に扱われて、ものすごく不思議な気分になる。


図書館を出ると、すでに日が傾いていた。夕暮れの回廊をジルヴェスターにエスコートされて歩く。平民時代は手を繋ぐことはあっても、こんなふうに誰かの腕につかまって歩くことはほとんどなかったし、貴族になってからも宴の時以外はこんなふうに歩いたことがない。

……おじい様の指を握って歩いたことはあるけど、エスコートというよりは重大なミッションって感じだったし、そもそもエスコートはそこまで妙な顔をすることか？」

「ローゼマイン、私のエスコートはそこまで妙な顔をすることか？」

「……こういうエスコートは慣れていないので、少し戸惑うのです」

「慣れていない？　フェルディナンドやヴィルフリートにされ慣れているであろう？」

ジルヴェスターが驚きの顔になったけれど、驚きたいのはこちらだ。日常生活でこんなエスコートをあの二人にされたことなどない。

「フェルディナンド様は日常生活でエスコートなんてしてくださいませんよ。あ、でも、あまりに歩くのが速い時に走って袖をつかんだら、わたくしが倒れない程度まで歩く速度を加減してくださいました。小走りから早歩きくらいに……」

「ハァ？　それだけか？」

わたしは必死にフェルディナンドがしてくれたことを思い出してみる。

「えーと、騎獣に相乗りさせてくださった時は抱き上げてくださったり、降ろしてくださったりしました。身長の問題で一人では乗り降りができなかったからですけれど」

「……ヴィルフリートは？　婚約者だろう？」

「宴の時はエスコートしてくださいますよ。でも、日常生活では別に……。あ、貴族院の講義に向かう時、側近が入れない領主コースの教室に重い荷物を運んでくださいました」

あれにはハンネローレも驚いていたし、優しい婚約者だと言われていた。わたしの言葉にジルヴェスターが不満そうな渋い顔になる。

「城では騎獣に乗っていることが多いが、貴族院では歩くのに一体何をしているのだ？」

「そんなことを言われても、貴族院で日常的にエスコートされて行動している学生なんてほとんどいないと思いますよ」

「私はしていた」

……エスコートを口実に養母様にべったりだったんだろうけど、好きな人を振り向かせたくて必死だった養父様と、義務的な婚約をしているヴィルフリート兄様は別だよね。

そう思うけれど、ジルヴェスターはフロレンツィア以外の女性も丁寧に扱えるのだ。世の中の男性にはぜひ見習ってほしい。

「フェルディナンド様やヴィルフリート兄様に比べると、養父様はずいぶんと女性に丁寧に接しているのですね。正直なところ、驚きました」

「むしろ、私は自分の弟がまさかここまで不出来だとは思わなかったぞ。宴などではそつなくこなすくせに日常生活ではさっぱりではないか……」

「フェルディナンド様は親しくなればなるほど扱いがぞんざいになりますからね」

わたしだけではなく、ジルヴェスターに対する扱いもかなりいい加減なところがあると思う。ものすごく細かい心配りはしてくれるし、優しいことは優しいのだけれど、扱いは別に丁寧ではない。

わたしの言葉にジルヴェスターが複雑な笑みを浮かべて、わたしを見下ろした。

「何ですか？」

「いや、時が経ってみなければわからぬことがある、としみじみ思っただけだ」

「……わたくしは、最近の養父様には若さが足りていないと思います」

「誰のせいだと思っているのだ？」

……わたしのせいですか。すみません。

ベンノにもよくこんなふうに叱られたと懐かしく思っていたところで、わたしはジルヴェスターに話しておかなければならないことを思い出した。

「また養父様から若さがなくなってしまうかもしれないお話なのですけれど……」

「聞きたくないが、聞かざるを得ない話だな？」

ジルヴェスターは嫌そうな顔をしながら先を促した。ぽてぽてと歩きながら、わたしは口を開く。

周囲には側近達がいるけれど、人払いしなければならないような話ではない。

「星結びの儀式の時に魔法陣が浮かび上がったそうですね」

「あぁ、それがどうした？」

「わたくし、祈りを捧げるために上ばかり見ていたので気付きませんでしたけれど、あれはディートリンデ様の成人式と同じで、次期ツェント候補を選別する魔法陣だったそうです」

ジギスヴァルトが次期ツェント候補だと周囲には認められているらしい。それ自体はおめでたいことだが、あの魔法陣は選別するだけだ。あの魔法陣を光らせただけではツェントにはなれない。

「正当なツェントを欲しがっている中央神殿が古い儀式を蘇らせようと必死になっていることに納得しました。儀式を蘇らせることができる神殿長として、これから先、中央神殿から妙な横槍が入るようになるかもしれません」

わたしが呟くと、ジルヴェスターは左腕につかまっているわたしの手を自分の右手で軽くポンポンと叩いた。

「案ずるな。其方とヴィルフリートの婚約には王の承認がある。私は解消するつもりなどない」

……わたしがグルトリスハイトを手に入れて、ツェントの資格を得てしまったらどうなりますか？　最悪の状況でフェルディナンド様を助けるために準備しておきたいのです。

全力でわたしを守ろうとしてくれているけれど、フェルディナンドを他領の者として扱うと言っていたジルヴェスターには、自分が次期ツェント候補になってしまったことは言えない。ツェントになるつもりがないので、言うつもりもない。

代わりに、ディートリンデが地下書庫にやって来たこと、閉架書庫で交わされていた会話について報告をする。

「シュラートラウムの花が何かよくわかりませんけれど、アーレンスバッハでしか手に入らないようです。それから、オルタンシアの夫、中央騎士団の騎士団長とゲオルギーネ様の間に何らかの関わりがあるようです」

「そうか」

「銀の布については養父様が王族にご報告するのでしょう？　騎士団長を排した状態でお知らせできる方法がないか、考えた方が良いと思います」

ジルヴェスターが難しい顔になった。ジルヴェスターにとって中央騎士団長はほとんど面識のない人だ。フェルディナンドを目の敵《かたき》にしていて、アーレンスバッハへ行くことになった原因だと知らない。当人が「ジルヴェスターに言うつもりはない」と言っていたし、アダルジーザ関連の話をせずに説明できる自信がないので、わたしは口を噤んでいるつもりだ。


寮へ戻ったわたしは、多目的ホールの本棚にある騎士コースのための教材の中から昔のディッターで使われていた地図を取り出した。周囲の大人達が明日以降の準備に忙しくしているので、ここで地図を広げるのは止めて、自室へ持っていく。

「ローゼマイン様、何をされるのですか？」

レオノーレが地図を興味深そうに覗き込んできた。騎士コースの教材をいきなり持ってきたのだから当然かもしれない。わたしは地下書庫で写してきた紙を広げて、祠の場所がどの辺りになるの

か確認していく。

「地下書庫に今日のような祠がある場所を示した地図があったのです。簡潔《かんけつ》すぎて、どこにあるのかわからないので、この地図と突き合わせてみようと思って……。あ、この円が今日の祠ですね」

「図書館から少し南下したところなので、間違いないと思います。こちらは文官棟の少し奥で、こちらは側仕え棟の更に奥……。ローゼマイン様、中央棟付近を中心に、ほぼ均等の距離の場所に祠があるように思えませんか？」

レオノーレの言葉に、わたしもじっと地図を見つめる。言われてみれば、その通りだ。今日の祠を示すのと同じやや大きめの円は中心部に近いところでほぼ均等な距離のところに六つある。

「小さい円は貴族院中に点在していますね。こちらは何でしょう？」

「大きさが違うのですから、別の物を示しているのかもしれません」

「明日、地下書庫で報告してみます」

地図を片付けながら、わたしは必死で考える。領主会議の間にこれらの祠を回りたい。雪で埋もれてしまう冬の貴族院ではこんなところへ向かうのは無理だ。

……でも、どうやって？「行きたいです」って言ったところで行けるはずがないよね。

領主会議に参加しない未成年が貴族院をうろうろするのはおかしいし、理由を説明せずに側近達が行かせてくれるわけがない。「フェルディナンド様を助けるためにグルトリスハイトを手に入れて、一番にわたしが読みたいです」なんて言ったところで怒られるに決まっている。

次の日、地下書庫へ行くとアナスタージウスとエグランティーヌが来ていた。今日も午前中は現代語訳をするらしい。

「祠の位置を調べてみました。中央棟を中心にほぼ等間隔で円周上にあるようなのです。何か秘密があるように思えませんか？」

わたしが地図を広げながら報告すると、アナスタージウスが「確かに怪しいな」と言いながら目を丸くして書き写した地図を見下ろす。

「詳しい資料がないか、王宮図書館でも探させよう」

「アナスタージウス王子、わたくしが昨日、王宮図書館へ連絡を入れました」

マグダレーナは少しでも集まった情報を活かすために機敏《きびん》に動いているようだ。アナスタージウスは彼女に礼を言うと、「一度その祠を見ておきたい」と立ち上がる。

「どのような物かわからなければ、父上に説明するのも難しいからな」

「……そうですわね」

マグダレーナも立ち上がると、ヒルデブラントを案内役にして、王族達は昨日の祠の確認に出かけていった。わたしとハンネローレは地下書庫に残って現代語訳を続ける。二人だけになると、ものすごく気が楽だ。

「昨日お借りしたフェルネスティーネ物語を早速読み始めたのですよ。なかなか止められなくてコルドゥラに叱られました。わたくし、今日は少し寝不足です」

筆頭側仕えのコルドゥラの制止を振り切り、フェルネスティーネを助けるために王子が飛び込んできたところまでは根性で読んだらしい。続きは気になるけれど、安心した気分で眠れたそうだ。

「最後まで読むのが楽しみです」

現代語訳を続けていると、祠を見に行っていたアナスタージウス達が戻ってきた。顔色の悪いエグランティーヌが何か言いたそうにわたしを見つめる。

「どうかなさいましたか、エグランティーヌ様？」

「ローゼマイン様、ご相談したいことがございます。お時間をいただいてもよろしいですか？」

エグランティーヌにお願いされ、アナスタージウスに睨まれれば、わたしの返答は一つしかない。

「わたくしでお役に立てるのでしたら」

相談

エグランティーヌからの相談は書庫でできる話ではないということで、わたしは離宮のお茶会に誘われた。どうやらかなり緊急事態のようで、できれば明日の午前が良いらしい。わたしは地下書庫以外に予定がないし、エグランティーヌのお誘いなので、いつでも構わない。

「一体何をローゼマインに相談するのだ？」

「それは……。ローゼマイン様とのお話の後、アナスタージウス様にもお話しいたします」

「エグランティーヌ、それではまるで私の同席を拒《こば》んでいるように聞こえるぞ」

いくら夫に怒りの籠もった低い声で問いかけられても、エグランティーヌは全く意見を翻す気がないようだ。静かにアナスタージウスを見つめる。

「わたくしはローゼマイン様とお話がしたいのです。明日のお茶会、アナスタージウス様はご遠慮くださいませ」

「却下する。ローゼマインが関わるとほとんどの場合とんでもないことになるではないか。事態を把握しておくのは必須だ。故に、譲《ゆず》らぬ」

エグランティーヌとアナスタージウスの攻防が続く。わたしはアナスタージウスが同席してもしなくても構わない。ただ、後で睨まれるのは面倒なので勘弁してほしいと思う。

……わたしはむしろエグランティーヌ様の体調が悪そうなのが気になるよ。

大事な奥様が青い顔をしているのだから、アナスタージウスは言い合いより、体調を心配してあげた方が良いと思うけれど、お茶会に同席することは譲れないらしい。わたしが下手に口を出すと長引くに違いないので、どうするのか決まるまでの間、書庫で文献に向き合うことにする。

……アナスタージウス王子は嫉妬《しっと》深くて面倒だからね。先に地下書庫へ入ろうっと。

わたしは「痴話喧嘩《ちわげんか》になんて付き合っていられないよ」とさっさと見切りをつけたけれど、王族の対応に慣れていないオティーリエはそう簡単には切り替えができないようだ。地下書庫へ向かおうとするわたしをつかまえて小声で尋ねてくる。

「ローゼマイン様、明日の予定はどうなるのでしょう？　王族のお招きは領主会議中の予定にございませんから、アウブへの報告や準備が必要なのです」

王族を訪問するとなれば、衣装や手土産など様々な準備が必要だ。二人の攻防の結果によって、明日の予定がどのようになるのかわからないのでは、側仕えの仕事ができない。特に、この領主会議では姿を見せないようにしなければならないと言われていたので、王族の招きを受ける予定などなかったのだ。オティーリエの頭の中は大混乱中だろう。

「どうなるのでしょうね？　これればかりはお二人の意見が合わなければわかりません」

わたしが二人を見て、「困ったわ」と頬に手を当てていると、お茶を飲んでいたマグダレーナがカップを置いて立ち上がった。ゆっくりと二人の前に進み出て、大袈裟《おおげさ》に溜息を吐く。

「アナスタージウス王子、エグランティーヌ様。お二人とも少々見苦しいですよ」

「マグダレーナ様……」

バッサリと言い切れるマグダレーナを心底尊敬した。わたしにも、二人から少しずつ距離を取りながら様子を窺っているハンネローレにも絶対にできないことだ。

「アナスタージウス王子は、何故土の女神ゲドゥルリーヒが周囲の救いにすがり、命の神エーヴィリーベから距離を取ろうと考えたのか、ご存じないのかしら？　学生に戻って神話をお勉強し直した方がよろしいのではございませんこと？」

呆れ果てた声のマグダレーナの叱責《しっせき》にアナスタージウスがビクッとなった。きっと土の女神に拒まれた命の神はこんな表情をしていたに違いない。

「女性には女性同士でお話ししたいこともございます。普段はアナスタージウス王子の意見を受け入れてくださる寛容《かんよう》なエグランティーヌ様が拒むには理由があるのです。そういう心情を理解して差し上げるのも夫として必要でしょう？　命の神のように縛りつけすぎると嫌われますよ」

そう脅してアナスタージウスを黙らせると、マグダレーナは赤い瞳をエグランティーヌに向けた。

「エグランティーヌ様も少々お考えが足りませんね。アナスタージウス王子を排するのに、丁寧な説明が必要だとご存じでしょう？　先に夫婦間の話し合いを終えてからローゼマイン様にお声をかけなければ、アナスタージウス王子のご不満がローゼマイン様に向けられますよ」

エグランティーヌはハッとした後、困った顔になって自分の夫とわたしを見比べる。マグダレーナは彼女を見つめる目を少し柔らかくしながら続けた。

「王族との会談が突然次の日の予定に入るのは、招待を受けた当人だけではなく、領地や側近にも負担が大きいものです。具合が良くないせいでしょうけれど、少々気配りが足りませんね」

「……わたくし、取り乱しすぎたようですね。思い至らず申し訳ございません」

エグランティーヌがマグダレーナとわたしに謝罪する。

「ローゼマイン様、申し訳ございませんでした。わたくしとしてはすぐにお話をしたいのですけれど、ご相談はまた後日にしてくださいませ」

夫の感情を先に何とかしなければお茶会もできないなんて、エグランティーヌも大変である。わたしは「お気になさりませんように」と答えると、この場を収めてくれたマグダレーナにお礼を言って書庫に入る。予定が延期になって、オティーリエが安堵しているのが視界の端に映った。

ジルヴェスターが迎えに来るまで現代語訳をして、一緒に寮へ戻る。その道中でエグランティーヌからお招きを受ける予定であることを伝えると、ジルヴェスターが盛大に顔を引きつらせた。

「何故アウブである私ではなく、未成年の其方が王族の離宮にお招きを受けるのだ？　図書館で話をするのでは駄目なのか？　其方が行くと面倒事に結びつきそうだ。私も同席を希望する」

「エグランティーヌ様から相談したいことがあると言われたのです。まだ何も伺っていないので、ただの想像ですけれど、神事に関係するご質問があるのでしょう。以前にも神殿について質問を受けたことがありますから」

そう言うと、ジルヴェスターはどうにも納得できないような表情でわたしを見下ろした。

「其方に相談か……。まぁ、中央神殿と王族の関係が良くない以上、神事については其方が一番質問しやすいのであろうが……不安しかないな」

「アナスタージウス王子も養父様と同じような理由で同席したいとおっしゃいましたよ。エグランティーヌ様が拒まれたので、まだ日程は決まっていないのですけれど」

「……アナスタージウス王子の同席が拒まれたならば、私の同席も拒まれるだろうな」

ジルヴェスターは「エグランティーヌ様だけならば、まだ安全か？」と溜息を吐く。その顔には何だかとても苦悩の色が濃い。

「詳細が決まったらまた知らせますね。まだ今は何も決まっていませんから」

「うむ。必ず知らせよ」

結局、マグダレーナに注意されたアナスタージウスが「妻に嫌われるよりは……」と折れたらしい。寮へ戻って少ししたらオルドナンツが飛んできて、エグランティーヌとのお茶会は二日後に決まった。それまでは地下書庫で現代語訳をして、昼食を摂って、帰りはジルヴェスターに連れられて寮へ戻る生活だ。とても祠探しに出かける時間はない。

……行動できる時間を作るのも大事だけど、下調べも必要だよね。

迅速《じんそく》に祠を回っていこうと思えば、場所がわからなければ困る。

「アンゲリカ、ダームエル。二人はどのように一日を過ごしているのですか？」

夕食の後でわたしは尋ねてみた。地下書庫に入れない二人は、図書館の外を見張っているのだ。

「図書館に繋がる回廊を見張っています」

「もしかしたら、またディートリンデ様がいらっしゃるかもしれないので注意するように、とコルネリウスとレオノーレに言われています」

アンゲリカとダームエルの答えに、わたしは少し考える。

「どちらか片方は、この地図を見ながら祠を探してくれませんか？　中央棟を中心に、等間隔で図書館の南にあった物と同じような祠があるはずなのです。大まかな場所がわかっていれば、見つけることはそれほど大変ではないでしょう。交代でも良いですから」

わたしが地図を見せながら説明すると、二人は快く引き受けてくれた。同じような場所にずっといるのも疲れるようで、午前と午後で見張りと祠探しを交互にしてくれるらしい。

「ローゼマイン様は祠を見つけてどうされるのですか？」

次の日の準備をする文官達と一緒に行動しているはずのクラリッサが不意に会話に入ってきた。

わたしはニコリと笑って、「清めます」と答える。

「神様がいらっしゃる場所を汚しておくわけにはいかないでしょう？　先日も祠を清めたのですけれど、クラリッサの研究していた広域魔術の補助魔法陣がとても役立ちました。他の祠も清められるように補助魔法陣をもっと準備しておきたいのですけれど……」

「すぐに準備いたします。わたくしの研究がローゼマイン様のお役に立てるなんて光栄ですもの！　ただ、あの魔法陣をどのように使ったのでしょう？」

ヴァッシェンと広域魔術が結びつかないと不思議そうな顔をするクラリッサに、ダームエルが補助魔法陣を使って祠を丸洗いした流れを説明する。

「わたくしの研究を使って大規模に行われる洗浄魔術。飛び散る飛沫《しぶき》が虹色にきらめき、祠が神聖な輝きを取り戻すローゼマイン様のお姿をこの目に焼き付けられなかったなんて……」

目を潤《うる》ませて悲しがるクラリッサにわたしは口止めしておくことにした。

「ハンネローレ様もご一緒だったので、今の話はダンケルフェルガーでも把握されているでしょう。けれど、王族のお手伝いの範疇《はんちゅう》で起こっていることですから、他言無用でお願いしますね。こっそり聞き耳を立てているハルトムートもわかりましたか？」

「かしこまりました」

わたし達がそんな話をしている間、オティーリエとリーゼレータは忙しそうに王族と会うための準備を整えている。貴族院における上位領地や王族とのやり取りは、筆頭側仕えだったリヒャルダとブリュンヒルデに頼っていた部分が大きい。幸い、リヒャルダはジルヴェスターの側仕えとして同行している。彼女にも応援を要請して、衣装や手土産などを準備しなければならない。

「ローゼマイン様と貴族院へ行くと、毎日がこのような状態になるのですね。側近に入ったばかりのグレーティアが予想以上に鍛えられているわけです」

実際に貴族院で王族対応をしたことがなかったオティーリエはそう言って苦笑していた。


「来てくださってありがとう存じます、ローゼマイン様」

挨拶を終えると、エグランティーヌがお茶とお菓子を一口ずつ味わい、勧めてくれる。本当にアナスタージウスがいなくて、エグランティーヌと二人だけという状態が不思議な感じだ。

「少しエグランティーヌ様の顔色が良くなっていますね。祠から戻って来られた時は青ざめていらっしゃったので、心配していたのです」

「心配をかけてしまいましたね。魔力を使いすぎただけですから、もう大丈夫です」

「エグランティーヌ様も祠にヴァッシェンをしたのですか？」

祠で大量の魔力を使う用途を他に思いつかずにわたしがそう問いかけると、エグランティーヌは明るいオレンジの瞳を丸くして、クスクスと笑う。

「ローゼマイン様が清めてくださっていたので、祠を清める必要はありませんでしたよ」

夫婦なので、エグランティーヌの離宮はアナスタージウスと同じだ。今日、アナスタージウスは一人で地下書庫へ行っているらしい。エグランティーヌが人払いをしたことで、わたし達は二人だけになった。それなのに、彼女は念を入れて盗聴防止の魔術具を差し出してくる。

「エグランティーヌ様が強硬にアナスタージウス王子を排すると思わなかったので、驚きました」

わたしがお茶を飲みながらそう言うと、エグランティーヌは「ローゼマイン様にご相談してからならば、アナスタージウス様にもお話しできると思うのですけれど……」と微笑んだ。

「どのようなご相談でしょう？　わたくしでお役に立てると良いのですけれど……」

「わたくしが相談したいと申し出た日、祠の確認に向かったでしょう？」

エグランティーヌはわたしをじっと見つめながら話し始めた。ヒルデブラントの案内で祠に行き、その扉に触れた途端、彼女は魔力を奪われて引き込まれるような感覚がして、気付いたら祠の中にいたらしい。

……わたしの時とほとんど一緒だね。

わたしは別に魔力を奪われるような感覚はなかったのだが、エグランティーヌはシュタープから少し魔力を引き出されたような感じがしたそうだ。

……もしかしたら、引き出された量が少なくて気付かなかったのかな？

全身に魔石のお守りを常時着けているわたしは、常にどこかの魔石に魔力を吸われている状態だ。そのため、ちょっとくらい引き出されてもいつものことで違和感を覚えない。自分の魔力の流出にやや鈍感《どんかん》だと言えよう。

「あの祠は火の神とその眷属が祀られた物でした。ライデンシャフトの像を見上げていると、不意にお祈りをしなければならない気がして……わたくし、奉納舞を舞ったのです」

……わたしは人並みに成長しますように、ってお祈りをしました。

神様を前にした行動にはちょっとだけ個人差があるようだ。わたしは奉納舞なんて全く頭に浮かばなかった。神に祈りを捧げるという行為がエグランティーヌにとっては奉納舞なのだろう。

「まるで講堂の舞台の上で魔石を着けて舞っている時のように、勝手に魔力が引き出されていくような感じだったのですけれど、わたくしはそれを不思議にも思わず舞っていました。そうして魔力を奉納していると、次第にライデンシャフトの手に青の魔石ができ始めたのです」

……うーん？　わたしの時は入った時からライデンシャフトの手に青い石板があったよね？　うっすらと光っていて文字が刻まれているのが見えたので、青い魔石とは思わずに青い石板だと思ったはずだ。

……もしかして、これまでに奉納している魔力の差、なのかな？

青い石板を得た時の感覚が、これまで自分が捧げた祈りの魔力と「神の意志」が混じり合っているというものだったので、多分間違いないと思う。

「奉納舞で魔力がほとんどなくなってしまったので、わたくしは普段から腰に下げている回復薬を使いました。ローゼマイン様が配ってくださった回復薬程の効果はございませんけれど、とても回復するお薬なのですよ」

エグランティーヌは王族で使用されている回復薬を使って、魔力を回復させたらしい。そうしたら、また祈らなければならない気分になったそうだ。

「え？　回復したらまたお祈りをしたのですか？」

「えぇ。そうしなければならない気がしたのです」

結局、エグランティーヌは回復薬を全て使い切るまで魔力の奉納を行ったらしい。

「終わった時には青の魔石がずいぶんと大きくなっていました。けれど、まだ祈りが足りぬ、と刻まれていたのです」

……どれだけ魔力を搾《しぼ》り取る気ですか、ライデンシャフト様!?

「魔力が尽きたら、まるで祠から追い出されたように外にいました。わたくしの感覚ではずいぶんと長い時間を祠の中で過ごしたのですけれど、外に出ると時間が全く変わっていなくて、他の方は祠に入れなかったようなのです」

扉を押しながら「本当に鍵が閉まっている」とアナスタージウスが言っていたことから、彼は中に入れなかったと判断したそうだ。マグダレーナにも何の変化もなかったらしい。

「ねぇ、ローゼマイン様。あの祠は次期ツェント候補が祈りを捧げる祠ではございませんか？　地下書庫にあった石板には何度も回って祈りを捧げるという文言が刻まれていたものもあったでしょう？　祈りが足りて、あの青の魔石が完成した時には一体どうなるのでしょう？」

エグランティーヌの言葉にわたしは何も知らない顔で「どうなるのでしょうね？」と首を傾げた。王族から次期ツェント候補が出たならば、わたしのことは言わない方が良い。「わたしはすでに青い石板をゲットしてます」なんて馬鹿正直に言えば、選出の魔法陣が浮かび上がったことで自称次期ツェント候補を名乗っているディートリンデよりも遥《はる》かに王族に喧嘩を売ることになるはずだ。

「……でも、ローゼマイン様も中に入られたでしょう？」

「どうしてそう思われるのですか？」

「神殿でお祈りをして、御加護を増やしていらっしゃったローゼマイン様ならばあの祠に入れると思います。それに、わたくしのお話に驚きがありませんでしたもの」

エグランティーヌと自分との違いについて考えていたので、確かに驚きはしなかった。失敗だ。もっと大袈裟に驚いておくべきだった。

「あら、とても驚きました。声が出ないほどです。……わたくしが一番驚いたのは、講堂の舞台で魔石を着けて舞ったという部分でした。王族が魔法陣を光らせることに挑戦したのですか？」

わたしは話題を逸らす。エグランティーヌは微笑んで答えてくれた。

「えぇ。次期ツェント候補を選出するための魔法陣だ、とローゼマイン様とフェルディナンド様が教えてくださったでしょう？　卒業生が御加護の再取得の儀式を試した後、王族も再取得の儀式をしたり、魔法陣を光らせることができるのか挑戦したりしたのです」

ディートリンデに光らせることができたのだから、と王族も魔石を身に着けて魔力を放出しながら舞ったらしい。そうしたら、トラオクヴァール、ジギスヴァルト、アナスタージウス、エグランティーヌの四人は選出の魔法陣を光らせることができたそうだ。

「御加護の再取得を行ったことで全属性になったツェント、ジギスヴァルト王子、アナスタージウス様も魔法陣を光らせることができました。それなのに、あの祠に入れたのはわたくしだけなのです。アナスタージウス様とわたくしで一体何が違うのでしょう？」

「シュタープですよ」

わたしが答えると、「え？」とエグランティーヌは目を瞬かせた。

「マグダレーナ様から報告されていませんか？　昨日の終わり際《ぎわ》、わたくしが現代語訳をしていた石板に載っていたのです。大きな祠と小さな祠の使い方が……」

小さな祠は眷属神が祀られている物で、祈りを捧げると先程のエグランティーヌの話と同じように魔石ができるらしい。それを得ることで属性の強化ができるのだそうだ。全ての眷属神の魔石を得て御加護を得る儀式を行うことで大神の御加護を得られるため、学生時代に必死で祈りを捧げたという王族の言葉があった。

「シュタープは一生に一度だけしか得られませんよね？　ですから、その王族は卒業前のシュタープを得る時期までに大神の御加護を得ようと必死だったようですよ。ツェント候補のシュタープは始まりの庭で得なければならないそうです。最初から全属性だったエグランティーヌ様は、そこでシュタープを得たのではありませんか？」

「……始まりの庭という名前は初めて知りましたけれど、そのように呼ばれても不思議ではない場所で得ました。白い木のある不思議な場所です」

呆然とした顔でそう言った後、エグランティーヌは落胆《らくたん》したように肩を落とした。

「それでは、シュタープを得る時に属性の足りなかったジギスヴァルト王子は火の神の祠に入れず、次期ツェント候補になれないということではありませんか……」

再取得で全属性になったアナスタージウスがダメならば、ジギスヴァルトも入れないと思う。

「ヒルデブラント王子ならば可能性はあります。シュタープの取得時期を卒業前に戻して、小さい祠でお祈りをして属性を増やし、御加護の儀式で全ての大神から御加護を得ることができれば、次期ツェント候補になれると思いますよ」

あの年で魔力圧縮を頑張るための根性があるのだから何とかなると思う。エグランティーヌが表に立つのが嫌ならば、ヒルデブラントに頑張ってもらえば良い。大神の御加護を得る方法がわかったのだから何とかなるだろう。

……問題はヒルデブラント王子が成人するまで今のツェントがもつのかどうかだけど。

王族から次期ツェント候補が出せそうなことにホッとしているわたしと違い、エグランティーヌは顔を曇らせた。

「……ローゼマイン様、次期ツェントはジギスヴァルト王子と発表されました。わたくしやヒルデブラント王子が次期ツェント候補となれば、またユルゲンシュミットが荒れるでしょう」

ジギスヴァルトは魔法陣を光らせることができたし、星結びの儀式で今までにない祝福も与えられた。これからジギスヴァルトを次期王として盛り立てていこうと中央はまとまりつつあるらしい。そこにエグランティーヌやヒルデブラントが不和を巻き起こすわけにはいかないそうだ。

「騒乱の種となるのを回避したいお気持ちはよくわかりますけれど、グルトリスハイトがないこと自体がユルゲンシュミットの荒れている原因でしょう？　国境門の開閉、領地の境界線など大きな問題を解決するために、なるべく早くグルトリスハイトが必要なのではありませんか？　それに、王族以外がグルトリスハイトを得ることに比べれば、エグランティーヌ様やヒルデブラント王子が手にした方が混乱は少ないと思います」

「それはそうですけれど……」

どうやら王族なのに、エグランティーヌは自分でグルトリスハイトを手に入れることに抵抗があるようだ。自分の親兄弟が殺されたトラウマもあるのだと思う。

……うーん、わたしがグルトリスハイトを手に入れて、フェルディナンド様をエーレンフェストに戻すのと引き換えに、ジギスヴァルト王子へ譲れるようにした方が良いのかな？

祠に入ることができなかったアナスタージウスに相談することもできずに思い詰めている様子のエグランティーヌを見て、わたしは考える。

しかし、その考えを口にはしない。

多分わたしが一番グルトリスハイトに近いところにいる。貴族院でお祈りをしまくっているからだろう。祠に入った時点で青い石板が完成していた。他の祠でもそれほど苦労することなく石板を得ることができると思う。

……でも、前にフェルディナンド様は「王族しか入れない開かずの書庫」にグルトリスハイトがあるって言ったんだよね。

わたしはまだ地下書庫にある全ての資料を読んでいない。いくら大神の祠で石板を集めても、わたしでは条件を満たせない可能性がある。王族に妙な期待をさせない方が良い。

……それに……。

祠に入ってグルトリスハイトを手に入れることができそうな次期ツェント候補を、王族が野放しにしておくはずがない。あくまでジギスヴァルトを次期ツェントにしたいと王族が考えるならば、わたしはその妻として取り込まれるし、最悪の場合はグルトリスハイトを奪われて殺される。余計なことは言わない方が良い。わたしは家族のいるエーレンフェストを離れたくないのだから。

「地下書庫の資料を調べていけば、ジギスヴァルト王子がグルトリスハイトを手に入れるために必要な情報もあるかもしれませんね」

わたしが耳当たりの良い綺麗事を述べて貴族らしい笑みを浮かべると、エグランティーヌは何か言いたそうにわたしを見た後、そっと目を伏せた。

「相談に乗ってくださってありがとう存じます、ローゼマイン様」

エグランティーヌの離宮を出て、わたしは寮に戻る。アンゲリカとダームエルから地図にある大神の祠の位置を全て調べ終わったという報告を受けた。

祠巡り

祠の位置はわかったけれど、地下書庫と寮の往復しかできないわたしでは祠に行けない。さて、どうすれば良いだろうか。先日のようにハンネローレやヒルデブラントと散歩に出ることができれば話は早いが、外をうろうろしないように言われている未成年のわたし達では無理だ。

……エグランティーヌ様に祠巡りをする気があるなら、報告するんだけど。

良い考えが浮かばないまま、わたしは地下書庫へ向かう。今日も午前中はアナスタージウスとエグランティーヌがいるらしい。いつも通りの一日になりそうだ。

「ローゼマイン様、少しお待ちになってくださいませ」

「何でしょう、エグランティーヌ様？」

筆記用具を抱えて書庫へ入ろうとしたところを呼び止められ、わたしは振り返る。穏やかに微笑んだエグランティーヌの隣には、少し苦い顔をしたアナスタージウスがいた。

「今日はわたくし達と祠へ参りましょう。ローゼマイン様が広域魔術で祠を洗浄する様子を一度見てみたいですし……試してみてほしいのです」

ふわりと花が咲くような可憐《かれん》な笑顔で、エグランティーヌはわたしにそう言った。アナスタージウスが仕方なさそうな顔で「広域魔術で祠を洗浄できるのは其方くらいだからな」と言うのを見れば、それが王族の意志なのだと理解するしかない。

……こういう方法で来たか。

お茶会でわたしが祠に入れたことを曖昧にしたせいだろう。王族の監視下で確実にわたしが祠に入る状況を作るつもりのようだ。

……エグランティーヌ様達がこういう強引な方法を採るとは考えたくなかったんだけどな。

石でも呑み込んだかのような重い気分になった。わたしはやや項垂《うなだ》れながら側近を伴い、二人と一緒に図書館を出た。速度を王族に合わせせられるように騎獣に乗って動く。アナスタージウスが目指す先は文官棟の向こうにある祠のようだ。

「ローゼマイン、これを」

盗聴防止の魔術具を渡され、わたしはアナスタージウスを見上げる。何故か不機嫌そうなグレイの瞳に睨まれた。

「其方、私を排してまで行った相談で、エグランティーヌに隠し事をしたらしいな。昨夜、エグランティーヌが落ち込んでいたぞ」

「……わたくしの立場では答えようのないことを尋ねるエグランティーヌ様が意地悪なのですよ。落ち込みたいのはわたくしの方です」

もし、あの場でわたしが「祠に入れません」と言ったら「王族に嘘《うそ》を吐いた」と言われただろうし、「祠に入って、すでに石板はゲット済みですよ」なんて正直に答えたら「反逆罪だ」と言われたかもしれない。口先だけのディートリンデ以上に不敬だと言われても仕方ないのだ。

……だから、黙ってたのに隠し事をしたって言われるなんて。

いくら隠そうとしても祠への同行を命じられ、祠に入れるか試してみろと言われれば、わたしには逃れようがない。王族の命令には従うしかないが、この二人に強要されるのだから気分は沈む。できるだけ貴族らしい対応をしたのに、強制的に暴《あば》かれるとは思わなかった。

「ごめんなさいね、ローゼマイン様。けれど、わたくしも譲れないのです」

可愛らしく謝られても心の重さは晴れない。エグランティーヌは争いを防ぐためにジギスヴァルトが祠に入るための裏技が欲しかったのかもしれないけれど、知らないものは教えようがない。地下書庫の石板を読んでいけば、もしかしたら何かあるかもしれないと言う以外にないだろう。馬鹿正直に「メスティオノーラの書を手に入れて、わたしが読んでから、フェルディナンド様の連座回避の交渉に使って、王族に譲りたいです」なんて言えるわけがない。

「神殿でお祈りをして、御加護を増やしていた其方ならばあの祠に入れるはずだ。あれだけの神具を操り、神事を行うのだ。隠す意味などなかろう」

「……何でもかんでも話すな。情報の価値を知れ、とわたくしにおっしゃったのはアナスタージウス王子ではありませんか。よくできるようになったと褒めてくださっても良いのですよ？」

わたしが少し茶化したように言うと、「ローゼマイン」と睨まれた。

「全て話せ、とわたくしに命令するのですか？」

「あぁ、其方に隠されると、とんでもないことが裏で進行している気になる。私と其方の間では全てを詳《つまび》らかにすることで物事が上手くいっていたはずだ。妙な隠し事をするな。あれだけの神事を軽々と行い、神具を扱う其方が祠に入れぬはずがない」

貴族として成長したと褒めてくれず、隠すなと言われてしまった。

「隠すことを叱られるのは、今までの自分の行動が招いたことなので自業自得かもしれません。でも、わたくしはエグランティーヌ様が望むような都合の良い解決方法なんて知らないのです」

わたしは自分の気持ちをそのまま口にする。だが、アナスタージウスは少し眉を上げて「果たして本当にそうだろうか」と言う。わたしがまだ何か隠していると疑っている目だ。だが、隠していることなんて不敬すぎて言えない。

ジギスヴァルトが祠に入れないのは、シュタープを取った時に全属性でなかったからだ。全属性でなかったのは、助言が地下書庫にあったのに読んでいなかったからだ。読めなかったのは、政変と粛清で情報断絶がひどかった上に、王族が勉強不足で古語を読めないせいだ。それに、シュタープを取れるのが一生に一度だけだと決めたのは、わたしではないし、それを変更する力もない。今からグルトリスハイトを手に入れられそうな王族――エグランティーヌかヒルデブラントが祠を回るのが一番現実的だと考えて何が悪いのか。エーレンフェスト出身のわたしが手に入れるより、よほど他領の貴族達には受け入れられるだろう。自分でグルトリスハイトを手にできないジギスヴァルトを次期王にしようと思えば、考えられる手段は一つしかない。

「……わたくしが祠に入れることを確認した王族がその後どうするつもりなのか考えれば、黙りたくもなります。家族のいるエーレンフェストを離れて、つい先日、自分が星結びの儀式で祝福を与えたばかりの夫婦のところに第三夫人として入るなど、わたくしは全く望んでいません」

アナスタージウスは「少しは考えるようになったのか」と呟き、エグランティーヌは「あら、今日は隠し事なく、お言葉をくださるのですね」とクスクス笑うだけだ。

「ローゼマイン様のおっしゃることもわかりますけれど、ようやくまとまってきた中央で争いが起こるのは何としても回避しなければなりません」

エグランティーヌはいつもと変わらない柔らかな笑みを浮かべているけれど、「全く望んでいない」というわたしの言葉は無視された。

「それに、グルトリスハイトは早急に必要ですもの。わたくし達に協力してくださるでしょう？」

わたしはそっと視線を逸らす。ここで「嫌です」と言わずにおけるだけの分別はある。けれど、とても了承する気になれない。

笑顔で無言の催促を受けているうちに文官棟の先にある先生方の薬草園の横を通り過ぎ、わたし達は祠に到着した。

「本当にこのような祠がいくつもあるのですね」

同行している王族の側近達が祠を不思議そうに見ている。わたしの側近達は王族とわたしを心配そうに見ていて、祠の方を向いていない。わたしは盗聴防止の魔術具をアナスタージウスに返すと、側近達に笑顔を向ける。

「どのように祠を洗浄するのか話をしていただけです」

わたしは騎獣を降りると、補助の魔法陣を使い、広域魔術のヴァッシェンで祠を丸洗いする。汚れが数秒で落ちて、一気に白く輝く。エグランティーヌがその様子を感心したように見つめ、「素晴らしいですね」と微笑んだ。

「ローゼマイン、この祠も鍵がかかっているか確認してくれ」

アナスタージウスの指名に、わたしは重い気分で扉に手を伸ばす。扉の中に取り込まれる感覚がした次の瞬間、わたしは祠の中にいた。

「……ここは闇の神の祠かな?」

火の神の祠と同じように十三の神像が並んでいる。中心にいるのは、星空のように輝く大きなマントを着けた闇の神だ。その手にはやはり黒い魔石の石板がある。エグランティーヌと違って、今回もそれは完成していたようだ。文字が読める形になっている。

「一応お祈りした方がいいよね？」

何の断りもせずに石板へ手を伸ばすのを躊躇い、わたしはバッと両手を上げて左足を上げた。

「闇の神、星の神シュテルラート、隠蔽《いんぺい》の神フェアベルッケン、退魔の神フェアドレーオス……。勝手なことを言ってひどい強制をしてくる王族から距離を取れますように。神に祈りを！」

王族への怒りに任せ、わたしはお祈りをする。闇の眷属神には退魔の神もいるのだ。厄介事ばかり持ってくる王族を追い払ってほしいものである。

「あれ、火の祠と文字が違うみたい。……其方に与えられし、我が名を唱えよ？」

……我が名って何だっけ？　闇の神の名前？

そう考えた瞬間、貴族院三年生の実技で与えられた名前が脳裏にハッキリと浮かび上がった。

「闇の神シックザントラハトに祈りを」

口にした途端、手の中の黒い石板がわたしの魔力を少し吸い出し、文字が書き換えられていく。

「其方の祈りは我に届いた。其方を認め、メスティオノーラの書を手に入れるための言葉を与える。我の言葉だけではまだ足りぬ。次期ツェント候補は全ての神々より言葉を得よ」

最後の言葉を読み終わると黒の石板が自分の中に吸い込まれていき、自分の中にあるシュタープと同化していく。全て吸収し終わると、シックザントラハトから与えられた言葉が浮かんでくる。

「ヴィレデアール」

その直後、わたしは祠の外にいた。祠に入れたのか否《いな》か、じっとわたしの様子を見下ろしているアナスタージウスとエグランティーヌの視線とぶつかった。ここで「入れませんでした」と嘘を吐いたところでどうにもならない。

「……黒の線が増えましたね」

「何？」

祠の上を走る変な線は青だけではなく、黒が増えていた。わたしの視線の先を振り返った二人が不可解そうに顔を見合わせているのを見て、わたしは曖昧な笑みを浮かべる。

「他の祠にも行きますか？」

わたしが問いかけると、エグランティーヌは信じられないと言いたげに瞬きをした後、「お体の方は何ともありませんの？」と心配そうにわたしを見つめる。

「えぇ。今は平気です。……次の祠まで歩けば倒れるでしょうけれど」

いっそ意識を失ってしまって全てを有耶無耶《うやむや》にしてしまいたい衝動に駆られたが、騎獣に乗っていたので体力を使っていない。残念なことに、魔力も大して使っていない。

「次の祠へ行くのは、こちらの小道を使うと良いですよ」

わたしは文官棟へ戻ろうとしている王族に声をかけ、森の中にある細い道を指差した。わたしの目にはほんのりと光って見える。おそらく地下書庫の石板に書かれていた、大昔のツェント候補が祠を回るために使っていた道がこれだろう。

「騎獣に乗れ、ローゼマイン。次へ行くぞ」

アナスタージウスは一度目をきつく閉じた後、わたしが指差した小道を歩き出した。わたしがほぼ等間隔に祠があると言ったからだろう。アナスタージウスも祠の位置を確認していたらしい。森の中の小道とはいえ、迷いなく歩いていく。

またもや盗聴防止の魔術具を渡された。それを握りこむと同時に、アナスタージウスから「其方には兄上の第三夫人として嫁いでもらう」と宣言された。

「そうすれば、全てが丸く収まる」

「全然丸くないですよ。女神の本を読むのは望むところですけれど、ジギスヴァルト王子の第三夫人なんて嫌ですもの」

それで丸く収まるのは王族だけだ。わたしはちっとも納得できない。

「……エグランティーヌは自分を中心にした争いを望んでおらず、次期ツェントになることを恐れている。エグランティーヌがグルトリスハイトを手に入れれば、クラッセンブルクを始めとした上位領地が一気に動くからな」

エグランティーヌの望みを叶《かな》えることとしか考えていないアナスタージウスにわたしはムッとした。

「わたくしに争いの種を押し付けて、何かあった時には周囲の領地の不満をエーレンフェストに向ければ中央や王族は丸く収まるでしょう。けれど、それにエーレンフェストが頷くとお思いですか？　わたくしは婚約者もいますし、エーレンフェストにいることを望んでいるのですけれど」

「あぁ、ダンケルフェルガーとのやり取りでもそのようなことを言っていたな」

だからといって、どうする気もなさそうなアナスタージウスの態度に、わたしは唇を尖らせる。

「……お二人ともエーレンフェストのことは何も考えていないのですね」

「何も考えていないわけではありませんが、中央の争いを未然に防ぐことに比べると、然程《さほど》重要ではございません。それはおわかりでしょう？」

わたしが中央の事情をあまりよく知らず、身近に考えられないのと同じようにエグランティーヌもエーレンフェストのことを考えることはできないらしい。

「私が考えるのは王族のこと、中央のこと、ユルゲンシュミットのこと。それから、エグランティーヌのことだ。エグランティーヌの不安と憂いを払うためならば仕方がなかろう。エーレンフェストのことはエーレンフェストの者が考えれば良い」

自分が優先すべきことのために、わたしの気持ちやエーレンフェストの現状は切り捨てるとアナスタージウスは言う。今まで王族に協力してきたつもりなのに、わたしの気持ちは全く考慮してくれないことにひどく苦い気持ちになった。

「エーレンフェストのことはエーレンフェストの者で何とかしろ、と本気でおっしゃっているのでしたら、中央のことは中央で何とかすれば良いではありませんか。エグランティーヌ様がグルトリスハイトを持てば、クラッセンブルクが後ろ盾になりますし、中央神殿も否は唱えないでしょう。王族でもないわたくしがグルトリスハイトを手に入れるより、よほど影響は小さいですよ。エーレンフェストの領主候補生を次々と奪うようなことはしないでくださいませ」

「口が過ぎるぞ、ローゼマイン」

アナスタージウスに睨まれたけれど、わたしは睨み返す。

「隠すなとおっしゃったのはアナスタージウス王子ではありませんか。わたくしを王命でジギスヴ

アルト王子の第三夫人にするおつもりでしたら、せめてフェルディナンド様をエーレンフェストに返してくださいい。フェルディナンド様がいなくなってエーレンフェストは大変なのです」

「無理だ。アーレンスバッハが潰れる」

わたしの願いは呆気なく却下された。エーレンフェストとアーレンスバッハの扱いの違いに苛立ち、わたしは盗聴防止の魔術具を握る手に力を込める。

「エーレンフェストとアーレンスバッハではずいぶんと扱いが違うのですね。アーレンスバッハのことはアーレンスバッハが何とかすれば良いではありませんか。この領主会議から勝ち組領地として扱うとお約束くださったのは何だったのでしょう？　エーレンフェストやわたくしの王族に対する貢献《こうけん》はそれほどに軽いものなのですか？」

それが王族のやり方だと言われればそれまでだろう。けれど、思わず奥歯を噛みしめてしまう程に悔しい。エグランティーヌがまるで我儘《わがまま》を言う困った子供を見るような目で微笑んだ。

「ローゼマイン様の貢献は決して小さくございません。けれど、緊急度と重要度ではエーレンフェストよりアーレンスバッハが上になります」

アーレンスバッハは勝ち組の大領地なので、旧ベルケシュトックの半分を管理している。土地の広さ、人口、唯一《ゆいいつ》開いている国境門など、重要性がエーレンフェストとは段違いだそうだ。それなのに、成人している領主一族が二人しかいない。フェルディナンドを入れてやっと三人。とても大領地を支えられる人数ではないと言う。

……アーレンスバッハは領主一族の人数が少なくて大変だろうけど、それは領主が代替わりした時に他の領主候補生を上級貴族に落とすという領地特有の決まり事があるせいじゃない？

そのせいでフェルディナンドやエーレンフェストが迷惑を被《こうむ》るのは理不尽《りふじん》だと思う。

「つまり、わたくしがいくら王族に助力したところで何の意味もないということですね」

「そうではない。できることとできぬことがある。其方はフェルディナンドを戻せと簡単に言うが、今のアーレンスバッハを実質的に支えているのはフェルディナンドだ。グルトリスハイトを持ったツェントがいなければ動かせぬ」

「……どういう意味ですか？」

「グルトリスハイトを持つツェントが領地の境界線を引き直し、アーレンスバッハの土地を切り分け、小領地を作って各領地の領主一族をアウブに任命できるようにならなければフェルディナンドをエーレンフェストに戻すことなどできぬということだ」

アナスタージウスの言葉にエグランティーヌが頷いた。

「中央を始め、大領地はグルトリスハイトのないまま政変の負け組領地を管理しています。今アーレンスバッハが潰れた場合、他に負担を振り分けることができないのです。お隣のエーレンフェストでアーレンスバッハの全てを負うことができますか？」

粛清で貴族の数が減っているエーレンフェストは自領を支えるだけで手いっぱいだ。他領の管理までする余裕などない。

「魔力的にこれほど困窮《こんきゅう》している状態でなければ、ディートリンデ様のあのような振る舞いが見逃されているはずがございません」

先日の来訪でマグダレーナ様がずいぶんと腹を立てていらっしゃいましたもの、とエグランティーヌは教えてくれる。その場で処刑されても文句を言えないレベルで失礼だったらしい。

それはつまり、王族に魔力的な余裕が出てきたらディートリンデが一番に処分されるということではないだろうか。冷たい水を頭からかぶせられたような気分になった。

「……では、せめて、フェルディナンド様をディートリンデ様の連座にはしないと約束してくださいませ。兄を追い落とすか、アーレンスバッハで薬漬けになって仕事をしながら望んでもいない相手と結婚することを選べと王命で命じられているのですよ。アナスタージウス王子がジギスヴァルト王子を追い落とすか、ディートリンデ様との結婚を強要されたらどのように思うのですか？　その挙げ句、ディートリンデ様の不敬な言動で連座になどなれば……」

アナスタージウスはものすごく嫌な顔をした後、挑発するようにグレイの瞳をわたしに向ける。

「フェルディナンドが正式に夫になってしまえば連座は免れぬ。連座から救いたければ、星結びの儀式が延期された一年以内に其方がグルトリスハイトを手に入れよ」

わたしを利用することを躊躇わない者の目に身震いしつつ、わたしはグレイの目を見返した。

「……では、わたくしがグルトリスハイトを手に入れれば、フェルディナンド様をエーレンフェストに返してくださるのですか？」

「フェルディナンドをアーレンスバッハから取り上げて、エーレンフェストに戻すことで起こる様々なことを予測し、対策を立てながら実行できるならばすれば良い」

……フェルディナンド様をディートリンデ様の連座になんてさせない。

王族の命令で強制的に祠を回らされてグルトリスハイトを取らされたり、ジギスヴァルトの第三夫人にされたり無茶ぶりをされるのだ。手段を選んでいられない。

……どんなに無理って言われても、グルトリスハイトを盾にして助けてみせるんだから。

「……ほら、着いたぞ」

話を切り上げるようにアナスタージウスが先を示す。白い祠があった。闇の祠と同じように補助の魔法陣を使ってヴァッシェンで洗い流し、不自然ではないように扉に触れて中へ入る。

「……風の女神の祠だ。貴色《きしょく》の石板もある」

円い盾を左に、右に黄色の石板を持った女神を中心に、女神像がずらりと並んでいた。

「風の女神シュツェーリア、飛信《ひしん》の女神オルドシュネーリ、時の女神ドレッファングーア、英知の女神メスティオノーラ……。フェルディナンド様を救うため、わたくしにメスティオノーラの書をお与えください。神に祈りを！」

わたしは神々の名を唱えながらお祈りをして、すでに完成している石板を手に取った。

「其方の祈りは我に届いた。其方を認め、シュツェーリアよりメスティオノーラの書を手に入れるための言葉を与える……」

刻まれた文字は定例文のように同じだった。違いは与えられる言葉だけだ。石板が自分の中のシュタープと同化し、石板の文字が頭に刻み込まれる感覚の中、わたしは口を開く。

「タイディヒンダ」

石板の文字を呟くと、外へ出されることにも慣れてきた。わたしは扉に鍵がかかっているのを確認して、様子を見ているアナスタージウス達のところへ戻る。見上げれば空には黄色の線が増えていて、複雑な模様まで薄《うっす》らと見えるようになっていた。

「次へ行くぞ。ここから先は全員騎獣に乗れ」

さすがにずっと歩くのは辛いようだ。全員が騎獣に乗って小道を駆けると、次の祠まではそれほど時間はかからない。わたしは祠をヴァッシェンで洗い流して中へ入った。

「えーと、ここは命の祠っぽいけど……」

剣を持った命の神エーヴィリーベとその眷属の神像なので、命の祠であることは間違いないと思う。ただ、他の祠と違って、十三の神像が小さな祠の周りを囲んでいる。祠の中に更に祠があるように見えた。

……あれって、もしかして土の祠？

命の神とその眷属がガッチリ守っている祠なんて他にあるとは思えない。

……こんなところまで神話に忠実にしなくていいのに……。

溜息を吐きたくなったところで、何故か命の神に祈らなければならない気分になってきた。わたしはバッと手を上げながら命の神エーヴィリーベへ視線を向ける。

……あ。石板が完成してない！

神像の手にある黄色の石板が半分くらいしかできていない。確かに、他の大神と違って命の神に祈ることは少なかった。貴族院で祈ったのは、ダンケルフェルガーとの嫁取りディッターの準備中くらいだ。ヴィルフリートへ神具の使い方を教えた時に白い柱が立った記憶がある。

「命の神エーヴィリーベ、氷雪の神シュネーアスト、夢の神シュラートラウム、料理の神クウェカルーラ……」

……もっとクウェカルーラに祈りを捧げておけば、色んな料理ができたかな？

そんなことを考えながら「神に祈りを！」と口にすると、エグランティーヌが言っていたように指輪から一気に魔力が流れ出して石板へ吸い込まれていく。祈りの体勢を取っているのが辛くなってきた頃に石板が完成したようだ。頭の中に声が響いた。

「其方の祈りは我に届いた。其方を認め、我が妻ゲドゥルリーヒに祈りを捧げることを許す」

……え？　メスティオノーラの書を手に入れるための言葉は⁉

他の祠と言葉が違う。驚きに目を瞬かせていると、神像に取り囲まれた中心部の祠の扉が開き始めた。予想通り、その中には土の女神ゲドゥルリーヒの神像がある。貴族院で奉納式を行ったせいか、貴色の石板は完成していた。

……でも、あれ、どうやったら取れるんだろう？

土の女神の祠は命の神とその眷属に取り囲まれていて、とても近付けない。下手に近付いたら、命の神が手にしている剣を振り下ろしそうに思えて怖い。わたしは赤い石板の取り方を考えながら腰に付けている薬入れから魔力の回復薬を取り出して飲む。

……エーヴィリーベに認められたってことは近付いてもいいのかな？

そう考えたところでハッと思い出した。わたしに許されているのは祈りを捧げることだけだ。近付くことは許されていない。

土の女神の前を陣取るエーヴィリーベの神像を見上げつつ、わたしは土の女神に祈りを捧げる。

「どうやって石板を取ったらいいか教えてください！　土の女神ゲドゥルリーヒに祈りを！」

指輪から魔力が飛んでいくと、ゲドゥルリーヒの手にあった赤い石板が一瞬揺らめいて消え、直後、エーヴィリーベの手にある白い石板と並ぶ形で現れた。

「其方の祈りはゲドゥルリーヒに届いた。其方を認め、ゲドゥルリーヒとエーヴィリーベよりメスティオノーラの書を手に入れるための言葉を与える……」

……返事をするのも、石板を渡すのもエーヴィリーベか。

他者にゲドゥルリーヒを触らせないと徹底している。こんなに面倒臭いギミックを使って神話を再現するなんて、最初にこの祠を作ったツェントはどれだけこだわり派だったのだろうか。大昔のツェントに感心している内にゲドゥルリーヒの祠は再び閉ざされた。わたしは命の神の手にある白い石板を手に取る。

刻まれた文字にも違いがあるのかと思ったけれど、石板の定例文は同じだった。違いは与えられる言葉だけらしい。石板が自分の中のシュタープと同化し、石板の文字が頭に刻み込まれる感覚の中、わたしは口を開く。

「ナイグンシュ」

その次に、赤い石板も手に取って読んでいく。

「我の言葉だけではまだ足りぬ。次期ツェント候補は全ての神々より言葉を得よ」

最後の言葉を読み終わった瞬間、赤の石板が自分の中に吸い込まれていった。自分の中にあるシュタープと同化していく。

「トレラカイト」

二つも石板を手に入れたので祠の中で長い時間を過ごしたはずだが、外に出ると全く時間が進んでいないようだ。祠の洗浄を褒める言葉が聞こえる。上を見れば更に色が増えている。全ての石板を手に入れたらどうなるのだろうか。未知の領域へ突き進んでいることが何だか怖く思える。

「次へ行くぞ」

アナスタージウスの声に、わたしは一度頭を左右に振って湧き上がる恐怖を振り払った。王族への交渉材料は必要だ。何もなく、ただお願いしただけでは助けてくれない。

……怖くないよ。フェルディナンド様を助けるって決めたんだもん。

騎獣で細い小道を駆けていく。小道を示す光が段々強くなっている気がする。

「このような祠が一体いくつあるのでしょう？」

オティーリエの心配そうな呟きに、先に祠の位置を確認していたダームエルが「六つです」と答えた。何故知っているのかとオティーリエが不思議そうな顔をした時、前方に祠が見えてきた。

「あれだな。ローゼマイン、洗浄せよ」

命じられるまま祠を洗浄し、わたしは鍵の確認をする振りをしながら中に入る。

「光の女神の祠」

十三の神像が並んでいて、中心には光を模したと思われる冠をつけた光の女神が見えた。その手には金色の石板がある。完成している石板は淡く輝いていて、契約魔術の金色の炎を思わせた。

「光の女神、秩序の女神ゲボルトヌーン、浄化の女神ウンハイルシュナイデ、縁結びの女神リーベスクヒルフェ……。全力を尽くすのでフェルディナンド様を助ける道をお示しください。神に祈りを！」

祈りを捧げ、石板を手に取って刻まれた文字に目を通す。

「あ、やっぱり。闇の神と同じだ。其方に与えられし、我が名を唱えよって書いてある」

貴族院三年生の実技で、同時に与えられた名前だ。すぐに脳裏に浮かんでくる。

「光の女神フェアシュプレーディに祈りを」

口にした途端、手にある金色の石板がわたしの魔力を少し吸い出し、文字が書き換えられていく。

「其方の祈りは我に届いた。其方を認め、メスティオノーラの書を手に入れるための言葉を与える。我の言葉だけではまだ足りぬ。次期ツェント候補は全ての神々より言葉を得よ」

最後の言葉を読み終わると金色の石板が自分の中に吸い込まれていき、自分の中にあるシュタープと同化していく。光の女神から与えられた言葉が口をついて出た。

「アオストラーク」

わたしが祠から出ると、アナスタージウスも扉に触れているところだった。眉が寄せられていて悔しそうに扉を睨んでいる。わたしの視線に気付いたのか、すぐに表情が改められた。

「終わったのか？」

わたしが小さく頷くと、彼は「行くぞ」とマントを翻して側近達のところへ歩いていく。

……次で最後だ。

地図にあった大きな祠は六つだった。騎獣で小道を駆けて最後の祠を洗浄し、わたしは中へ入る。中には十三の神像が並んでいて、中心には杖を右手に、緑に輝く石板を左手に持っている水の女神フリュートレーネが見えた。彼女は春の初めにエーヴィリーベを大量の雪解け水で押し流す強い女神であり、傷ついたゲドゥルリーヒを癒《いや》す優しい女神でもある。

「水の女神フリュートレーネ、雷の女神フェアドレンナ、癒しの女神ルングシュメール、海の女神フェアフューレメーア……。フェルディナンド様に降りかかる災難をドパーッと押し流す力がほしいです。神に祈りを！」

騎獣に乗っていたとはいえ、王族と一緒に祠を回って全て洗浄していくことに疲れていたせいだろう。わたしはかなり即物的な祈りを捧げ、緑の魔石の石板を手に取った。全ての祠を巡り終わったせいか、石板の文字が違っている。それに驚きながら、わたしは文字を読んでいく。

「……其方の祈りは我に届いた。其方を認め、メスティオノーラの書を手に入れるための言葉を与える。全ての神々より言葉を得た次期ツェント候補よ。メスティオノーラの書に手を伸ばせ」

最後まで読み終わると、緑の石板が自分の中に吸い込まれ、シュタープと同化していく。水の女神から与えられた言葉が口から出る。

「ロームベクーア」

全ての祠を巡り終わり、「メスティオノーラの書に手を伸ばせ」というありがたい言葉までいただいた。水の女神の言葉に間違いがなければ、これで手に入るはずだ。

……フェルディナンド様を助けるためだから、すぐにでも手に入れたいんだけど、メスティオノーラの書に手を伸ばすって具体的にどうするの⁉

怪しいのは祠を巡る度に色や線が増えている上空だ。わたしは様々な色の線が浮かぶ空へ向かって手を伸ばしてみる。

……メスティオノーラの書、おいで。

「其方は一体何をしている？」

何の変化も起こらなかった上に、アナスタージウスから不審そうな目で見られた。

「いいえ。何でもありません。全ての祠が綺麗になったので神々へお祈りでもしようか、と」

苦し紛《まぎ》れの言い訳に任せ、王族や側近達の注目を集めながら「神に祈りを！」と指輪から上空へ向けて魔力を放ってみた。それでも全く変化はない。

……どうしよう？　神様、ちょっと言葉足らずじゃない？

しかし、絶望するのはまだ早い。祠についての情報が地下書庫にあったのだ。次の行動についても地下書庫には何かヒントがあるかもしれない。

……とりあえず、回復かな？

全ての祠を洗浄したことで魔力がかなり減っているし、騎獣に乗っていただけだが長時間の移動で体力的にも負担が大きかった。この後、地下書庫に戻るならば、体力も回復させておいた方が良い。わたしが腰につけている優しさ入りの回復薬に手を伸ばすと、オティーリエは顔色を変えた。

「ローゼマイン様、何度も行うヴァッシェンでお体に負担がかかりすぎたのではございませんか？それでなくても、今日は少し移動距離が長いように思えますけれど……」

「案ずるな。これで終わりだ。ローゼマインが回復したら図書館へ戻る」

アナスタージウスの声を聞きながら、わたしはオティーリエに「魔力が回復すれば大丈夫ですよ」と手を振る。オティーリエの気遣う視線に笑顔を返しながら、わたしは回復を待った。

……あれ？

魔力が溢れて使えなくなるような感覚がなくなっている気がする。わたしは少しずつ魔力を圧縮していく。御加護の儀式を行う前のように魔力を圧縮しても問題がない感じだ。自分の手をじっと見つめて首を傾げた。

……もしかして、わたしのシュタープ、成長してる？

「どうかなさいましたか、ローゼマイン様？」

エグランティーヌが気遣うように声をかけてきた。わたしは周囲を少し見回す。視線を気にする仕草に気付いた彼女は盗聴防止の魔術具を取り出した。内緒話をするつもりなのを目敏《めざと》く見つけたらしいアナスタージウスがやってくる。エグランティーヌは苦笑しながらもう一つを彼に渡した。

「わたくしのシュタープが成長した気がします」

「は？　どういうことだ？」

「感覚的なことなので、自分でもまだよくわからないのですけれど……。御加護を得る儀式の後、一年生の時に手に入れたシュタープが自分に合わなくなったお話はしましたよね？」

アナスタージウスが「あぁ、聞いたな」と頷くのを見て、わたしは自分の手を握ったり開いたりしながら先を続ける。

「祠で手に入る石板は神の意志にとてもよく似ているのです。全てを取り入れたら、魔力の扱いが楽になりました」

「祠の石板を手に入れることでシュタープが変化するということですか？　それならば、ジギスヴァルト王子にも希望が出てきましたね」

エグランティーヌが嬉しそうに顔を綻《ほころ》ばせる。そんなふうに喜ばれても、本当にできるかどうかはわからない。小さな祠で延々と奉納を繰り返し、魔石を集めていかなければ大神の御加護を得られない。大神の御加護を再取得しても祠に入れるのかどうかもわからない。長い道程《みちのり》になる。

「小さな祠でお祈りをして、御加護の再取得で大神の御加護を得て、始まりの庭に行ってシュタープを改良することができれば……というくらいに長くて不確定な道程ですよ。始まりの庭へ行ったところで本当に改良できるかどうかはわかりません。そこは神々の領分なので責任は持てません」

「それでも、何も方法がないよりは嬉しいです」

エグランティーヌの輝く笑顔に心が和んでしまったわたしは、ふるふると首を左右に振った。

「ローゼマイン様？」

「祠は巡りましたけれど、この先はどうすればいいのでしょう？」

「ひとまず地下書庫に戻るぞ。四の鐘までにあまり時間がない。皆、騎獣に乗れ」

盗聴防止の魔術具を返し、わたしは騎獣に乗りこんだ。皆で一気に図書館へ駆ける。

……あ！

空を駆けるために森の木々より高く上がったところで、祠と祠を結ぶ何色もの光の線が複雑な形を描き出し、巨大な魔法陣になっているのが見えた。それほど高くは飛んでいないので、魔法陣の全体像が見えず、何の魔法陣なのかわからない。けれど、巨大な魔法陣は貴族院の端まで覆《おお》っているように思える。魔法陣の中心は中央棟。多分、祭壇のある最奥の間だ。

何が起こっているのかわからない。けれど、間違いなくとんでもないことが起こっている。

ドクンと胸が嫌な音を立てた。

地下書庫の更に奥

わたしを地下書庫に送り届けたら、アナスタージウスとエグランティーヌは昼食と午後の会議のために戻るらしい。

「其方の祠巡りが終わったことを報告して、父上達と話し合わねばならぬ」

「……今回のことは、もしかしてアナスタージウス王子の独断なのですか？」

「完全に独断とは言わぬが、少々先走っている自覚はある」

……少々？　ホントに少々で済むレベル？

アナスタージウスの顔は無表情に見えるけれど、そのグレイの目には焦燥《しょうそう》が浮かんでいるようにも見える。同じような感情を隠すための無表情でも、フェルディナンドに比べるとわかりやすい。

……さっきの二人の強硬な態度……。もしかして王族に何かあったのかな？

まだ二人を信用していたい自分に溜息を吐きながら、わたしは地下書庫への階段を下りていく。透明な壁の向こうでヒルデブラントとマグダレーナが書き物をしていて、透明な壁を挟んでシュバルツとヴァイスが立っている。ハンネローレは休憩中のようだ。書庫に姿がない。側近達は昼食の準備をしていたが、わたし達に気付いて「おかえりなさいませ」と手を止めた。

「今、戻った。マグダレーナ様に声をかけたら我々は離宮へ戻る。すぐにでも父上や兄上に話さなければならぬことができた。連絡をしてくれ」

階段を下り終わるより先にアナスタージウスとエグランティーヌは忙《せわ》しなく側近に指示を出し始めた。二人の側近達はオルドナンツを飛ばしたり撤収の準備をしたりと動き回り、マグダレーナの側近は主を呼び出そうと書庫に向かって合図を送る。わたしは忙しない彼等の前を通り過ぎると、カップを置いて微笑んだハンネローレのところへ向かった。

「おかえりなさいませ、ローゼマイン様。祠の清めは全て終わったのですか？」

「ただいま戻りました、ハンネローレ様。全て終わりましたよ」

ほのぼのとした雰囲気の笑顔に癒されつつ、ニコリと笑って挨拶をしていると、ヴァイスがひょこひょこと近付いてきた。今までは書庫が開いている間ずっと透明な壁の前にじっと立っていたのに、急に動き出したことに驚きを隠せない。ハンネローレも驚いたようで、赤い目をぱちくりとしながらヴァイスを注視する。

「ヴァイス、突然動き出すなんて何か起こったのかと思って驚きましたよ」

ハンネローレの言葉には反応せず、ヴァイスは真っ直ぐにわたしのところへ歩いてきて、わたしの右手を取った。

「ひめさま、あんないする」

「え？　あの、ヴァイス？」

どこへ、と尋ねかけてハッとした。祠でのお祈りを全て終えたわたしが案内されるところは一つしかない。メスティオノーラの書を手に入れるための次の場所に決まっている。わたしがコクリと息を呑んだ時、ヒルデブラントがシュバルツに追い出されるようにして書庫から出てきた。

「シュバルツに突然外へ出るように言われたのですけれど、一体何が……。ローゼマイン？」

皆が不思議そうな顔で今までと違う行動をとるシュバルツとヴァイス、そして、ヴァイスに手を引かれて書庫に向かうわたしを見る。

……このまま行っても大丈夫なのかな？

わたしが振り返ると、アナスタージウスは緊張したように顔を強張らせて一度頷いた。王族の許可が出ていることを確認して、わたしはヴァイスと一緒に書庫に入る。中に入ると同時に、シュバルツがわたしの左手を取った。

「ひめさま、しゃほんする」

何を、と尋ねなくてもわかる。この先にあるのはメスティオノーラの書に違いない。シュバルツ達は書庫の壁にわたしを誘導して、引いていた手をその壁に触れさせた。白の壁にわたしの魔力が流れていく。地下書庫の鍵が開く時のように魔法陣が浮き出て、ぽっかりと壁に穴が開いた。

……なんか道が出てきたよ。

壁の向こうにいる皆の反応が気になって振り返ると、透明だった壁は何故か真っ白になっていた。向こうにいるはずの皆の姿が見えない。

「ひめさま、こっち」

シュバルツとヴァイスに手を引かれて、わたしはドキドキしながら壁にできた穴に入っていく。真っ白の通路だ。この奥にメスティオノーラの書があるのだと思えば、緊張で足が震えるし、心が高鳴り、嫌でも興奮が高まっていく。

……どんなのだろう、メスティオノーラの書って。

少し歩くと、複雑な魔法陣が浮かび上がっている扉を発見した。厳重《げんじゅう》に管理されていることがわかる様子に、緊張は更に高まっていく。

「ひめさま、ここ」

シュバルツ達にそう言われて手を伸ばし、わたしは魔法陣に触れる。その瞬間、パチッと音がして静電気のような感触と共に弾かれた。許可のない者がシュバルツ達に触れた時に似ている。

「ひゃっ⁉」

予想外の感触に慌てて手を引くと、シュバルツとヴァイスがわたしを見上げた。

「ひめさま、とうろくない」

「このさき、はいれない」

ピシャリと撥《は》ねつけるシュバルツ達の言葉を理解したくなくて、わたしは半ば呆然としたままで問い返す。

「……とうろくって何ですか？」

「おうぞくとうろく」

簡潔な返事にすぅっと血の気が引いていく。グルトリスハイトが保管されているのは王の血筋の者しか入れない書庫。フェルディナンドがそんなことを言っていたはずだ。平民出身のわたしには入れないから、王にはなれないと前に聞いたことがある。

けれど、祠に入ることができて、各属性の石板を手に入れることができたのだから、この後も入れるだろうと楽観視していた。まさか登録の有無で弾かれると思っていなかった。グルトリスハイトのような重要な物が保管されている場所に入る扉に選別の魔術があるのは当然だったのに。

……どうしよう？

王族ではないわたしが一年以内にグルトリスハイトを手に入れて、フェルディナンドを助けることなんてできるわけがない。一番確実な方法が消えたことに目の前が真っ暗になっていく。

……王族の登録ができるのは三年後……？

優秀な領主候補生を一方的に中央が取らないように、領主候補生が結婚以外で中央へ移動することは認められていない。わたしが王族として登録されようと思えば、ジギスヴァルトの第三夫人になるしかない。星結びの儀式は成人してからだ。一番早くてもあと三年はかかる。フェルディナンドの星結びの儀式は一年後だから、三年後では全然間に合わない。

「開けて……」

ベチッと扉を叩いたらバチッと弾き返された。さっきよりも拒否する力は強くなり、指先がジンジンと痺《しび》れている。わたしは自分の指先と目の前の魔法陣を交互に見て、もう一度扉を叩く。

「開いて」

弾かれた手はもっと痛くなった。すぐそこにあるのに入れない悔しさとフェルディナンドを助けることができなくなった絶望感と、自分を弾く魔法陣に対する腹立たしさなど、色々な感情が混ざりに混ざって自分の中で蠢《うごめ》く。

「入れてよ！」

痺れる手を握って、拳を作ったわたしは感情に任せて力いっぱいに扉を叩いた。魔法陣を破りたいわたしの魔力と、扉を守る魔力がぶつかってバチバチと火花を散らす。手首のお守りが一つ弾けた。すぐにもう一つが弾ける。扉を守る魔法陣からの反撃で、自分を守るためにフェルディナンドがくれたお守りが立て続けに壊れていくのを見て、わたしは急いで手を引いた。

「ひめさま、きけん」

「ひめさま、はいじょうする」

魔法陣に攻撃を仕掛けたわたしを危険人物と判断したシュバルツ達の額の魔石が光を帯びる。

これ以上もらったお守りを減らすことはできない。わたしは「もう戻ります」と呟き、肩を落として項垂れながら来た道を引き返し始める。わたしの動きを警戒するようにシュバルツ達が後ろを歩いてきた。


書庫へ戻っても入り口側の壁はまだ白いままで向こうは見えなかった。入り口の前に立ち尽くし、わたしはジンジンとした熱を持っている手を見る。拳で魔法陣を叩いた部分が火傷《やけど》をしたように赤黒く腫《は》れていた。フェルディナンドのお守りでも守り切れなかったようだ。

「痛い……」

わたしが自分の傷を見下ろしているうちにシュバルツとヴァイスは通路を閉じて、ひょこひょこと歩いてきて壁の前に立つ。ヴァイスが通り抜けた瞬間、壁は透明になり、向こうで固唾《かたず》を呑んで待ち構えていたらしい皆の顔が見えた。

「ローゼマイン！」

ヒルデブラントが駆け寄ってくるのをアナスタージウスが「他の者は入るな」と制して、一人だけで書庫の中に入ってくる。

「ローゼマイン、其方……」

「ダメでした。王族登録がなければ、奥の扉は開きません」

残念そうに「……そうか」と呟いたアナスタージウスは、わたしの手を見て顔色を変えた。

「何だ、この手は……」

「……魔法陣に弾かれました」

「まさかこのようなことになるとは……。すぐに書庫を出て癒しを」

わたしを書庫の外に出そうとしたアナスタージウスの手をつかんで、わたしは首を横に振った。

「そんなことより、フェルディナンド様はどうなるのですか？　わたくしでは一年以内にグルトリスハイトを手に入れるなんてできません。どうしたら……」

「ローゼマイン、落ち着け。魔力が……」

落ち着けと言われて簡単に落ち着けるわけがない。わたしは思わずアナスタージウスを睨んだ。

「一年以内にグルトリスハイトを手に入れなければ、フェルディナンド様はディートリンデ様の連座で処分を受けるのでしょう？　ディートリンデ様の連座でご自分の家族やエグランティーヌ様が処分されると言われて、アナスタージウス王子は落ち着いていられるのですか⁉」

辛そうな表情で一度グッと奥歯を噛んだアナスタージウスが不可解そうにわたしを見つめる。

「……其方とフェルディナンドは家族でもないし、夫婦でも婚約者でもないではないか」

「家族同然です。わたくしにとってフェルディナンド様は洗礼式前からの後見人で、保護者で、師匠で、主治医なのです。何よりも守るべき家族同然なのですから、心配くらい、しても当然ではありませんか。お断りしたのに王命でディートリンデ様のところへお婿に行かせて、薬漬けの不健康な生活でアーレンスバッハを支えたら、最終的にディートリンデ様の連座で処刑って何ですか？　自分にとって大事な人なのに、そんな扱いをされて怒らずにいられると思いますか⁉」

感情的になった瞬間、自分が身にまとっているお守りが光を帯びた。全身のあちらこちらにつけられているお守りに魔力が満ちて光り始める。

……まずい。このままじゃ王族に威圧が……。

魔力が漏れそうな状態にすっと頭が冷えた。わたしはゆっくりと深呼吸をして、膨《ふく》れ上がった魔力を圧縮して収めていく。やはりシュタープが成長しているのは間違いないようで、魔力圧縮をするのが容易だし、魔力が外に漏れることなくお守りの光は落ち着いた。

「家族同然、か。……早急にグルトリスハイトを手に入れるために焚《た》き付けるだけのつもりだったが、私はずいぶんと余計なことを言ったようだな」

アナスタージウスが溜息と同時に後悔の顔を見せながら、わたしに癒しをかける。

「これまでの慣例上、結婚したら連座は確定だ。だが、ディートリンデに何らかの処分が下るのはアーレンスバッハが安定してからになる。具体的に言えば、王族がグルトリスハイトを手に入れてから、もしくは、レティーツィアが成人してヒルデブラントと星結びを行うまでの間になるであろう。それまでの間にフェルディナンド自身が自衛のために立ち回れるように、其方が手助けする分には勝手にすれば良い」

すぐに連座で処刑されるという雰囲気でもなくて、わたしは首を傾げた。アナスタージウスは自《じ》嘲《ちょう》するように「私はずいぶんと余裕を失っていたようだな」と呟く。

「貴族の常識で動いてしまったが、其方には通じないことが多いことを失念していた。其方を焚きつけるためにかなり挑発的に言ったが、私が今言った程度のこと、其方と違ってフェルディナンドは理解していると思うぞ」

……ディートリンデ様の連座になることをフェルディナンド様は理解してる？

そういえば、ディートリンデが倒れてエグランティーヌに呼び出された時も録音の魔術具を持ってきていたし、自分には責任がないことを主張していた気がする。それでも、結婚した以上は連座というのは納得できない。

「其方は半年とたたずにアーレンスバッハを掌握《しょうあく》しそうなフェルディナンドのことよりも自分の心配をしろ」

「わたくしの心配ですか？」

フェルディナンドやエーレンフェストのこと以外で、何か心配しなければならないようなことがあっただろうか。

「……其方を兄上の第三夫人にするというのは撤回する。王族でなければグルトリスハイトを手に入れられぬのであれば、其方の危険度も少しは下がるであろう。何より、グルトリスハイトを手に入れられぬ其方を王族で保護するための理由が見つけられぬ」

ハァ、と疲れた顔で言いながらアナスタージウスは少しばかり心配そうにわたしを見下ろした。

「え？　危険度に保護、ですか？」

「アウブ・エーレンフェストには話をしているはずだ。聞いていないのか？」

「聞いていません」

「……詳しい話はアウブに聞くが良い」

まさか何も聞いていないとは思わなかった、とアナスタージウスは頭を左右に振った。どうやらわたしとジルヴェスターの間では報連相《ほうれんそう》が足りていないらしい。

「グルトリスハイトがすぐに手に入り、其方か譲られた兄上が使えるのであれば、どのような手段を使っても其方を確保しなければならなかったが、其方にツェント候補の資格がないのであれば、一度考え直す必要があるようだ」

アナスタージウスはわたしをエスコートして書庫から出すと、側近達に引き渡す。

「今日は祠巡りに付き合わせてすまなかった。……それから、こちらは忠告だが、其方はもう少し護衛を増やした方が良いぞ」

そう言い残してアナスタージウスとエグランティーヌは昼食のために去っていく。二人が去ると同時にわたしは側近達に取り囲まれた。

「ローゼマイン様、一体何が起こったのですか？」

「……えぇーと……皆の目には一体どのように映っていたのですか？」

わたしとヴァイスが書庫に入った瞬間、壁が真っ白になって何も見えなくなったらしい。側近達はもちろん、それまで書庫の中に入れていた王族達も入れなくなったそうだ。

「ローゼマイン様は白い壁の中で何をしていらっしゃったのですか？」

側近達やハンネローレに問われても何と答えれば良いのかわからず、わたしはマグダレーナに視線を向ける。マグダレーナは微笑みながら少しだけ首を横に振った。安易に喋らない方が良いということだろう。わたしはニコリと微笑んだ。

「何もできなかったのです。わたくしは資格が足りなかったものですから」

「資格が？　どのような資格が何のために必要なのですか？」

不思議そうな顔をするヒルデブラントの質問に、上位領地のいらぬ対立を生まないようにしたいと言っていたエグランティーヌの言葉を思い出す。わたしは「詳しくはアナスタージウス王子にお尋ねくださいませ」と笑顔で拒絶した。

ヒルデブラントの疑問にどのように答えるのかは王族間で話し合えば良いことだ。余計なことを言って、これ以上王族に関わりたくない。今日の午前中だけで、わたしはジルヴェスターやフェルディナンドが口を酸っぱくして「王族や上位領地に関わるな」と言っていた意味を嫌という程理解した。いくら仲良くしていても立場が違う。優先することが違う。友人とは口で言っていても対等ではないので、どんな理不尽も呑み込まなければならない。理不尽を押し付けられたくなければ、拒否できるだけの力をつけるか、視界に入らないようにするしかない。

「午前中も外に出ていたし、色々あったのでお腹が空《す》きました。昼食にしましょう」

わたしはヒルデブラントに背を向けて、オティーリエに話しかけた。

「……かしこまりました、ローゼマイン様。先程四の鐘が鳴りましたからお腹も空いたでしょう。コルネリウス、ローゼマイン様をお席に」

わたしを気遣うように少し眉を寄せて顔を覗き込んできたコルネリウスが手を差し伸べてくれる。わたしは手を重ねて、席に向かって歩き始めた。

「待ってください、ローゼマイン。私は……」

「あまり深く質問をするとローゼマイン様を困らせることになりますよ、ヒルデブラント」

マグダレーナの言葉に、皆がわたしの様子を気にしながら動き出す。側仕え達はお茶を淹れ始め、護衛騎士達は主の席の周囲に立つ。ヒルデブラントは心配そうに何度もわたしを振り返りながらマグダレーナのところへ向かった。

何とも言えないギクシャクとした雰囲気の昼食を終え、わたしは午後からも現代語訳に励む。石板の内容を現代語訳しながら、わたしはふとダンケルフェルガーの歴史書を翻訳していた時のことを思い出した。

……ダンケルフェルガーから王が立ったこともあるのは、なんで？

古い記述だったので、どのように王になったのか詳しいことは書かれていなかった。けれど、王族登録されていなければグルトリスハイトを手に入れられないのであれば、ダンケルフェルガーから王が立つはずがない。他に何か方法があるのだろうか。それとも、他領から王が立つのを防ぎたかった誰かが後世になってから選別の魔法陣を作り出したのだろうか。

……一番確実な手段が手に入らなかったなんて。

アナスタージウスはフェルディナンドが連座になるにしてもまだ先の話で、本人が自衛のために対策をしていると言っていたけれど、どこまで本当かわからない。せめて、危険性があるという連絡と無事の確認くらいはしたいのに、あまり心配をしてはならないと釘《くぎ》を刺されている。

「あの、ローゼマイン様」

ハンネローレがものすごく言い難そうに周囲を見回した後、声を潜めて「袖口が……」と小さく呟いた。魔法陣の反撃を受けた時に火傷だけではなく、どこかに切り傷もできていたらしい。袖口に血の飛んだ跡がある。アナスタージウスが癒しをくれたので、傷は完全に治っているが、血痕《けっこん》までは気付かなかった。

「ご心配ありがとう存じます、ハンネローレ様。アナスタージウス王子に癒しをいただいたので、傷はありませんから大丈夫です」

「え？　ローゼマイン様はアナスタージウス王子に癒しをいただいたのですか？」

ハンネローレの言葉にわたしは頷く。他の者に入らないように制して、書庫の中で話をしていたのだから、癒しを与えられるのはアナスタージウスしかいないはずだ。何を言っているのだろうときょとんとしてしまうわたしに、ハンネローレは少しオロオロとした様子で「王族に癒しを与えられることなど、普通はございません」と教えてくれた。

国のために魔力を使わなければならない王族が個人に癒しをかけるようなことはないらしい。どうやら簡単に謝ることができない、してはならない王族である彼なりの謝罪のようだ。

……わかりにくいし、いくら謝られてもフェルディナンド様が連座になるのは許せないからね。

「迎えに来たぞ、ローゼマイン」

この数日で声をかけても無駄だと悟ったらしいジルヴェスターは、最初から石板を取り上げるようになっている。わたしは筆記用具を片付け、マグダレーナに今日の成果を渡して図書館を出る。

「養父様、わたくし、危険なのですか？　詳しくは養父様に尋ねるようにとアナスタージウス王子がおっしゃったのですけれど」

「そういう話は後だ」

ジルヴェスターは一瞬嫌な顔をした後、笑みを深めてわたしを見つめる。

「……つまり、王族とそのような会話を交わすような何かが起こったのだな？」

「そういうお話は後ですよ」

二人で見つめ合って、同時に深い溜息を吐いた。ジルヴェスターも色々と面倒なことに巻き込まれているようだ。

「養父様、わたくし、王族と関わるなと言われてきた理由を今日一日で嫌という程理解しました」

肩を落としてそう言うと、ジルヴェスターはものすごくげんなりとした顔でわたしを見下ろした。

「ハァ。今更か。遅すぎたな。もはや手遅れだぞ」

……手遅れって何ですか!?

お手紙とお話

夕食後に二人で話ができるように側近を交えて予定を立てながら寮に戻ると、リーゼレータが駆け寄ってきた。

「おかえりなさいませ。多目的ホールでヒルシュール先生がお二人をお待ちです」

「ヒルシュール先生が？」

ジルヴェスターと顔を見合わせた後、わたし達は多目的ホールへ入った。今日の会議を終え、明日以降の準備に忙しそうな大人達が行き交う中、本棚の前で悠然と本を読んでいるヒルシュールはとても浮いている。

「ヒルシュール!?　何故ここに……？」

「やっとお戻りになったのですね、アウブ・エーレンフェスト、ローゼマイン様」

本をパタリと閉じて本棚に置くと、ヒルシュールは顔を上げてこちらを見た。

「フェルディナンド様からお手紙を預かったのです」

「え？　星結びの儀式が延期となったのに、フェルディナンド様は貴族院へ来ているのですか？」

「まだ星結びの儀式を終えていらっしゃらないのでエーレンフェスト籍ですから、会議には出席できないでしょうけれど、寮までは来ているのではありませんか？　こちらを届けてくださったのはフェルディナンド様の側仕えですから」

そういえば、エーレンフェストにいる時も留守番のフェルディナンドは何かあったら貴族院へ呼び出しを受けていた。同じようなことをあちらでもしているのだろう。

「早く開けてくださいませ、アウブ・エーレンフェスト」

ヒルシュールが指差したのは魔術具の箱だった。お手紙を入れるにはずいぶんと大きい箱だ。これはアウブ・エーレンフェストでなければ開けられない箱らしい。

「確実にわたくしがエーレンフェスト寮に届けるように、この中に研究資料を入れたとおっしゃるのですよ。フェルディナンド様は本当に意地の悪いこと」

「ヒルシュール先生のことをご存じだからですよ。自分が読みたい研究資料が入っていなければ、冬でも良いと後回しにしたでしょう？」

「当然ではありませんか」

……そこで胸を張らないでください！

わたし達が言い合っている横で、ジルヴェスターは苦笑しながらその魔術具を開ける。次の瞬間、ヒルシュールは飛びつくようにして資料を取り出し、ご機嫌な様子で目を通し始めた。

「何の研究資料なのですか？」

「図書館の魔術具の研究資料ですね。資料の整理用や検索用など用途によって魔術具を分けることで作製の難易度を下げることができるようです。それでも十分に難しいし、品質の良い素材が必要ですけれど……」

……図書館の資料整理用や検索用の魔術具⁉　それって、つまり、自分の図書館に簡易版シュバルツ達を置けるってことじゃない⁉

シュバルツとヴァイスには王族をグルトリスハイトに案内する役目もあるようだけれど、わたしの図書館で使う分にはそんな機能は必要ない。

「ヒルシュール先生、図書館の魔術具でしたら、わたくしにも見せてくださいませ！　資料の整理をしない先生には必要ないでしょう？」

フェルディナンドの資料を見ようとジャンプしてみたけれど、ヒルシュールは手を高く上げて資料を見せてくれない。

「わたくしが先です、ローゼマイン様。これらの魔術具は、自分で資料を整理できるローゼマイン様より資料を放置するわたくしにこそ必要ではありませんか」

……はぅっ、確かに。

研究室の有様を思い出して、わたしは手を引っ込めた。魔術具を作ることで綺麗に整頓《せいとん》されるならば、この資料と研究にはとても意味があると思う。

「貴族院が始まる頃には、わたくしが必要な部分の研究は終わっているでしょうから、それほど興味があるのでしたら、研究室へいらっしゃればよろしいでしょう」

「冬まで待つのですか……。もっと早く読みたいです」

「本来ならばローゼマイン様はエーレンフェストにいらっしゃって、こちらにはいないはずなのです。正当にこちらへいらっしゃる時までお待ちなさいませ」

今は領主会議の最中でわたしが貴族院をうろうろとしても良い時期ではない。王族の手伝いのために滞在しているので、自分の趣味で文官棟へ立ち入ったり、ヒルシュールの研究室に居座ったりしてはならないのだ。

……うぐぅ、図書館の魔術具。

自分の図書館にもシュバルツ達がいれば良いな、と思っていたわたしにとっては欲しくて仕方がない魔術具だ。ちらっとでも作製方法が見えないかな、と頭を動かしていたら、ヒルシュールがわたしを見下ろして、小さく笑った。

「作製に必要な素材を書き出して、領主会議の終わりまでにはこちらの寮に届けましょう。冬には研究室に籠もって作製できるように準備しておくと良いのではありませんか？」

よしっ！　と拳を握っていると、ジルヴェスターがわたしの頭をペシペシと紙で叩いた。封筒の中にジルヴェスター宛とわたし宛の手紙が一緒に入っていたようだ。

「ローゼマイン、こちらは其方宛だ」

ジルヴェスターから手紙を差し出され、受け取ろうと手を伸ばしかけたわたしは一瞬手を引っ込めた。もし光るインクで書かれていたら、と考えたのだ。けれど、頭を叩かれた時点で何も変化がなかったのだから、光るインクでは何も書かれていないに違いない。

……大丈夫だよね？　光るインクで書かれた手紙を同じ封筒に入れるような迂闊なこと、フェルディナンド様はしないよね？

ちょっとビクビクしながらわたしは手を差し出した。ジルヴェスターはそんなわたしの様子を訝《いぶか》しそうに見ながら手紙を渡してくれる。

「どうした、ローゼマイン？」

「……えーと、あの、養父様。わたくし、お返事を書いてもよろしいのですか？　その、フェルディナンド様を心配したり、お手紙を書いたりしてはいけないのでしょう？」

手紙が光らないことを確認しながら尋ねると、ジルヴェスターはちょっとだけ困った顔になった。

「……返事をする分には構わぬ。其方との話し合いは明日に延期だ。フェルディナンドからの手紙を先に読むと良いだろう。私もこれを読んで考えねばならぬことがありそうだ」

自分宛の手紙を文官に持たせると、ジルヴェスターは「ヒルシュール、ご苦労だった。夕食を準備させるので食べていけ」と誘う。けれど、ヒルシュールは資料を抱えてスパッと断った。

「お誘いはありがたいのですけれど、一刻も早く研究室に戻りたいと存じます」

「そうか。無理に、とは言わぬ」

ジルヴェスターはヒルシュールを解放し、ひらひらと手を振りながら自室へ戻っていく。わたしもフェルディナンドからの手紙を抱えて自室に戻った。


わたしは夕食とお風呂《ふろ》を終えて隠し部屋へ入った。返事用の紙とインクも準備済みだ。ただ、領主会議中にフェルディナンドへ手紙を書く予定がなかったので、光るインクを持ってきていない。

「検閲を考えると、当たり障りのないことしか書けないね。銀の布とか、連座の心配とか、書きたいことは色々あるけど……。大事な情報は養父様が伝えるはずだし……」

溜息混じりにわたしは手紙を開いた。最初に「この手紙は皆が会議のために不在の時間に書き、エックハルトが箱に入れた。返事には検閲が入ると考えるように」という注意書きがあった。フェルディナンドは自由に書ける環境だったが、自由に読める環境ではないということらしい。

……検閲が入ることくらい、わたしだってわかってるよ。

アーレンスバッハだけではなく、ジルヴェスターも多分わたしの手紙を確認するはずだ。面倒な状況になっていることに不満を募《つの》らせながら、懐かしい筆跡で書かれている挨拶文を読む。始まった本文の最初の一文はお小言だった。

「さて、私には安否確認のための手紙を書けと言っておきながら、君からの便りが途切れているのはどういうことだ？」

……うぐぅ、ごめんなさい。

ジルヴェスターから心配するなとか、手紙のやり取りを控えろとか、色々と言われて以降、わたしはフェルディナンドに手紙を書いていない。文句を言われても仕方がないと思う。

「わたしだって書きたいことはいっぱいあるんですよ」

むぅっと唇を尖らせながら、ジルヴェスターに言われたことをつらつらと書いていく。簡単にまとめると、「わたくしがお年頃に見えるようになってきたからダメだそうです」の一言に収まるのだが、その一言で終わらせてはわたしの気が済まない。

ついでに、ヴィルフリートのことをもっと心配するように言われたので、フェルディナンドと同じように心配してあげたら嫌がられたことも書いておく。誰にも愚痴を言うことができなかったので、こうして紙に書くという行動が取れただけでかなりスッキリした。

「もやもやしてたこと、全部書いたらちょっとスッキリしたかも。……まぁ、返事は書き直しだけど。こんな裏事情、アーレンスバッハの人に見せるわけにはいかないからね」

わたしは愚痴と文句を書き連ねた紙を折り畳んで横へ退《ど》けると、簡単にまとめた一言に「わたくし、とても成長したのですよ」と付け加えた。これでよし。

手紙の続きを読んでいくと、祈念式でアーレンスバッハの貴族達にも神事をさせたこと、素材採集をしていたことが書かれていた。レティーツィアはゼルギウスを通して渡された優しさ入りの薬を「そこまでの品質はまだ必要ない」とお断りしたらしい。

体力がなく、すぐに動けなくなるわたしと違って、レティーツィアは魔力回復の薬だけあれば事足りたそうだ。魔力不足にはなるけれど、祈念式の間にレティーツィアが倒れることはなかったらしい。普通の健康な子供と比べたことでわたしの虚弱《きょじゃく》ぶりに改めて驚いたと書かれている。

「わたくしだって、フェルディナンド様がご存じの頃に比べたらとても丈夫になったのですよ。今回の祈念式なんて、道中で寝込んだのはたった三回でしたし、祈念式が終わった後も二日休めばほとんど回復したのですから」

どうだ、とばかりに鼻息も荒く自分の状況を書いてみたものの、レティーツィアと比較してちょっと落ち込んだ。まだ普通まで程遠い気がする。

……ちょっとずつ頑張ればいいんだよ。

「祈念式でアーレンスバッハ内を巡り、手に入れたヴェーリリヌールの花を送る。お守りを作るのに適している素材だ。工房がないので作ってはやれぬが、もう自分で作れるであろう？」

お手紙や研究資料を入れるには大きな箱だと思ったら、フェルディナンドから素材のお裾分けがあったようだ。お守りが壊れたところなのでちょうど良い。

……タイミングが完璧だね。さすがフェルディナンド様。

ヴェーリリヌールの花がどんなお守りに適しているのか書かれているのを読んでいく。

「……その代わりに、来年の領主会議までに準備しておいてほしい物がある。最高品質の魔紙をできるだけ多く、最低でも三百枚は欲しい。ドレヴァンヒェルと魔紙の研究で品質の上げ方を発表していたであろう？　でき得る限り品質を上げておくように。それから、工房の中にあるゲシュテフェールトの革、ゾネンシュラークの魔石、レーギッシュの魔石……。全てを最高品質で」

……ちょっと待って。ヴェーリヌールの花に対して要求が多すぎじゃない⁉

一体何のための素材収集なのか知らないけれど、要求が多すぎだと思う。魔紙以外はフェルディナンドにもらった工房の中を探せば出てくるけれど、それでも、かなりの量。

……最高品質の魔紙か。

最低三百枚と言われると、トロンベ紙だけでは足りないと思う。今年は孤児院に貴族の子供達がいるので、量産するのも少し躊躇ってしまうくらいだ。

……帰ったらイルクナーのブリギッテに尋ねてみようかな？

イルクナーでできた新しい魔紙の使い方を研究することでドレヴァンヒェルとの共同研究に繋がったのである。イルクナーでまた何か新しい紙ができているかもしれない。何もなければ、側近達に見つからないように隠れながら孤児院の子供達とトロンベを刈ることになる。

面倒な頼み事だけれど、ひとまず「頑張って準備します」と返事を書く。その直後に「夏にアウブ・アーレンスバッハの葬式があるので、その時に荷物と料理の追加を頼む」と必要な物リストがあった。自分がフェルディナンドからものすごく便利に使われているような気がする。

……ふんぬぅ！　わたしだって忙しいのに。

「君に頼んでばかりでは悪いので、こちらからは土産として魚を準備するつもりだ。希望があるならば受け付ける」

「ひゃっほぅ！　最高品質の魔紙も料理も喜んで準備させていただきますっ！　神に祈りを！」

わたしは荷物の準備をジルヴェスターにお願いすることになったことを記し、「おさかな、おさかな～」と鼻歌を歌いながら食べたいお魚リクエストを書いていく。

「タウナーデルみたいな毒のお魚はいりませんが、シュプレッシュの団子スープはおいしかったのでたくさんほしいです。平民の料理人でも捌《さば》けるお魚が嬉しいです。……うん。これでよし」

久し振りにお魚を食べられそうで、わたしは返事を見つめてニンマリと笑う。ものすごく夏が楽しみになってきた。しかし、お魚で浮かれさせておきながら、その後に書かれていた内容はものすごく憂鬱《ゆううつ》な気分になるお小言と現状報告だった。

「星結びの儀式で古い神事の再現など、何を考えて行ったのだ？」

わたしは地下書庫にいるので領主会議の内容は知らされていない。ハルトムートやクラリッサからも「忙しいですよ」としか報告を受けていない。けれど、今の領主会議では中央神殿が神殿長としてわたしを欲しがり、エーレンフェスト以外の領地が中央神殿に賛同してヴィルフリートとわたしの婚約解消を王族に要求しているそうだ。

何でも、中央神殿の神殿長としてわたしを入れて、全ての領地で神事の仕方を教えたり、古い儀式の再現を行ったりさせたいらしい。エーレンフェストの神殿長では各領地に派遣したりできないけれど、中央の神殿長ならば神事のために各地に派遣することが可能になる。

そして、祈ることが御加護の増加に繋がると証明された以上、古い神事を蘇らせ、正しい神事の行い方を広めることはユルゲンシュミット全体の底上げになる。

何よりも古い儀式を蘇らせることで、正しい次期ツェントの選出ができるようになるだろう、と中央神殿は訴えているそうだ。

その中央神殿に加勢しているのが、次期ツェント候補であるディートリンデを抱えたアーレンスバッハらしい。王命で移動したフェルディナンドが祈念式を進んで行い、貴族達も神事に参加させたこと、それによって領地内の貴族の御加護や収穫量が増える可能性が高いことをゲオルギーネが広げまくっているそうだ。ついでに、「ローゼマイン様が中央の神殿長になれば、全ての領地で同じことが可能になりますね」とか「エーレンフェストだけで独占しても良い知識だとは思えません」と他領の領主夫妻を煽《あお》りまくっているらしい。

結婚前なので領主会議に出席できないフェルディナンドでは、お茶会や会食の場でゲオルギーネの発言を止められない。同席した文官や側仕えから報告を聞いてはゲオルギーネに文句を言っているけれど、「あら、事実ですもの」と受け流されて終了だそうだ。

「ランツェナーヴェの姫君の受け入れが拒否されたため、アーレンスバッハに戻った後、先方との交渉が面倒なことになりそうだ。受け入れるよりは気が楽だが……」

領主会議が終わったらランツェナーヴェとの交渉があるフェルディナンドは、すでに精神的な疲労が溜まりきっているように思える。それでも、ユストクスをアーレンスバッハに残してきたようで、領主会議中、ゲオルギーネの目を領地に向けないのがフェルディナンドの仕事らしい。

ちなみに、図書館で失礼な女に会ってひどく気分を害したと憤慨《ふんがい》していたディートリンデは、わ

たしを中央神殿に入れたいと考える者によって「古い儀式が再現されれば、次期ツェントに決定するかもしれませんね」と持ち上げられて、最近はとてもご機嫌だそうだ。

アーレンスバッハの他の貴族達は「ヒステリーを起こされても仕事の邪魔で面倒だから、礎を染め終わるまではできるだけ長く次期ツェントとおだてておけば良い」という雰囲気になっているようで、ディートリンデを止める気は全くないらしい。

……うわぁ……。アーレンスバッハ、マジやばい。

そんなゲオルギーネの口車に乗った他領の攻勢に対して、エーレンフェストは「ローゼマイン様を中央の神殿長にするなどふざけたことを言うな」とか「他領の領主候補生を中央神殿に入れることを考えるならば、自領の領主候補生も神殿に入れろ」とか「領主候補生を中央に移すことは禁じられている」と応戦しているけれど、魔力不足で収穫量が落ちている領地が多いため、かなり旗色は悪いようだ。魔力のある貴族が神事を行うことによって収穫量が増えることは、エーレンフェストやフレーベルタークの例からも目に見えている。今年は何とか凌《しの》げても来年は難しい、とフェルディナンドは考えているらしい。

「君を中央神殿に入れることができれば、王族も中央神殿を抑えることができ、正しい神事の仕方を知り、各地に広げることができる。そして、正しい手段でツェントを得ることができれば、トラオクヴァール王はその重責から解放されるのだ」

エーレンフェストとわたしが困るだけで、他は全く困らないため、皆がわたしを中央神殿に入れる方法を模索しているらしい。

「君は養女だ。ジルヴェスターとの養子縁組を解消して、上級貴族の身分に戻れば、中央へ移動させることはできる。ただし、この縁組解消にはジルヴェスター、カルステッド、君、全員の承諾《しょうだく》が必要だ。圧力をかけることは可能だが、王命だけでどうにかできることではない」

王命で何とかできるのは婚約解消だそうだ。婚約許可の取り消しはできるので、ジルヴェスターが何と言い張っても内輪で決まっているだけ、という状態に戻すことは可能らしい。

「王族からの申し出は基本的には断らぬように。他領のエーレンフェストに対する心証が悪くなる。勝ち組として扱われることになったことで、負け組領地からは妬《ねた》まれているのだ。勝ち組領地からは一層の協力を求められるだろう。恐らく、私が呼び出されて個人の意見を聞かれたように、君も個人の意見を聞いてみなければわからないと呼び出される可能性がある。断るのではなく、時間を稼ぎなさい。せめて一年、それ以上はできるだけ長く、だ」

王族に協力して功績《こうせき》を残しているのに、領主候補生から上級貴族に落とされて、何故協力する気になれるのかと訴えたり、ヴィルフリートを深く愛しているのでどうしても婚約解消はしたくないとエルヴィーラの恋物語の愛読者達に訴えたりしてみろ、と書かれている。

……忠告と対応はありがたいけど、前半はともかく、後半は、ねぇ。わたしにヴィルフリート兄様を愛している演技ができるかな？　そもそも恋愛経験が皆無なんだけど。むーん……。

そんなことを考えながら寝たのだが、今日一日で色々なことがありすぎたせいだろう、わたしは次の朝から熱を出して寝込んだ。

「祠の清めのために昨日の午前中はずっとお外にいましたからね。今日は土の日でお休みですから、周囲を気にせずにゆっくりと休んでくださいませ。アウブとのお話は回復してからで良いというお言葉をいただきました」

オティーリエが薬を準備してくれた。寝込んでいるわたしを心配してクラリッサがオロオロとしているのをリーゼレータが「いつものことですよ」と宥《なだ》めているのが見える。

「ねぇ、クラリッサ。わたくしは中央神殿に行くことになるのかしら？」

「エーレンフェストからローゼマイン様を失うことはできません。わたくしもハルトムートもお守りいたしますから、ご安心くださいませ」

トンと胸を叩いてそう言ってくれるクラリッサは心強いけれど、フェルディナンドはエーレンフェストの旗色が良くないと言っていた。ならば、すでにジルヴェスターにはかなりの圧力がかかっているはずだ。変なところでカッコつけて隠したがる彼は、たぶん自分が受けている圧力のことを教えるつもりがないのだろう。アナスタージウスが言っていたことは多分このことだと思う。

「クラリッサは他領の視点で考えられるでしょう？　エーレンフェストはどうするべきだと思いますか？　ここで中央神殿に求められている人材がわたくしでなければ、どうしますか？」

クラリッサはスッと表情を引き締める。それから、真面目な顔でわたしを見つめた。

「……王族と他領に恩を売る最大の好機だと思います。勝ち組領地として扱うことが公表され、それに相応しいだけの貢献が他領にとって目に見える形で示されることになるでしょう。領主候補生としての扱いを約束させること、期限を決めること、神事を教えて回る順番についてエーレンフェストの意志を反映することなどの交渉は必要ですが、たった一人の領主候補生でそれだけの恩を売れる機会はございません」

クラリッサはそう言った後、「裏を返せば、ローゼマイン様を独占することで全領地の恨みや妬みを買います」と困ったように微笑んだ。

「わたくしはエーレンフェストの内情を知っているので、今ローゼマイン様を出すわけにはいかないことを知っています。けれど、ダンケルフェルガーにいた時分ならば、ローゼマイン様を独占して出し惜しみをするなんて、と思ったでしょう。エーレンフェストの聖女であるローゼマイン様の神々しき神事をこの目で見たいと思う者はたくさんいるはずですから！」

せっかくのできる文官という雰囲気が最後で台無しになったけれど、周囲の領地の考えはわかった。わたしが地下書庫で現代語訳に励み、次期ツェント候補になったり、資格がないと知らされたりしている間、ジルヴェスターもかなり大変だったようだ。


夕方には熱が下がったので、わたしはジルヴェスターと話をするために寮の会議室に入った。今日はフロレンツィアも一緒で「熱は下がったようですね、ローゼマイン」と優しく微笑んで迎え入れてくれる。

「フェルディナンド様のお手紙で領主会議の現状がわかりました」

わたしはフェルディナンドの手紙と、こちらから送る返事をジルヴェスターに見せた。ジルヴェスターは両方に目を通すと、返事を文官に預けて、手紙はわたしに渡してくれる。

「……だが、私は其方とヴィルフリートの婚約を解消するつもりもなければ、其方を中央神殿へやる気もないぞ」

ジルヴェスターはニコリと笑ってそう言い、フロレンツィアは心配そうにわたしとジルヴェスターを見つめている。

「王族はどのように言っているのですか？」

「中央神殿を抑えることができ、他領の要求を叶えることができる。神事について深く知ることができて、ユルゲンシュミット全体の底上げになるのだから、受け入れてほしいという申し出はあった。だが、断っている」

ジルヴェスターは「まだ神殿蔑視《べっし》が強い中で何をおっしゃるのですか」と王族に反論したらしい。星結びの儀式に許可を出したのは一度きりの約束で、ジギスヴァルト王子に祝福を与えて次期ツェントとしての箔《はく》をつけるためだったのに、中央神殿に入れと言うのはどういうことか。ローゼマインの魔力が強力なので、王族に協力してほしいと簡単に言うけれど、それならばエーレンフェストをどれだけ支えているのかわかるはず。アーレンスバッハを支えられるフェルディナンドに続いてローゼマインまで奪われるわけにはいかない。領主候補生を中央に移動させることはできないはず……ということを丁寧に述べたそうだ。

「ツェントはこちらの言い分を認めてくださった。ほぼ全ての領地から要望がある以上、無視できないので質問しただけだと思う。だが……」

そこでジルヴェスターは腕を組んだ。困ったことに、ジギスヴァルトは他領の意見を支持しているようで、「エーレンフェストが全ての領地に恩を売れるのは今しかない」「神事を行い、御加護を得て、魔力を少しでも扱いやすくすることは、ユルゲンシュミット全体で最優先に行わなければならないことだ」とわたしを中央神殿へ差し出すように言ってきたらしい。

……あれ？　それっていつの話？　ツェントもジギスヴァルト王子もわたしが次期ツェント候補になったことを知らない？

中央神殿の神殿長にするかどうかという話ばかりだ。アナスタージウスと違って次期ツェント候補を確保するという視点が全くない。祠巡りは昨日の話なので、ツェント達は知らないのかもしれないけれど、アナスタージウスやエグランティーヌから祠に入れる可能性があることくらいは聞いているはずだ。

……それとも、まだその情報も行ってない？

アナスタージウスは祠巡りに同行するまで、わたしが次期ツェント候補であることに確信を持てなかったはずだ。独走だと言っていたし、エグランティーヌが周囲を混乱させないように祠の用途を話していなければ、マグダレーナも知らなかったはずだ。

……さすがに地下書庫の異変で気付いただろうけど、それだって昨日の話だから、ようやくツェントに情報が行ったくらいかも？

王族間での情報共有がどのくらい行われているのか悩んでいると、ジルヴェスターは軽く肩を竦《すく》めた。

「今朝、招待状が届いて、二日後にはまた王族に呼ばれている。だが、ツェントはまだこちらの言い分を聞いてくれそうなので、このまま領主会議が終わるのを待つつもりだ。誰が何を言っても、領主候補生は婚姻以外で中央に移れぬ」

時間切れを狙うとジルヴェスターは言うが、王族が次期ツェント候補の情報を仕入れて、それに対する招待ならば状況は全く変わってくる。

「あの、養父様。これから先はお断りするのが難しくなるかもしれません」

「何？」

ジルヴェスターとフロレンツィアが目を瞬く。わたしはオティーリエに言って、盗聴防止の魔術具を準備してもらった。それをジルヴェスターとジルヴェスターの護衛をしているカルステッドに渡す。渡されなかったフロレンツィアがひどく不安そうにわたしを見つめた。

「衝撃が強すぎて養母様のお腹に差し障りがあってはいけませんから、内容は養父様から養母様に伝えるかどうか決めてくださいませ」

「そんなにとんでもない内容なのか？」

「できれば、人払いもしてほしいくらいです」

わたしの言葉を受けてジルヴェスターは軽く手を振った。側近達がわたしとジルヴェスターとカルステッドとフロレンツィアを残してぞろぞろと出ていく。側近達の姿が見えなくなってから、わたしはグッと盗聴防止の魔術具を握って口を開いた。

「わたくし、次期ツェント候補なのです」

ジルヴェスターとカルステッドが「はぁ!?」と素《す》っ頓狂《とんきょう》な声を上げて目を見開く。

「わけがわからぬ。其方は何を言っている⁉」

「わたくしにもわけがわかりません。……成り行きというか、王族に言われるままにお手伝いをしていたら、そうなっていました」

神殿や貴族院でお祈りをしていたら候補になっていて、アナスタージウスに引き連れられて祠を全部連れ回されて、最終的には「王族登録がないから資格がない」と言われたのだ。

「候補のなり方はここで口にしても良いのかわからないので省きますけれど、恐らく今のところ、最も次期ツェントに近いと思います。ただし、王族登録がないため、次期ツェントにはなれません。王族から何か圧力がかかるとすれば、これからだと思います」

「聞いてないぞ！」

「昨日の話ですから」

図書館から帰ってきてすぐに話をする予定だったけれど、フェルディナンドの手紙を優先させ、熱で倒れた。回復して、今である。

「どちらにせよ、婚約解消を申し渡されるのは確実ではないかと思います。わたくしが成人するまでの三年以内に王族の誰かがグルトリスハイトを手に入れることができれば良いのですけれど、できなかった時のために王族はわたくしを確保しておきたいでしょうから」

アナスタージウスはジギスヴァルトの第三夫人になるというのを取り消したけれど、それは他の選択肢を王族で探すためだと思っている。中央神殿の神殿長にするという要望は「エーレンフェストが嫌ならば仕方がない」で流せるツェントも、「周囲をなるべく混乱させずに最速でグルトリスハイトを持つ次期ツェントを得るためにはどうするか」という話は聞き流せないだろう。

「フェルディナンド様のお手紙には、中央神殿の神殿長にするためですけれど、王族がわたくしを中央に移動させるために取りそうな手段について書かれています。忠告も書かれています。王命が下った時にエーレンフェストがどうするのか、考えなければなりません」

ジルヴェスターが悔しそうに顔を顰めた。中央神殿と違って問題が大きすぎる。次期ツェントやグルトリスハイトの入手は領主の一存で却下できる問題ではない。

「ヴィルフリート兄様も呼んだ方が良いかもしれませんね。……一生に関わりますから」

わたしの提案に対して、少し考えたジルヴェスターは首を横に振った。

「……いや、ヴィルフリートは呼ばぬ」

「どうしてですか？　ヴィルフリート兄様にとっても大きな問題ではありませんか」

「あぁ、その通りだ。だが、呼んだところで何が変わる？　何をどのように感じたとしても、王に命じられれば抗えぬ。ヴィルフリートが貴族院で不用意に騒ぐだけの結果にしかなるまい。荒れて不満を叫ばれたり、側近達に情報が伝わったりする方が困る」

確かに「ローゼマインをエーレンフェストから出せない」とツェントに主張するのは、領主夫妻で十分だ。それに、まだ王族から正式に話があったわけでもないのに、「ローゼマインが次期ツェント候補である」ということは勝手に広められるようなことではない。

「この差し迫った時に荒れた息子の相手をする時間はない。王族と対面する前にエーレンフェストの方針を決めて交渉の対策を練ったり、条件を考えたりする方がよほど重要ではないか。ヴィルフリートは未成年で領主会議に出られるわけでもないし、王族に招かれてもいない。ここに呼ぶ必要性を感じぬ。事後承諾にはなるが、結婚相手を決めるのは親なので特に問題はなかろう」

ジルヴェスターはとても不本意そうな顔で眉間に皺《しわ》を刻みながら言った。領主らしい言葉と表情が一致していない。彼は不本意そうな顔をそのままわたしに向けた。

「ヴィルフリートだけではなく、其方も王族との話し合いには招かれておらぬ。そして、私はアウブ・エーレンフェストだ。できる限りの交渉はするが、エーレンフェストは決して強者ではない。其方の意に染まぬ結果になるかもしれぬ。それは覚悟しておいてほしい」

交渉を全てジルヴェスターとフロレンツィアに任せるしかない。それはわかっている。

「わたくしは養父様に大事な家族と自分の命を救っていただきました。結果が想定外になることは多々ありますが、養女として言われた通りに責務をこなしてきたつもりです。ですから、養父様がわたくしの家族と神殿の皆とグーテンベルク達を守ってくださる限り、アウブ・エーレンフェストとして下した判断には、養女として従います」

ジルヴェスターが奥歯を噛みしめるのがわかる。その悔しそうな顔に自分への愛情を感じながら、わたしはフロレンツィアに盗聴防止の魔術具を差し出した。

「領主夫妻が招かれているのであれば、養母様に秘密にしておくことはできませんもの。養父様、説明をお願いしますね」

ジルヴェスターは悩みながら口を開く。だが、なかなか言葉が出ない。その様子を見ていたフロレンツィアが「貴方の表情を見る限り、悩む時間が惜しいのではなくて？」と笑顔で先を促した。

「実は……」

わたしが次期ツェント候補であることを聞かされたフロレンツィアは、笑顔のままでしばらく固まり、「冬の報告書で少しは慣れたつもりでしたけれど……」と額に手を当てた。

「王族としては余計な混乱を避けたいでしょうから、わたくしが候補に挙がったことは、養父様と養母様とお父様の胸の内に収めておいてくださいませ」

「わかっている。王族がどのような状況を望んでいるかもわからぬからな」

王族が望んでいるのは現状維持だとエグランティーヌから聞いている。大領地と大領地が争うようなことにはならず、ジギスヴァルトを次期ツェントとして盛り立てていくことが……と、そこまで考えてハッとした。

それはエグランティーヌの望みだ。アナスタージウスはエグランティーヌの憂いを払いたいと言っていたのだから、二人だけの望みかもしれない。「わたしにグルトリスハイトを取らせてジギスヴァルトの第三夫人にする」というのは、ツェントやジギスヴァルトの口から聞いたことではない。

王族内で情報の断絶がある現状から考えても、決めつけるのは危険かもしれない。

「養父様のおっしゃる通り、王族がどのような状況を望んでいるのかわかりません。ですから、王族のことを考えるのは後回しにいたしましょう。王族からエーレンフェストにとっての利益を搾れるだけ搾り取るにはどうすれば良いのかを養父様は考えるべきです」

「ローゼマイン⁉」

王族のことは後回しにしよう、とわたしが提案すると、ジルヴェスターとフロレンツィアは目を見張った。

「わたくしをジギスヴァルト王子の第三夫人に望んだアナスタージウス王子は、エーレンフェストのことはエーレンフェストで何とかせよ、とおっしゃいました。王族はエーレンフェストの利益を考えてくださいません。自分達で自領が最大の利益を得られるようにしなければ……。去年のダンケルフェルガーとの出版交渉を参考に、決して譲れない最低限の条件、これくらいは得られるだろうと思える条件、ここまで取れたら上等という大勝利の条件を決めましょう」

ジルヴェスターとカルステッドが顔を見合わせて「商人のような顔になっているぞ」と苦い笑みを浮かべる。今回の呼び出しでいきなり条件の交渉が始まるとは思えないが、心の準備だけはしておいた方が良い。わたしは中央神殿に入る場合と次期ツェント候補についての話が出た場合の両方について、具体的な条件を出してみる。

「わたくしとしては、中央へ連れていく側近に制限を付けられたくありません。それから、中央神殿へ入れられるにしても、青色巫女見習いではなく、領主候補生としての扱いを要求します。それから、エーレンフェストの図書室以上の本は欲しいですね」

「こら、ローゼマイン。それでは個人的すぎてエーレンフェストの利益がないぞ」

普段は文官から出された意見をまとめたり、良いと思うものを選んだりしているだけなのだろう。ジルヴェスターはわたしの口から出てくる条件に嫌な顔をする。

「そう思われるのでしたら、養父様や養母様も条件を出してくださいませ。今回の件は、どこまで話を広げて良いことかわからないのですから、普段と違って文官に相談できません。自分達でエーレンフェストの利益を得なければならないのですよ」

ハッとしたようにジルヴェスターとフロレンツィアがエーレンフェストの利益について意見を出し始める。普段から文官の話を聞いたり、会議で他領のアウブ達と話をしたりしているから、一つが出れば後は早い。次々と出てくる利益や条件をわたしは書字板に書き留めていく。これに優先順位をつけて並べておけば、王族との話し合いでも少しは助けになるだろう。

「今回は王族の要望が出されるくらいでしょう。ただし、王族も交渉相手であることに変わりはありません。利益があるならば協力するのは構いませんが、こちらへの利益が全くないならば協力できかねますという姿勢だけは崩さないでください。それから、養子縁組を解消するにはわたくしの同意も必要ですから、わたくしの意見も聞いてくださいとお願いしてみてくださいね」

商人聖女

次の日、わたしは地下書庫に行くのをお休みすることになった。熱が下がったばかりで動き回ったらまた熱を出すとオティーリエが心配し、クラリッサが「ローゼマイン様のお体が一番大事です」と強硬に反対したためである。

「ローゼマイン様は一日中地下書庫で文献ばかり見ているのです。さぞお疲れでしょう。ゆっくり休んでくださいませ」

わたしは側近達の言うままに寝台に戻りつつ、書箱を指差す。

「では、クラリッサ。ゆっくり休みたいので、そこの本を取ってください」

「寝台で本を読むおつもりですか⁉」

「頼まれているお仕事と趣味は別物ですし、のんびりするために本は必須でしょう？」

クラリッサに驚かれて、わたしは「そんな反応をされたのは久し振りです」と言いながら、途中までしか読めていなかった本の題名を指示する。

「ハルトムートから聞いていましたが、実際に見ると驚きますね」

「最近のローゼマイン様は忙しすぎましたし、丈夫になられたため、ゆったり過ごせる読書の時間がありませんでしたものね」

リーゼレータがクスクスと笑いながら本を読みやすいように寝台を整え、クラリッサが書箱を開けて本を取り出してくれる。わたしはオティーリエに頼んで、ハンネローレかマグダレーナにお休みのお知らせをオルドナンツで飛ばしてもらい、本のページを捲った。クラリッサの「領主会議にいってきます」という声が遠くで響く頃には、わたしの意識は完全に本に奪われていた。

わたしがのんびりと読書を楽しんでいると、オルドナンツが飛んできた。白い鳥が本の上に降り立ったせいで、嫌でも視界に入る。

「ヒルデブラントです。体調を崩されたようですね。お見舞いを届けたかったのですが、未成年であるローゼマインはここにいないことになっているのでダメだと母上に叱られました。……早く良くなってください」

可愛いお見舞いオルドナンツにわたしは小さく笑いながら、「熱は下がったけれど、側近達が心配するので様子を見ているだけです。明日には地下書庫へ行きます」と返事を送った。

次の日はヒルデブラントに約束した通り、地下書庫へ行った。ジルヴェスターとフロレンツィアは王族の呼び出しによる話し合いだ。結果は寮へ戻らなければわからない。地下書庫にはハンネローレ、ヒルデブラント、マグダレーナがいた。今日はアナスタージウスとエグランティーヌも社交があるようだ。

「ごきげんよう、ローゼマイン様。お元気になられたようで安心いたしました」

お茶会で倒れるわたしが祠を巡ったのだから体調を崩すのではないか、とハンネローレは心配してくれていたらしい。もう大丈夫ですよと微笑んでいると、ヒルデブラントも近付いてきた。

「ローゼマイン、良くなってよかったです」

「お見舞いのオルドナンツをありがとう存じます、ヒルデブラント王子」

お礼を言うと、ヒルデブラントが紫の瞳を輝かせて嬉しそうに笑った。王族にしては感情表現が素直で可愛い。懐いてくれる様子がメルヒオールと何となく似ていて、わたしはつい甘い顔をしてしまう。

ヒルデブラントと話をしていると、不意に視線を感じて振り返る。マグダレーナがじっとこちらを見つめていた。目が合うと、彼女は「そろそろ書庫に入りましょう、皆様」とニコリと微笑んだ。

黙々と写本に励んでいると、肩を軽く叩かれた。

「ローゼマイン、少し良いですか？」

「何でしょう、ヒルデブラント王子？　わからない文字でもございましたか？」

質問を受けるのは初めてではない。わたしは文字から目を離して顔を向ける。ヒルデブラントは思い詰めたような顔でわたしを見つめながら、口を開いた。

「ハンネローレと母上が休憩をしているうちにお話ししておきたかったのです。……ローゼマインがグルトリスハイトを手に入れてツェントになるのですか？」

「……わたくしは王族ではないので、その資格はございませんよ」

ヒルデブラントの口からそんな言葉が出るということは、王族の間でわたしが次期ツェント候補であるという情報が共有されたようだ。ハンネローレには聞かせられないという分別はあるようだけれど、このようなところで話しても良いことなのだろうか。疑問に思っているうちに、ヒルデブラントはそっとわたしの手を取った。

「ローゼマイン、私は貴女を助けたいのです」

どういう意味だろうかと目を瞬いていると、カツカツと速足の靴音が近付いてくる。

「ヒルデブラント、何をしているのですか？」

「母上……」

ヒルデブラントが真っ青になっているところを見れば、言ってはいけないことだったのだろうと見当はつく。マグダレーナはわたしを見下ろした。

「ローゼマイン様、ヒルデブラントは何と言ったのでしょう？」

「わたくしを助けたいとおっしゃいました。もう体調は良いのですけれど、ヒルデブラント王子はとてもお優しいですね」

次期ツェント候補については一言も触れず、わたしはニコリと微笑んだ。マグダレーナは探るような視線をわたし達に向けた後、仕方がなさそうな顔で「ヒルデブラント、休憩にしましょう」と話を打ち切った。


ヒルデブラントがわたしと接触しないようにマグダレーナが監視しているような状態で、お昼ご飯を終え、黙々と現代語訳を進める。そこへジギスヴァルトがやってきた。領主会議が始まってから、この地下書庫で彼の姿を見るのは初めてだ。

ジギスヴァルトは王族の都合で地下書庫に通うことになっているわたし達を労い、「今日はゆっくりと休んでください」とハンネローレに帰るように促す。

「過分のご配慮、恐れ入ります」

ハンネローレは心配そうにわたしを何度か振り返りながら書庫を出ていく。わたしも立ち上がろうとしたら座り直すように言われた。

「ここでなければ、貴女と話ができませんから」

ジギスヴァルトは穏やかな笑みを浮かべながらわたしの正面に座り、徐《おもむろ》に口を開いた。

「アナスタージウスからは貴女と話をする際には率直すぎるほど率直に言わなければ伝わらないと

言われています。なるべく通じるようにお話をしたいのですが、よろしいですか？」

アナスタージウスの言い分はちょっとだけムッとしてしまうが、間違いではない。王族との話し合いで行き違いが出るよりは率直に言ってくれる方が望ましい。

「わたくしが率直すぎても処分対象にはしないでくださるのであれば……」

「大事なツェント候補を処分などできません」

小さく笑ってそう言った後、ジギスヴァルトは真っ直ぐにわたしを見た。

「アナスタージウスから報告があり、我々は貴女が次期ツェント候補だと知りました。それから、王族の登録がなければグルトリスハイトを手に入れることはできないということも……」

ディートリンデの奉納舞や星結びの儀式で、中央神殿の言葉を貴族達が少しだけ信用し始めているらしい。古い儀式を蘇らせて正しいツェントを得るのだ、と。だからこそ、わたしでもグルトリスハイトを手に入れることができると考えたそうだ。けれど、それは正しくなかった。

「王族ではないわたくしには資格がございません。資格がなければ得られないのですから、王族がグルトリスハイトを手に入れるのが一番です。エグランティーヌ様にお願いしてください」

「残念ながら、王族にはそのような余裕がないのです」

ジギスヴァルトは困った顔で教えてくれる。図書館の礎に当たる魔術具の魔力が枯渇しかけていたように、中央にある魔術具は魔力が枯渇しかけている物があるらしい。

「これは他言無用です。緊急事態で魔力供給できる者が少ないから、と動きを止めている魔術具が中央にはたくさんあります。……先日、そのうちの一つが崩壊しました」

「崩壊、ですか？」

「魔力を完全に失えば、崩れる魔術具もあるようです」

わたし達が普段使っている魔術具は魔力がなくなったからといって崩れることなどない。けれど、古い魔術具は魔力が完全に尽きると、形さえも残さずに崩れ落ちてしまうそうだ。

「はるか昔から受け継いできた貴重な魔術具を、私達の代で崩壊させてしまうわけにはいかないのです。父上を始め、我々は特に重要ではないと判断して放置していた魔術具に回復薬を使いながら魔力を次々と注ぎ込んでいます。とても祠を巡って大量の魔力を注ぐことはできません」

早急にわたしを王族に取り込んでグルトリスハイトを手に入れ、魔力と貴族達を従える権力が必要だとジギスヴァルトは訴える。確かに、放置しておけば国が簡単に崩壊しそうだ。

「本来ならば貴女が成人した後、婚姻によって王族にするべきでしょう。けれど、我々は貴女の成人まで待てません。すぐにでも王族に迎え入れたいと思っています。エーレンフェストの養子縁組を解消して父上の養女になり、グルトリスハイトを手に入れて、成人後に私と結婚する。それが最善の未来だと思いませんか？」

ディートリンデと結婚して、連座になってしまうフェルディナンドを救うことを考えれば、今すぐにでもグルトリスハイトを手に入れることができる状況は悪くない。もちろん、エーレンフェストの現状を考えれば、飛びつくことはできないけれど。

「父上は協力してもらう以上、エーレンフェストに利益をもたらすべきだと考え、様々な提案をしました。けれど、アウブ・エーレンフェストには受け入れられませんでした」

「……どのような提案をされたのでしょう？」

わたしの質問にジギスヴァルトは「かなり優遇しているのですけれど……」と前置きをして教えてくれる。

「ローゼマインの出身領地であるエーレンフェストを優遇して順位を上げ、貴族達をできるだけ多く中央に召し上げ、ツェントとなる貴女の立場を強化すると申し出たのですが、断られました」

他の大領地ならば影響力が増すので喜ぶはずの王族からの提案は、「双方に利のない契約は成立しない」とすげなく却下されたそうだ。

……まぁ、そうだろうね。

「エーレンフェストは一体どれほど強欲なのか、と困っているのです」

「ジギスヴァルト王子、エーレンフェストは急激に順位を上げたため、領地内の貴族がついてこれない状況です。順位に相応しい対応ができていないと他領からも言われています。しばらくは順位を維持するか、少し下げて内政を充実させていかなければならないのです。順位を上げられては困ります」

わたしがエーレンフェストの内情をぶちまけると、ジギスヴァルトは驚きに目を見張った。下位領地と上位領地のどちらからも尽くされる立場なので、双方の振る舞いの差をジギスヴァルトはあまり深刻に感じていなかったらしい。気を付ければ直すことが可能という程度に考えていたようで、何年もかけて変革していくことだとは認識していなかったそうだ。ついでに、今年は順位を上げるよりも勝ち組領地として扱ってほしいという要望だったため、エーレンフェストはとても野心のある領地だと思っていたらしい。

「では、貴女の立場を強化するための貴族の引き抜きは……？」

「ただでさえ人数が多くはなかったのですが、この冬に大変な理由があり、粛清が行われました。領地内の貴族が減少しすぎているので、できるだけ多くの貴族を中央へ出せと言われると、エーレンフェストが立ち行きません」

ジギスヴァルトは無言で頭を抱えると、わたしを見つめた。かなり思い違いがあり、すれ違いがあったようだ。

「そういうわけで、エーレンフェストにはエーレンフェストの事情がございます。すぐに王族の養女になるわけにはまいりません」

「それは崩壊が迫っているユルゲンシュミットを救うことよりも大事なことなのですか？」

ジギスヴァルトの言葉にはどうしようもない焦りがある。それでもわたしだって譲れない。

「そちらは魔力不足の一言で終わる問題でしょう？　こちらはわたくしでなければダメなのです」

「聞かせてください」

ジギスヴァルトが少し身を乗り出した。

「わたくし、エーレンフェストで印刷事業と神殿長と孤児院長と領主一族の責務を担っています。このうちの領主候補生の責務はすぐにでも兄弟に任せることが可能です。けれど、他はそう簡単ではございません」

神殿長の引き継ぎをメルヒオールと側近に任せるにしても、全ての神事を見せようと思えば一年は必要だし、孤児院をこのまま引き継いでくれるようにしなければならない。印刷業務に関してもエルヴィーラへの引き継ぎに加えて、グーテンベルク達の出張をどうするか、わたしが中央へ出るならば専属達をどうするのかなど、片付けなければならない問題はたくさんある。

「それから、わたくしとの婚約によって次期アウブが内定していましたが、それが崩れることになればエーレンフェストは荒れます。事前の準備は絶対に必要なのです。政変と粛清で大変なことになって大領地との争いを避けたい王族ならば、粛清後に領地内のギーベの争いが起こるのを避けたいアウブのお気持ちを理解していただけると思います」

エグランティーヌもアナスタージウスも政変のような争いが起こるのを避けたいと言っていた。こちらの事情が全く理解できないとは言わせない。

「それに、養母様は妊娠中です。赤子が生まれるまで魔力の供給はできません。来年の今頃には養父様が第二夫人を迎える予定ですし、冬には妹が貴族院で御加護の儀式を行います。少なくとも来年でなければ、魔力的な問題でわたくしはエーレンフェストから動けません」

「エーレンフェストよりもユルゲンシュミットの方がよほど緊急かつ大変なのですが……」

「わたくしにとってはエーレンフェストの方が緊急かつ大変ですけれど……」

ジギスヴァルトが言い募るのを聞き流して、わたしはニコリと微笑んだ。

「王族に足りない魔力は何とかしましょう。ですから、魔力でわたくしに一年分の時間を売ってくださいな。そして、大領地の常識ではなく、エーレンフェストの事情を考えた上で、エーレンフェストとわたくしにとって利になる条件を受け入れてくださいませ」

ジギスヴァルトは一瞬真顔になった後、ニコリと微笑んで「申し訳ありませんが、よく聞こえませんでした」と言った。わたしはもう一度魔力で時間を買いたいと申し出る。

「……魔力を一年分で、一年分の猶予《ゆうよ》ですか？　元々は王族七人分の魔力です。いくらローゼマインの魔力が多くても一人で賄《まかな》える量ではありません」

物の道理をわかっていない子供に言い聞かせるように、ジギスヴァルトは穏やかな笑顔でわかりきったことを言う。わたしはニコリと微笑んだ。さすがにそれだけの魔力を自分一人で賄えるとは、わたしだって思っていない。

「わたくし一人で賄うなど、一言も申し上げていません。今、貴族院には魔力をお持ちの方がたくさんいらっしゃるではございませんか」

ジギスヴァルトはまた一瞬真顔になった後、微笑む。今度は少しばかり笑顔がぎこちなくて、まるで何とか理解しようとするように「……たくさんいらっしゃる？」とわたしの言葉を小さく繰り返した。どうやら一時停止してから微笑むのは、彼が驚いた時の反応らしい。

……フェルディナンド様の処理落ちみたいなものかな。

笑顔の下で驚愕しているらしいジギスヴァルトに余裕があるように見せるため、わたしは更に笑みを深めながら、必死に頭を回転させて自分の勝利条件を思い浮かべていく。

最上の勝利は、わたしのためではなく王族のために奉納式をするのだと刷り込んで、王族主催にすることで奉納式の準備を中央に丸投げして一年以上の時間をもぎ取る。ついでに、宣伝下手なエーレンフェストが各領地に恩を売るのを手伝ってもらう。そうして優位な立場になってから、養女になる条件としてのエーレンフェストの言い分をできるだけ呑ませるのだ。

わたしは完全に商人モードにスイッチを入れてジギスヴァルトを見つめた。前哨戦として一年以上の時間稼ぎから攻めていきたい。王族の話と命令を唯々《いい》諾々《だくだく》と聞き入れるお貴族様のお話し合いではなく、わたしの土俵に引きずり込んで、話の流れと主導権を握る。

正面にいる彼は、王族ではなく交渉相手だ。ジルヴェスター達と同じで、普通の王族は交渉を文官に任せていて、承認や却下をするだけの立場である。側近が入ってこられないこの地下書庫の中ならば、外に出るよりよほど勝算は高い。

……最低ラインは、どんな手段を使ってでも一年以上の時間をもぎ取ることと、フェルディナンド様の待遇《たいぐう》改善について王族の確約を得ること。わたしはやるよ！　ベンノさん、力を貸してね！

「領主会議で奉納式を行いましょう」

「まさか会議のために集まっているアウブから魔力を得るつもりですか？　そのようなことは前代《ぜんだい》未聞《みもん》で……」

わたしの提案にジギスヴァルトは少し笑顔を引きつらせた。けれど、王族にはすでに貴族院で学生から魔力を集めた実績がある。学生でもアウブでも大した違いはないだろう。付け加えるならば、わたしはアウブだけから魔力を取るつもりはない。会議についてきている側近達にも儀式に参加してもらうつもりだ。

……取れる時に、取れるところから、取れるだけ、取っておくもの。……だよね、ベンノさん？

「あら、どうしてそのように驚かれるのでしょう？　奉納式はジギスヴァルト王子のお望みを叶えるためにも必要なことではございませんか」

奉納式と自分の望みが繋がらないようで、ジギスヴァルトは少しばかり困惑した顔になった。さらりと豪奢《ごうしゃ》な金色の前髪が揺れる。

「私の望み……？　では、王の養女となり、グルトリスハイトを手に入れ、成人後には私と婚姻してくださるのですか？」

「違います。わたくしがアウブや会議に同席した文官達から伺ったジギスヴァルト王子の望みは、わたくしを中央神殿の神殿長にし、各地に派遣して神事を行い、各地の収穫量や御加護を増やしたいというものです。貴族の底上げはユルゲンシュミット全体で最優先に行わなければならないことなのでしょう？」

ジギスヴァルトが「それは……」と反論しかけたところに、「ジギスヴァルト王子はアウブ・エーレンフェストにそうお望みでしたよね？」と畳みかける。ほんの数日前に本人が言ったことで、エーレンフェストの貴族達を困らせた要望だ。今更言い逃れなどさせるつもりはない。

「ですから、わたくしは王子のお望み通りに奉納式を行うのですよ。各地のアウブや貴族達は神事に参加することで神殿や神事の重要性を理解できますし、一度参加すれば同じことを自領で行うことも容易になり、収穫量や御加護を増やすことができます。中央神殿は魔力の多い者による神事を望んでいたのですから当然協力してくれるでしょう」

エーレンフェストの聖女を中央神殿の神殿長にして各地に派遣し、神事についての知識を広げるべきだと主張している他領の貴族も、魔力がなくて神事を再現できないから魔力豊富な神殿長が欲しいと言っていた中央神殿も奉納式へ参加させる。断らせる気は全くない。

「……皆の望み通りに神事を行い、魔力を搾りつくしてくれよう。ふふーんだ。

「王族が最優先と考える各領地の底上げができる上に、大量の魔力が手に入りますし、わたくしが養女になるまで一年間の猶予ができるのです。誰にとっても損がない素晴らしい案でしょう？」

わたしの言葉を真顔で聞いていたジギスヴァルトがハッとしたように瞬きをして、ゆっくりと微笑みを浮かべた。

「……確かに素晴らしい案だと思いますが、一体いつ行うつもりですか？」

領主会議は二週間以上かかることもある。まだ一週間以上あるので、貴族院で奉納式を行った時のことを考えても準備期間は十分だ。領主会議と並行して準備を行うので、ちょっときつめのスケジュールにはなるけれど、中央貴族はエーレンフェストよりずっと人数が多いので問題ない。

「領主会議の最終日でよろしいのではございませんか？　それだけの時間があれば、準備も可能だと思います」

「さすがに急すぎます。大勢の者が動くのですから、予定にないことはできません」

十分な時間を取って文官や側仕えが予定を立て、それに沿った生活をするのが常なのだろう。ジギスヴァルトは他人の事情に否応《いやおう》なく巻き込まれて予定変更を余儀なくされる経験などないに違いない。余計な予定を入れられることに拒否感を示した。

それに、王族に対する貴族としては変化球ばかりを投げるわたしに対してどのように返せば良いのか、相談できる者もいなくて困り果てているのがわかる。でも、わたしはジギスヴァルトを追い詰める手を緩めるつもりは毛頭ない。

……これから先の王族との交渉で養父様が楽になるように全力で行かせてもらうよ！

わたしは驚きの表情を作って「ジギスヴァルト王子が奉納式を躊躇われるなんて、わたくし、思いもしませんでした」と頬を押さえながら、少し目を潤ませて相手を見つめる。

「他領に神事のやり方を教えてユルゲンシュミットの底上げをすることは最優先だとおっしゃったのは、他ならぬジギスヴァルト王子ではありませんか。もしかして、他領のアウブを黙らせるためだけに、然程急ぎでもないにもかかわらず、わたくしを中央神殿に入れようとしたのですか？」

「そのようなことは……」

「わたくしを中央の神殿長に……という王族からの要望に、アウブ・エーレンフェストはとても困っていらっしゃったのに急ぎでも何でもなかったなんて……」

わたしはアンゲリカを真似て、できるだけ悲しそうに睫毛《まつげ》を震わせて目を伏せる。効果は覿面《てきめん》だった。ジギスヴァルトは笑顔を忘れたように慌てて首を横に振る。

「待ってください、ローゼマイン。誤解です。少しでも早くユルゲンシュミットの貴族達の底上げが必要であることに間違いはありません。……ただ、そういう大規模な神事はもっと中央神殿や文官達と話し合い、予定を合わせて準備をするものではありませんか。そのような予定も時間もないところに、あまりにも唐突だったので驚いたのです」

……ふーん。あ、そう。そういうこと言うんだ？

言い訳をするジギスヴァルトに、今度はわたしの方が真顔になってしまう。「わかっていただけましたか？」と微笑む彼を見つめながら、わたしは冷笑を浮かべた。

「ジギスヴァルト王子、わたくし、疑問があるのですけれど……よろしいでしょうか？」

「何でしょう？」

「わたくしの人生の予定には王の養女などありませんでした。領主候補生が王の養女となるということは、本来ツェントとアウブの間でお互いに納得できるように十分に時間をかけて話し合い、予定を組んで準備する期間が必要なことではございませんの？」

ジギスヴァルトが笑顔のまま無言で固まったのを見つめながら、わたしは更に言葉を重ねる。

「王の養女になれと命じるのと、奉納式の準備を命じるのと、どちらが唐突で大変なことでしょう？……王族にとって、わたくしとの養子縁組は奉納式より簡単に済ませられることなのですか？エーレンフェストもわたくしもずいぶんと軽く見られているようですね」

わたしが面と向かって王族の言動を非難すると、ジギスヴァルトは真顔で何度も瞬きをしながらわたしを見つめた。もしかしたら、わたしのことを何でもおっとりと言うことを聞くお嬢様だとでも思っていたのだろうか。それとも、今までは遠回しな貴族言葉で色々と言う者がいても、面と向かって率直に非難されたことがないのだろうか。

「貴女の養子縁組は本当に緊急で差し迫っているからです。決して貴女を軽んじているわけではありません」

「緊急で差し迫っているのは王族の魔力不足でしょう？　わたくしの成人を待つこともできず、エーレンフェストを混乱に陥れても養子縁組が必要なくらいに緊急なのでしたら、こちらに無茶を命じるのと同じように、中央神殿と各地のアウブへ奉納式の準備を命じればよろしいではありませんか。相手の予定や意見を聞かずに自分の都合だけを振りかざすのは王族の得意技ですのに」

「王族は自分の都合だけを振りかざしていると思われているのですか？　これでもできるだけ利害調整をしているつもりです」

意外そうな顔で口にするジギスヴァルトに、わたしは思わず嫌な顔になってしまう。

「こうしてわたくしの意見を聞こうとしてくださっているので、調整する気持ちがあることだけはわかります。けれど、王族の都合を主張するだけでこちらの事情は聞き流していらっしゃるし、こちらに利益を提供することは全くできていませんよね？　そもそも、魔力が必要なのも、グルトリスハイトが必要なのも、王族の養女になることも、神事について各地のアウブに教えることも、王族の望みです。どれ一つとしてエーレンフェストやわたくしの望みではございません。そこはご理解いただけていますか？」

本当はグルトリスハイトが手に入ったら読みたいなと思っているが、そんなことはこの場ではわざわざ口にしない。王族主導で奉納式をしてもらえるように、わたしはジギスヴァルトをガンガン追い込んでいく。

「わたくしが面倒な奉納式を提案したのは王族のためですよ。神事など、アウブが自領の神殿を調べて、各自で何とかすれば良いことです。自領のことは自領で何とかするものだとアナスタージウス王子はおっしゃいましたもの」

わたしの言葉をじっと聞いていたジギスヴァルトは少しだけ首を傾げた。

「奉納式をするのは一年以上の時間を魔力で買うためで、時間を必要としているのは王族ではなく、ローゼマインとエーレンフェストではありませんか？」

きっと王族はどれだけ探しても見つからなかったグルトリスハイトが目の前にぶら下げられた状態で周囲が見えていないのだろう。よく理解できないという顔をしたジギスヴァルトに、わたしは現実を突きつける。

「わたくしが最もグルトリスハイトに近いと判明してほんの数日ですが、養女にすると簡単におっしゃる王族側の受け入れ準備はすでに終わっているのでしょうか？　確か洗礼式を終えた王族には離宮が与えられるはずですよね？」

養子縁組の契約をするだけならば簡単に終わるかもしれないが、王の養女として生活をするならば、離宮の準備、家具や生活道具の搬入、中央貴族からの側近候補の選出、エーレンフェストから連れていく側近の生活環境の準備、中央のマントやブローチを揃えるなど、すぐに思いつくだけでもかなりたくさんの準備が必要になる。

「何の準備もなく養女になどできないと思うのですけれども、もしかして王族は養女となるわたくしには離宮など必要なくて、成人するまでは神殿長として中央神殿に放り込んでおけば良いとお考えなのですか？　それとも、ほんの数日で離宮の準備まで全てを整え終わっているのでしょうか？　あぁ、それだけ優秀な中央貴族が揃っていらっしゃるならば、奉納式の準備など一日もかかりませんね。頼もしいこと」

ジギスヴァルトは笑顔のままで深緑の目を少しさまよわせ、地下書庫の外の側近達のスペースに視線を向けた。マグダレーナとヒルデブラントもそちらにいるが、話し合いの邪魔をしないように言われているのか、こちらの様子を気にしつつも入ってこようとはしない。

「それは……養母となる母上か、婚約者となる私の離宮に客室を準備させるつもりで……」

苦しそうに答えを捻《ひね》り出したジギスヴァルトにわたしはわざとらしく驚いてみせ、「あら、実子には離宮を与えて養女には客室を与えるのが王族の慣例ですか？」と微笑む。

「そのような慣例、初めて知りました。実子と養子を差別しているとひどい噂をされている養父様と養子縁組をした時は、実子と同じように整えられたお部屋をいただいたのですけれど、ツェントからいただくのは他人の離宮の客室ですか。その待遇で、わたくしやエーレンフェストを軽視しているわけではないとおっしゃるのですね？」

ジギスヴァルトは痛いところを突かれた顔になった。目を何度も瞬かせて必死に言葉を探しているのがわかる。王族の取り繕った笑みが完全に消えていることから、わたしは自分が確実に優位に立ったことを確信した。

「このように王族の申し出に対して一つ一つ不備を指摘すれば、わたくしは奉納式を行わなくても一年間の時間を手に入れることなど不可能ではないのです」

……王族や他領からの心証とか、その先の扱いを考えたら取らない方が良い手段だけどね。

わたしは最終手段だと思っているが、混乱中のジギスヴァルトは当然の指摘だと思っているはずだ。現に、反論が全く出てきていない。

「確かに、突然の奉納式は予定になくて唐突で面倒なことですから、善意と言っても王族は信じてくださらないかもしれません。でも、わたくしは皆が利益を得つつ、一年分の時間を得るための提案をしたつもりなのです。わたくし、奉納式に協力した方がよろしいですか？　それとも、奉納式以外の方法で一年間の時間を得ましょうか？」

わたしはジギスヴァルトをじっと見つめて問いかける。ジギスヴァルトもじっとわたしを見ている。真意がどこにあるのか、探るような目だ。

しばらくの見つめ合いの後、ジギスヴァルトがフッと息を吐いた。

「……貴女の配慮をありがたく受け取り、奉納式を行うようにツェントに進言しましょう」

腹を括《くく》ったらしいジギスヴァルトからエーレンフェストに神事の準備が回ってこないように、わたしは先手を打って準備について思い浮かぶことをつらつらと並べていく。

「祭壇や神具の使用許可を得ることがエーレンフェストでは難しいですから、奉納式の準備は中央にお願いしますね。舞台は出さない状態で講堂を広く使えるようにすれば、アウブ以外の側近にも儀式に参加していただけるでしょう」

ジギスヴァルトは一度真顔で固まった後、ニコリと微笑んだ。

「ローゼマイン、貴女はアウブだけではなく、側近まで参加させるおつもりですか？　一体どこまで魔力を取るおつもりなのでしょう？」

「どこまでとおっしゃられても……。取れる時に、取れるところから、取れるだけ、取っておくもの、とわたくしは教えられて育ちました」

わたしが得意顔で胸を張ってベンノからの教えを披露すると、ジギスヴァルトは何とも言えない困惑の顔で「神殿育ちで常識が違うというのはこういうことですか」と呟いた。

……惜しい！　神殿育ちじゃなくて、平民育ちでした！

「付け加えるならば、お互いに利益を継続的に取れると尚良いそうですよ。今回の場合ならば、参加領地に対して毎年の領主会議で御加護の再儀式を行うことを餌《えさ》に、奉納式を恒例《こうれい》行事化することを提案するのはいかがでしょう？　御加護の儀式は時間がかかりますから、一度の領主会議でできるのは二つの領地くらいですね。でも、十年に一度くらいの割合で御加護を得る儀式に再挑戦できるとなれば、どなたも真剣に神事に取り組むでしょう」

本気で底上げをしたいならば、大人にも儀式を行う場を提供しなければならない。大人が真剣に祈るようになれば、子供はつられるものだ。

「それに、アウブ・クラッセンブルクから共同研究として貴族院の奉納式を恒例行事にできないかという打診がございましたから、上手くやれば春の終わりと冬にたくさんの魔力が集まりますよ」

「ローゼマイン、魔力はそのように簡単にやり取りするものではありません」

「魔力目当ての養子縁組は簡単なのですか？　王族は手段を選んでいられないくらいの緊急事態なのですよね？　魔力を集める方法を色々と考えた方が良いのではありませんか？」

わたしの発言にジギスヴァルトは目を見開いたまま、完全に固まった。どうやら王族にとってはあまりにも想定外の提案をしてしまったらしい。

「少し思い付きを述べてみましたけれど、どこからどのように魔力を引っ張って来るのか、奉納式を毎年恒例にするかどうかなどは、わたくしには全く関係のないことですね。今は奉納式の準備に

ついてのお話を進めてもよろしいですか？」

「……はい、どうぞ」

あまり頭が動いていなそうなジギスヴァルトのために、わたしは奉納式の準備の手順を手元の紙に記しながら説明をする。

「各領地へ日時や持参する物を知らせるのはオルドナンツや招待状を使えばそれほど手間はかかりません。離宮に残っている貴族に空の魔石を準備させ、中央神殿に神事の準備を命じれば、領主会議の進行にはそれほど負担がかからないと思います。そうそう、貴族院と中央神殿の二カ所に聖杯がありますし、祈念式が終わった今ならば小聖杯も魔力を溜めるために使えますから、中央神殿に準備させてください」

そこでわたしは一度ペンを止めて顔を上げた。わたしの笑顔を見た瞬間、ジギスヴァルトが頬を引きつらせる。嫌な予感がしたのだろうか。それは正しい。

「あと、エーレンフェストの協力によって実現した奉納式であることを王族からしっかり宣伝してくださいませ。ずっと下位領地だったエーレンフェストは引き立てを待つだけで、どうにも宣伝下手なところがございますから」

「待ってください。王族がエーレンフェストの宣伝を行うのですか？」

どうしてそうなるのか、と言いたそうなジギスヴァルトにわたしは当たり前の顔で頷いた。

「わたくしと神官長であるハルトムート、青色神官の衣装をまとえる護衛騎士の出張費用です。エーレンフェストとしては何の見返りもなく協力はできません。王族はこちらの利益を考えてくださる、とおっしゃいましたよね？」

一度唇を引き結んだジギスヴァルトが難しい顔で溜息を吐いた後、穏やかに微笑んだ。各地へ恩を売るための協力を約束してくれる。立ち回りが上手くないエーレンフェストの貴族に任せるよりも効果的に他領へ恩を売ってくれるだろう。これでジルヴェスターも喜んでくれるに違いない。

……養父様、ベンノさん。わたし、やったよ！　前哨戦は完全勝利じゃない？

「それにしても、魔力をそれだけ取ったら、各領地から不満が起こりませんか？」

わたしは書いた紙をジギスヴァルトに渡すと、奉納式の準備の流れに目を通しながらジギスヴァルトは問題点を口にする。

「奉納式で集める魔力は神々の御加護を得るための神事への参加費で、今回の受講料だと予《あらかじ》め告げておけば後から文句はそれほど出ないでしょう。不満な領地は参加しなければ良いのです」

「それでは参加する領地が少なくなるのでは？　準備の労力と釣り合いますか？」

変な心配をしているジギスヴァルトを見て思う。この人は本当に王子様だな、と。

「奉納式に参加しなければ、将来の収穫量や神々の御加護で目に見えて差が出ます。周囲の領地が富んでいくのを見て後悔しなければ良いですね、と煽れば参加せざるを得ないでしょう」

クラッセンブルクは貴族院での奉納式を餌にすれば出席するだろうし、御加護を得ることに領地一丸となっているドレヴァンヒェルは興味を持って参加するだろう。それに、貴族院の奉納式に出られなかった領地は絶対に参加したがるはずだ。

「あとは、御加護の再儀式を可能にすることができれば大きな見返りになりますし、地下書庫で手に入った儀式の情報について匂わせれば飛びつく領地は多いでしょう。参加する価値があると思わせれば良いだけですから、人を集めるのはどうにでもなりますよ」

わたしの提案にジギスヴァルトは五秒ほど目を閉じてゆっくりと息を吐いた後、ニコリと微笑んだ。かなり動揺させてしまったらしい。もしかしたら、温室育ちの王子様にはちょっと悪辣《あくらつ》に聞こえたのかもしれない。

……まぁ、わたしの師匠はベンノさんとフェルディナンド様だから、ちょっとくらい悪辣でも仕方がないよね！

「あ、それから、今回は神事を経験したことがない領地に教えるための奉納式ですから、冬に貴族院で経験した王族は参加する必要がないと思います」

ジギスヴァルトは目に見えてホッとしたような顔になった。

「わかりました。王族と中央で儀式の準備を行い、各領地に参加を促すことにします。ただ、回復薬の準備をお願いしてもよろしいですか？　中央では王族が使う方を優先したいのです」

「回復薬は各自で準備する物でしょう？　普段から腰に下げているのですから、忘れないように注意喚起《かんき》だけすれば十分ですよ」

ジギスヴァルトが「貴族院の奉納式ではエーレンフェストが準備していたのでは？」と目を丸くしたけれど、あの時と今回ではエーレンフェストの立場が全く違う。

「貴族院の奉納式はこちらの研究に協力していただくためだったので、見返りが必要だと考えて準備しました。けれど、今回は神事について知りたいと望む者に、エーレンフェストは王族の要請で労力と時間を割《さ》いてわざわざ教えてあげるのです。こちらが回復薬を準備する必要など全く感じません。それより地下書庫の文献を読み進める方がよほど大事でしょう？」

……領主会議が終わったら引き継ぎなどで読書をする余裕もない一年間になるはずだからね。

わたしがこの地下書庫に通えるのは領主会議の間だけだ。回復薬作りより読書時間の方が大事に決まっている。

「有料で売るならば考慮しても……ダメですね。売りに出せばドレヴァンヒェルが買い占めてレシピ解析に躍起《やっき》になりそうですもの。講義で習う中でも効果の高い回復薬ならば売っても構わないのですけれど、誰でも持っている薬なのでエーレンフェストの利益にはならないと思います」

採集場所で騎士達に採集をさせて、領主会議の対応に忙しい文官達を動員して回復薬を作らせてもこちらには負担だけで利益がない。

「……エーレンフェストが急激に富んだわけがわかりました。それから、領地内の貴族が急激な順位上げについてこられないというのも、よく理解できた気がします」

疲れをにじませた笑顔のジギスヴァルトに、わたしはニコリと微笑んだ。

「相互理解が深まったようで何よりですね。では、奉納式の準備については終わりましたし、次はわたくしが王族の養女になるための条件をもう少し詰めましょうか」

「まだあるのですか⁉」

……え？　前哨戦が終わっただけで、肝心の話し合いは始まってもいませんよね？

王の養女になる条件

「まだ何も……奉納式は基本的に王族が魔力を集め、他領が神事についての理解を深めるために行うことで、エーレンフェストにとっては引き継ぎと準備のための時間稼ぎができるだけです。エーレンフェストの利益ではありません」

「……ローゼマインが求めたことにもかかわらず、利益に繋がらないのですか？　何故利益に繋がらないことを求めたのでしょう？」

ジギスヴァルトが瞳にやや警戒をにじませて問いかけてきた。けれど、一年の準備期間がどうして利益になると思うのか。わたしはそっと息を吐く。

「ジギスヴァルト王子は緊急なのですぐに他領に移動してそこで生活をしてください、と言われて移動ができるのですか？　王族のお仕事は引き継ぎも何も必要がないほどに簡単だとは思えないのですけれど、移動するための準備期間をご自身や中央の利益だと考えられますか？」

「私は成人で、貴女は未成年です。いくら執務をしているとはいっても、責任や負っている執務量に大きな差がありますよ」

にこやかに言われたことで、わたしは引き継ぎが必要だと説明した仕事に対する認識が大きく違うことに気付いた。王族は未成年であるわたしの仕事をアウブのお手伝いだと認識しているらしい。

……あぁ。だから、王族の準備さえ整ったらすぐにって考えるんだ。

「ジギスヴァルト王子、わたくしの引き継ぎに時間がかかるのは、わたくしが責任者だからです。印刷に関しても神殿に関しても、養父様のお手伝いや将来に向けた訓練ではなく、わたくしが事業の責任者として仕事をしているのです」

「ローゼマイン、貴女は未成年ではありませんか。いくら何でも成年の保護者がいるでしょう？」

ジギスヴァルトの引きつった笑みを、わたしは冷めた笑みで見つめ返す。

「わたくしの保護者であるフェルディナンド様を王命で取り上げておきながら何をおっしゃるのですか？　今の神殿にわたくしの保護者はいません。神殿長と孤児院長がわたくしで、神官長はわたくしの側近です。側近はわたくしの移動について来るでしょうから、後任の神殿長と孤児院長と神官長をたった一年で育てなければならないのです」

別に成人に引き継ぎがされなかったわけではない。わたしと一緒に移動するのが大きな問題になるだけだ。どう考えてもハルトムートがエーレンフェストに残るわけがない。わたしが中央に移動すれば、周囲にどんな無茶ぶりをしても引き継ぎをしてついてくる。それだけは確信を持てる。

……別にこんな確信を持ちたくないけど、クラリッサも絶対に一緒だよ！

「一年で全ての神事の祝詞を覚えて、神事の進行や準備について把握しておかなければなりません。神事は領地の収穫量に直結しますし、古い文字が読めなければ神殿長の聖典も読めません。引き継ぎがそう簡単なものではないとわかりませんか？」

わたしは古い言葉をまだ覚えられない王族を見つめて微笑む。ジギスヴァルトは言葉の真意を探るように瞬きしながらわたしをしばらく見つめ、絞り出すような声で呟いた。

「アウブ・エーレンフェストは何を考えているのですか？　このような幼い子供を本当の責任者にするなど、あり得ないでしょう」

「フェルディナンド様から神官長を引き継いだわたくしの側近が成人ですから、養父様もフェルディナンド様も問題ないと考えたのでしょう。わたくしが成人するまでの間に後継を育てればよかったのですもの。各地から優秀な人材が集まる中央と同じように考えられては困ります」

エーレンフェストは人材不足と言いましたよね？　と念を押すと、ジギスヴァルトはわずかに目を伏せた。言葉から受ける認識に大きな違いがあることを今更ながら実感しているようだ。

「普通のお嫁入りでも身の回りの物を片付け、新生活に必要な物の準備を整え、周囲の方と別れを済ませるのに一年から二年ほどかかるでしょう？　領地を移るならば、一年くらいの準備期間は与えられて当然のもので、決して利益と言えるようなものではないと思いませんか？」

その当然の時間を与えようとしなかった王族を暗に責めつつ、わたしはこれから先の予定に思いを馳《は》せる。印刷業や秋にならなければキルンベルガから戻ってこないグーテンベルク達との交渉を考えれば、本当は二年から三年くらいは時間が欲しいところだ。

「一年の準備期間だけでは、わたくしがいなくなるエーレンフェストの損失を埋めることは全くできません。わたくしが読書時間を削って、一年の間に神殿長業務、孤児院長業務、印刷業務の引き継ぎを行うのですもの。王の養女となることで失うエーレンフェストの損失を補っていただくのは当然のこととして、その上に利益を載せていただかなくてはとても対応できません」

引き継ぎの特急料金は高いよ、とわたしはジギスヴァルトを見つめる。各領地からの魔力の毟《むし》られっぷりを実感した今、王族はどれだけ毟り取られるのかと戦々恐々《せんせんきょうきょう》としているのがわかった。

「神殿長と孤児院長はわかりますが、印刷業務とは？　こちらも責任者なのですか？」

「エーレンフェスト内における印刷業務はかなりわたくしの手を離れたので、業務の引き継ぎ自体はそれほど大変ではありません。けれど、中央に印刷を持ち込むのかどうか、わたくしの専属をどのように移動させるのか、専属を連れてきたところで店を持たせることができるのか、工房を作ることができるのか。移動させられる職人や新たに雇う職人の数、教育の期間、中央の商人達の関係や店とのやり取りの仕方はどうかなど、中央と調整しなければならないことが多々ございます」

考えたくないほどの仕事量になりますよね、とわたしが同意を求めると、ジギスヴァルトは数秒間真顔になった後、微笑んで「それは領主候補生ではなく、文官や側仕えの仕事です」と言った。

「もちろんある程度は任せますが、一度は自分の目で確認しなければならないでしょう？　全てを人任せにはできません。書面と実際は違うことも多いですし、エーレンフェストと中央ではやり方に違いがあるでしょう。それに、文官が全てを正確に報告するとも限りませんもの」

問題だらけの状態でも、自分が無能と思われたくない文官が適当な報告をしていたことを思い出す。一度は現場に向かわなければわからないことは多いのだ。

「なるほど。本当に責任者なのですね、ローゼマインは」

「えぇ。ですから、一年の準備期間では全く足りないのです」

準備期間を延ばしてくれないかなという思いを込めて微笑むと、ジギスヴァルトも微笑んで首を横に振った。

「事情はわかりましたし、奉納式で得られる魔力量によりますが、こちらも一年以上は待てません。一年で準備を終えるようにしてください。そして、エーレンフェストがどのように損失を補いたいと考えているのか伺います。マグダレーナ様にも一緒に聞いてもらった方が良いでしょう」

一体どんな交渉をされるのか、と深い緑の瞳がわかりやすく緊張している。

「あの、ジギスヴァルト王子。エーレンフェストからの条件についてお話はしますけれど、わたくしは間違いやすれ違いが起こらないように自分の意見を述べるだけです。最終的に決めるのはツェントとアウブ・エーレンフェストです。わざわざマグダレーナ様をお呼びする必要はないと思うのですけれど……」

領地の重要な決定はアウブによって行われる。ここでわたしが何をどのように言おうと、最終的な決定権はない。また、その決定はツェント達との会合で行われるのだ。

「常識や利益に違いがあることがお互いに理解できたのですから、ジギスヴァルト王子はわたくしとエーレンフェストの率直な要望をツェントに伝えてくだされば良いのです。最終的にどの条件をどのように受け入れて合意するか、わたくし達に決められることではありませんもの」

ここでの言葉が決定にはならないことを、わたしは重ねて強調しておく。アウブの頭越しに決めたとか、勝手なことをしたと叱られないためだ。それに、わたしが王族から何か揚げ足を取られた時に「決定権はアウブにあります」と言い逃れるための大事な予防策である。

ちなみに、奉納式については提案をしただけで、ジギスヴァルトが最終的に行うと決定したのだから、わたしが勝手なことをしたわけではない。

……提案してちょっと煽っただけ。主催も準備も責任も王族だからセーフ、セーフ。

何より、フェルディナンドがアーレンスバッハ行きを王族と決めてきて、領主に口を挟ませなかったのが去年のことだ。やり切れない顔をしていたジルヴェスターを思い出せば、わたしは同じことをするつもりはない。

「あぁ、そうですね。確かに我々に決定権はありません」

ジギスヴァルトはフッと微笑んで「では、養女となるための条件を聞かせてください」と促した。どうやらわたしに決定権がないことを認識してかなり気が楽になったようだ。

……何だか苦手意識を持たれたような感じ？　ま、いっか。

「養父様からも要望はあるでしょうが、先に述べておきますね。一年以上の準備期間をいただき、こちらの条件を呑んでいただけるならば、王命には従いましょう。条件に合わないだけで、こちらは別に反逆の意志もなければ、徒《いたずら》に事を荒立てたいわけでもないのです」

そう告げると、ジルヴェスター達に自分達の提案を却下されていたジギスヴァルトは「そうですか」と明らかに安堵した。そこにわたしはコココンと釘を刺す。

「けれど、ユルゲンシュミットや王族の事情が最優先で、エーレンフェストがどうなっても構わないとおっしゃる王族とは相容《あいい》れません。わたくしのゲドゥルリーヒはエーレンフェストで、わたくしは神殿育ちです。わたくしを養女にするならば、そこを理解してくださいませ」

養子になったり結婚したりして他領に移れば、そちらを一番に置くのが当然のことだろう。けれど、養子縁組を終えた途端に「エーレンフェストは他領です」というような態度がわたしに取れるわけがない。自慢にならないことは百も承知だが、未だにわたしは下町もフェルディナンドも離れてしまって関係がなくなったものとは考えられない。自分にとって大事な存在で、危険に晒されたら激怒する自信がある。

「貴女に貴族の常識が当然のように通用するとは考えない方が良いことは理解しました。それで、エーレンフェストへの補償はどのようなものをお望みですか？」

ジギスヴァルトの穏やかな笑みに促されて、わたしは口を開いた。

「アナスタージウス王子にもお願いしたのですけれど、王命の婚約を解消させてフェルディナンド様をエーレンフェストに返してくださいませ。フェルディナンド様がいればエーレンフェストの問題の大半が解決するのです」

フェルディナンドが戻って一年の時間があれば、魔力不足の問題も、ライゼガングを抑えるのも、後任の育成も、フェルディナンドの健康状態も心配がなくなる。わたしがユレーヴェ漬けになっていた二年間、下町の商人達との連携もユストクスを通じて取ってくれていた。

「アナスタージウスも同じように返答したと思いますが、フェルディナンドをエーレンフェストに戻すことはできません。今、アーレンスバッハを潰すことはできないのです」

エーレンフェストにとって一番の提案はツェントに伝えられる前に、ジギスヴァルトによって却下された。

「フェルディナンドの代わりにアーレンスバッハを治められる独身の領主一族を連れてくることが

できるのであれば可能かもしれませんが、我々には心当たりがありません。エーレンフェストに心当たりがあるならば、当人を説得した上で、一年以内に連れてきてください」

アナスタージウスと似たような答えが返ってきた。王族はどうあってもフェルディナンドをアーレンスバッハから出す気がないらしい。ちょっとムッとするけれど、ここまでは想定内だ。アーレンスバッハの中核に深く入り込んでしまっているフェルディナンドをそう簡単に解放できないことはわかりたくないけれど、わかっている。

……だったら、安全と生活環境だけでも勝ち取るよ。

フェルディナンドはもう他領に行った者だとジルヴェスターは言っていた。そのためエーレンフェストから上がるわたしの養女の条件にフェルディナンドの待遇改善はない。何とかしたいならば、わたしが行動するしかない。

……アナスタージウス王子も自分で何とかしろって、言ってたからね。

わたしは一度表情を引き締めると、ニコリと微笑んだ。一瞬だけジギスヴァルトの微笑みが引きつったけれど、すぐに元の笑顔に戻る。

「フェルディナンド様の婚約を解消させることが今の時点で難しいことは伺いました。同時に、グルトリスハイトがあれば、また違う手段が取れるということも……」

アナスタージウスの言葉が王族にとって共通の認識で間違いがないかどうかを尋ねると、ジギスヴァルトはゆっくりと頷いた。

「おっしゃるとおり、グルトリスハイトを手に入れることができれば、婚約解消は可能でしょう」

「では、わたくしがグルトリスハイトを手に入れるまで、もしくは、グルトリスハイトを手に入れることが絶対に不可能だとわかるまで、フェルディナンド様の婚姻を延期させてくださいませ。ディートリンデ様と結婚さえしなければ連座になることはないのですよね？」

……グルトリスハイトを手に入れるまで婚約解消ができないんだったら、婚約状態をずっと続ければ良いんだよ。

まずは連座回避の確約を勝ち取ろうと、わたしが結婚の延期をお願いすると、ジギスヴァルトは腕を組んで少し考え込んだ。

「これ以上星結びの儀式を延期することはできません。貴族院に入った時のレティーツィアの身の振り方を考えると、ディートリンデがアウブになった場合、あの二人の婚姻はどうしても必要になりますから」

礎を染め、領主会議でディートリンデがアウブとして承認されると、アーレンスバッハの決まりによってレティーツィアは上級貴族の身分に落とされる。それを防ぐためには、領主会議の初日に行う星結びの儀式からアウブ承認までの間に養子縁組を終える必要があるらしい。確かに貴族院へ領主候補生として入るのか、上級貴族として入るのかは大きく違う。

「では、次のアウブが決定すると、他の領主候補生を上級貴族に落とすようなアーレンスバッハの変わった決まりを、王族が廃止してしまえばよろしいのではございませんか？」

「……領地の決まりを廃止できるのはアウブだけです。提案はしたのですが、亡くなられたアウブ・アーレンスバッハが廃止しなかった以上、我々にはどうしようもありません」

法律の書に反しない限り、王族はそれぞれの領地のマイナールールを勝手に廃止させるようなことはできないらしい。ダンケルフェルガーにはダンケルフェルガーの、アーレンスバッハにはアーレンスバッハの事情があってできた決まりだから、他領から見れば無駄に思える決まりも、なくなると困ることが多いのだそうだ。

……そういえば、歴史が長いせいでダンケルフェルガーも変な決まりが多いもんね。

「フェルディナンドの連座回避が目的なのであれば、王との養子縁組を少し早めれば対応できるのではありませんか？」

領主会議の初日に星結びの儀式は行われる。だから、領主会議より少し早めにわたしが王と養子縁組をして書庫の奥に入れば良いと言う。そこでグルトリスハイトを手にできれば、フェルディナンドの婚約を解消させることが可能だし、できなければそのままディートリンデと結婚する。そうすれば、レティーツィアにも影響がないそうだ。

「ただし、その場合、ローゼマインが提示した準備期間は一年よりやや短くなります。よろしいのですか？」

わたしは少し視線をさまよわせる。一年以上の準備期間を作るように指示をしたのはフェルディナンドだ。一年よりやや短くても良いのか、確実に一年を越えなければならないのか、彼の狙いを質問してみなければわからない。

「……すぐにはお答えできません。フェルディナンド様が無事に婚約解消できるように、わたくしの養子縁組の時期についてはもう一度よく考えてみます。でも、婚姻も婚約解消もできないままに、フェルディナンド様はアーレンスバッハに滞在することになるのですから、待遇の改善を求めます。隠し部屋を与えるように、ツェントからアーレンスバッハに命じてくださいませ」

わたしがフェルディナンドの婚約解消を諦めたことで肩の力を抜いていたジギスヴァルトが一瞬真顔になった後、微笑んだ。

「婚約者が婚姻するまでの間、客室を与えられ、隠し部屋が与えられないのは貴族の慣例通りです。そのような無理をアーレンスバッハに命じるのは難しいと思います」

わたしが神殿育ちなので貴族の常識が通じない部分だと思ったのだろう。ジギスヴァルトが丁寧に説明してくれる。けれど、それは知っている。ボニファティウスもフロレンツィアも「婚約者の立場では隠し部屋は与えられない」と言っていた。

「結婚後は部屋を移って隠し部屋が得られると知っていたので、わたくしもこれまでは諦めていました。でも、延期になりましたもの。他の慣例があることもご存じですよね？」

星結びの儀式が延期された時点で、ジギスヴァルトが口にした慣例には穴ができている。慣例に照らし合わせて駄目だと言われるならば、こちらも慣例通りに要求すれば良い。

「結婚が不可能になったのですから、フェルディナンド様が一度エーレンフェストに引き上げることは可能ですよね？　本来は結婚が不可能な状態であれば、婚約解消を申し出ることもできるはずです。それを王命で無理に婚約継続させられているのですから、一旦エーレンフェストに戻って仕切り直すくらいは構いませんよね？　婚約の解消さえしなければ、王命に逆らうわけでもなく、慣例通りなのですもの」

他領から婚約者を招いておきながら結婚ができない状態に陥った場合、婚約者を留めておくことは強制できない。不備があったということで婚約者側は解消を申し出ることもできる。

「フェルディナンドの場合は婚約が王命ですし、すでに執務を始めているので、情報漏洩《ろうえい》の観点からも戻れません。貴女も領主候補生ならば、それはわかるでしょう？」

「婚約者の立場で抜き差しならないほどフェルディナンド様に執務を任せられていること自体が、アーレンスバッハと王族の我儘で、慣例上一時帰郷は可能だと理解しています」

フェルディナンド本人は王命を受け止めて行ったわけだし、エーレンフェストに迷惑をかけないためにも距離を置きたいというようなことを言っていたから、本人は一時帰郷をしたがらないかもしれない。

……でも、そんなの関係ない。大事なのは隠し部屋の確保だからね。

「王族にとって慣例が大事だとおっしゃるならば、慣例通りに一旦フェルディナンド様をエーレンフェストに戻し、礎を染め終わってアウブが確定してからもう一度結婚のためにアーレンスバッハへ向かわせてくださいさい。慣例通りにできないのであれば、フェルディナンド様に隠し部屋を与え、夏に行われるアーレンスバッハの葬儀で命令がきちんと実行されていることを王族とアウブが確認してください。婚約解消ができない以上、待遇改善は譲れません」

わたしが選択を迫ると、ジギスヴァルトは笑みを深めて小さく息を吐いた。

「……私が決断を下すことはできません。選択するのは父上になります。よろしいですか？」

フェルディナンドが戻って来てくれるのが一番嬉しいけれど、アーレンスバッハの執務をフェルディナンドが握っていてレティーツィアの教育係でもある現状では、慣例と言われても戻せるはずがないと思っている。

……だからこそ、隠し部屋くらいはもらわなきゃね！

とりあえず、ツェントがどちらを選んでもいいや、と思いながら頷いたわたしは、ジギスヴァルトが顔に微笑みを浮かべたまま、深緑の目でじっとわたしを見ているのに気付いた。

「……ローゼマインはずいぶんとフェルディナンドにこだわるのですね」

「えぇ。神殿で育てられている間、虚弱なわたくしに様々なお薬を作り、生きられるように手を尽くしてくださって、貴族社会で生きていけるように教育を施してくださいました。貴族院でわたくしが最優秀をいただけるのもフェルディナンド様のご指導あってのことですもの。恩ばかりが増えて、ちっとも返せていないのです。わたくしの師で、家族同然に大事な方なのですよ」

ニコリと微笑んでわたしはジギスヴァルトを見つめる。このまま連座回避の確約くらいは欲しい。わたしは笑みを深めた。

「ですからね、神殿で工房に籠もって研究をするのが好きだった大事な家族が、自領と仲が良好ではない他領へ王命で婿に行かされ、婚姻する前からツェントと同じような匂いがするほど薬漬けで執務をこなす毎日を送り、星結びの儀式が延期されたのに一時帰郷も許されず、隠し部屋さえも与えられないという状況に、わたくしが一体どれほど心配しているのか、命じた相手にどのような感情を抱くものか、ぜひ王族の皆様には想像していただきたいと思っています」

ジギスヴァルトが笑顔のまま固まった。その顔から血の気が引いているのがわかる。わたしは頬に手を当てて小さく息を吐きながら、更に言葉を重ねる。

「それだけ大変な思いをしながらフェルディナンド様がアーレンスバッハで過ごした果てがディートリンデ様の連座なのでしょう？　いくら貴族の常識では他領に行った者を心配はしないものだと言われても、わたくし、とても平静ではいられません。わたくし、昔は感情を抑えるのが下手で、よく魔力を暴走させていたのです。今暴走させたらどうなるのかしら？」

首を傾げながらジギスヴァルトを見つめて脅しつつ、わたしは本気で疑問に思う。

……いや、ホントにどうなるんだろう？　どこまで影響が出るのかわからないよ。

昔より魔力が増えている。シュタープが成長したので、制御はできるようになっているけれど、暴走した場合はどんな感じになるのか自分でも想像ができない。

わたしが考え込んでいる間、ジギスヴァルトも考え込んでいたようだ。しばらくの沈黙《ちんもく》の後、わたしと目が合うと、彼はニコリと笑った。

「ローゼマインがそこまで心配をしなくても良いように、フェルディナンドの連座回避については父上とよく相談してみます。取り計らってもらえるように、私も力を尽くしましょう」

「まぁ、嬉しい。頼りにしていますね、ジギスヴァルト王子」

……よし！　連座回避は何とかなりそう。やったよ、フェルディナンド様！　これ、大変結構じゃない？

膝の上でグッと拳を握ってガッツポーズを作ると、わたしは上機嫌で次の条件に移る。自分の中の最低条件をクリアしたことで、いっそ鼻歌でも歌いたい気分だったが、まだ話し合いは終わっていない。表情を引き締めて、わたしはジギスヴァルトに向き直る。

「フェルディナンド様とわたくしが抜けたことで減る魔力を補うために、人材をエーレンフェストに取り込みたいと思っています。エーレンフェストの者との婚姻は五年ほどの間、婿入りと嫁入り、つまり、エーレンフェストに入れる者に限るということにツェントの承認をくださいませ。こちらからは一人たりとも出せません」

これはフロレンツィアが提案した条件だ。順位の急上昇と新しい流行の数々でエーレンフェストと繋がりを持ちたい領地は多い。実際に貴族院の学生達は他領の者に言い寄られている数が増えていると聞いている。毎年十組以上の星結びの儀式があり、半分くらいは他領との婚姻だ。それが全てエーレンフェストに入る形で行われることが可能になれば、手っ取り早く成人貴族の数を増やすことができる。その夫婦の間に生まれた子供は当然エーレンフェスト籍になるので、貴族を増やすためにもかなり有効だろう。

領主一族が絡まない婚姻の許可はアウブ同士が出すものなので、ジギスヴァルトは「承認されるでしょう」と軽く頷いてくれた。

「それから、子供が生まれた時に与えられる魔術具を三十から四十くらいいただきたいと思います。魔術具がなくて貴族になれない子供がいるので、彼等を貴族として育てたいと思っています」

「子供に与える魔術具を三十から四十ですか？　ずいぶんと数が多いのではありませんか？」

作製が大変で高価だからだろうか、ジギスヴァルトの笑みが濃くなった。

「あら？　婚姻に条件を付けるのでずいぶんと控えめに計算した結果ですけれど。わたくしとフェルディナンド様の魔力量と執務量は中級貴族三十から四十人分では足りないくらいの価値がございます。王族はそれだけの損失をエーレンフェストに与えていることを自覚してくださいませ」

一年の猶予に加えてこれだけが手に入れば、わたしが中央に移動してもエーレンフェストの魔力の問題は何とかなるはずだ。

「あとは、中央に出ているエーレンフェスト出身の貴族に一度里帰りするように命じてくださいませんか？」

これはジルヴェスターからの要望だ。今の状況では中央や他領の情報が全く入って来ない。今まではどこからかユストクスが手に入れてきていたようだけれど、今は本当に情報が入りにくい状況になっているそうだ。クラリッサが頼りにされている状態で、そのひどさを察してほしい。

……わたしも一度は中央へ行く前に顔合わせくらいはしておきたいし、ちょうどいいね。

断られたとはいえ、王族がジルヴェスターに出した要求は「わたしが中央で動きやすいようにエーレンフェストの人材を送れ」というものだった。自分の派閥を作るために出身領地の者を側近に取り立てるのが普通なのだろう。

そう考えた時に「あれ？」と思ったのだ。ヴェローニカ最盛期のエーレンフェストしか知らず、中央へ行ったエーレンフェスト貴族と、ヴェローニカ失脚後に洗礼式をしたわたしで認識は合うのだろうか、と。どう考えても話が通じると思えない。先に顔を合わせるくらいはしておかなければ、側近を選ぶことさえできなそうだ。

この要望はジギスヴァルトも「それはこちらも望んでいたことです」と喜んでくれて、快諾してくれた。故郷に帰りたがらない彼等に、王族も困っていたらしい。建前ができたので、冬は故郷に戻るように命じてくれるそうだ。

「最後に、エーレンフェストではなく、わたくしから個人的な条件がいくつかあります。様々な事情があって、わたくし、未成年の側近から名を受けています。年齢、階級にかかわらず、連れていく側近は全員受け入れてください」

「それは成人してからではいけないのですか？　未成年は何をするにも親の許可が必要ですし、貴族院の所属を思えばエーレンフェストにいた方が良いと思えますが……」

ジギスヴァルトは不思議そうに首を傾げる。わたしは「親がない子もいるのです」と答えながら、ツェントに伝えてもらえるようにお願いする。

「名を受け、命を預かっている以上、わたくしは彼等の親よりも権利を持っています。彼等は何をするにもわたくしの許可が必要ですし、わたくしに名を捧げた者を今のエーレンフェストには置いておけない理由もあるのです。理由については養父様に尋ねてください」

そう言って流し、一度呼吸を整える。これから要求することは絶対に勝ち取らなければならないことだ。わたしが姿勢を正すと、つられたようにジギスヴァルトも姿勢を正した。穏やかな笑顔の中だが、姿勢はやや身構えている。わたしは気合いを入れてジギスヴァルトを見据えた。

「これはわたくし個人にとって最も大事で譲れない条件です。わたくしを娶《めと》ることを望むならば、ジギスヴァルト王子にとっても大事な条件になると思います」

「何でしょう？」

「地下書庫以外の情報収集のためにも中央にある全ての図書館や図書室には出入り自由とし、全ての文献を読む権利を要求します。それから、わたくしの離宮に図書室を準備してください」

力の入ったわたしの要求にジギスヴァルトが三秒ほど沈黙し、ぎこちない笑みを浮かべる。

「……離宮に図書室ですか？　王宮図書館とは別に、でしょうか？」

「実はわたくしがエーレンフェストの第一夫人となるための条件は、エーレンフェストの図書室と神殿図書室を自由にすることでした。わたくしの結婚には図書館が必須なのです。夫になるのでしたら、ジギスヴァルト王子はわたくしに与えられる離宮に図書室を作ってくださいませ。わたくし、貴女のためにこれだけの図書館と本を準備しましたと求婚されるのが夢なのです」

ジギスヴァルト王子はわたくしとの結婚をお望みなのですよね？　と微笑むと、ジギスヴァルトは引きつった笑顔で「私との結婚を前向きに考えてくださるようで嬉しいです」と言った。

……顔、引きつってるよ？

「ところで、その図書室は……一体どのような規模なのでしょうか？」

「本当はエーレンフェストの図書室を超える規模で……と言いたいところですけれど、フェルディナンド様の図書室を超えてくださればそれで構いません」

「フェルディナンドの図書室ですか？」

ジギスヴァルトにわたしは大きく頷いた。

「えぇ。保護者であるフェルディナンド様はアーレンスバッハへ向かう際にご自分の館と所蔵していた本をわたくしに譲ってくださいました。せっかく王族の夫ができるのですもの。保護者以上を望んでも罰は当たりませんよね？　エーレンフェストの領主一族の私物を超えるくらいの規模ならば、王族には簡単でしょう？　うふふん」

わたしが広さや最初に本棚に並んでいた冊数について嬉々《きき》として説明をしているうちに、ジギスヴァルトから段々と笑顔が消えていく。

……あれ？　もしかして、王族なのに難しい？

「あ、あの、どうしても離宮に図書室を準備するのが難しければ、王宮図書館をわたくしの離宮にしてくださっても構いませんよ。図書館に住むのも夢だったので大歓迎です。わたくしの夫という立場を望むジギスヴァルト王子がどのような図書館を贈ってくださるのか楽しみにしていますね」

おねだりの意味も込めてニッコリ笑うと、ジギスヴァルト王子は半ば呆然とした顔で「私が、貴女の夫になるのですか？」と呟いた。

……ん？　ジギスヴァルト王子がそう言ったよね？　あれ？　わたし、何か聞き間違えてた？

首を傾げつつ、わたしは確認を取ってみる。聞き間違えならば、恥ずかしいではないか。

「王族としてはそれが最善なので、わたくしと結婚したいとジギスヴァルト王子は先程おっしゃいましたよね？……もしかして、わたくしの聞き間違いでした？」

「聞き間違いではありません。少し、想定と違ったと言いましょうか……。最善……。そうですね。最善だったはずです。けれど、ローゼマインは本当にそれで良いのですか？」

今更だが、わたしの意見を聞いてくれる気になったようだ。どうせこの場でなければ、自分の率直な気持ちを伝えるのは難しくなるだろう。わたしは本音を伝えておくことにした。

「わたくしは自分が神殿長として祝福を与えた夫婦の新郎と結婚したいとは全く考えていないのですけれど、王の養女としての義務ならば、仕方がないので受け入れようと思っています。だからこそ、わたくしの心の平穏を守れる図書館くらいは準備してくださいませ」

ヴィルフリートと婚約した時と同じだ。保護者が望むならば受け入れるしかない。わたしの我儘が通る環境でないことくらいは理解しているのだ。

「……図書館くらいは、ですか」

ジギスヴァルト王子が何故か遠い目になった。あれほど熱く語っていた自分の希望が叶って喜んでいる顔には見えない。何故だ。解せぬ。

よくわからないけれど、わたしは自分の要求を伝えた。

「ひとまず、エーレンフェストとわたくしからの率直な意見や条件は以上です。どのような選択をするのかはツェントと養父様にお任せしましょう。わたくしが快く王の養女となって王族の皆様と末永く仲良くするために、よく話し合ってくださいね」

得られた条件

ジギスヴァルトとの個人面談を終えた後、わたしは王族側の常識についてジルヴェスター達に説明し、王族がエーレンフェストを優遇しているつもりだったことを伝えた。すれ違いは多々あるが、負担だけを押し付けたいわけではなさそうなので、何とか交渉はできるだろう、と。

それから、魔力不足を解消し、他領の文句を封じるために王族主催で最終日に奉納式をすることになったことと、王の養女になるための条件としてエーレンフェストとわたしの個人的な要望を述べたことも報告する。去年の二の舞にならないように、「決定権はアウブにあるので、わたくしは意見を述べるだけですよ」と主張したことは何度も強調しておいた。

ジルヴェスターは自分達の話し合いが上手くいかなかった直後に、地下書庫でわたしから承諾を得ようと動いていた王族に腹を立てていたし、決定権がないと主張したわたしを褒めてくれた。

その後、王族から再び呼び出しがあり、二日後には話し合いの場が持たれたのである。


「さて、ローゼマイン。其方は王族にどんな交渉をしたのか、もう一度説明をしてもらおうか」

ジルヴェスターは何故かとても怒った顔で戻ってきた。寮の会議室で側近もフロレンツィアも排した個人面談状態だ。目の据わったジルヴェスターにうりうりと頬を突かれながら凄《すご》まれた。

「……ぷひ？」

「違う！　今回は王族もすれ違いが起こらぬように側近を排して話し合いを行ったのだが、其方は地下書庫で信じられないほどの不敬をジギスヴァルト王子にやらかしたそうだな？」

わけがわからないことで叱られて、わたしはコテリと首を傾げる。

「ジギスヴァルト王子が率直にお話をしたいとおっしゃいましたし、処罰等はなしと事前に許可をいただいたから、わたくしも率直にお話をしたのです。それなのに、今になって養父様にぐちぐちと文句を言ったのですか？　男らしくないですね」

「別にぐちぐちと文句を言われたわけではない。其方が余所でも同じことをしそうなので重々注意するように、と忠告されただけだ。胃が引き絞られるような思いがしたぞ」

……やっぱり男らしくないじゃん。

貴族らしくするように、と言われていたら、いくらわたしだってあんなことは言わない。率直に言えと言われて、その通りにしたら文句を言うなんてどうかと思う。

「一年間の猶予を得るために王族が主催するように仕向けた奉納式はまだしも、養女の条件に関しては交渉らしい交渉なんてしていませんよ。わたくしに決定権がないのですから。条件を述べる時、確実にフェルディナンド様を救ってもらえるように、ちょっと脅したくらいです」

「待てっ！　私はつい先程王族に向かって、脅されたなど気のせいでしょう。言葉のすれ違いでそのように感じられただけで、ローゼマインにそのようなつもりはありません、と弁明したのだぞ！　本当に脅していたのか⁉」

ジルヴェスターが泡を食ってそう言った。必死に弁明してくれたところ悪いが、王族の言葉は間違っていない。わたしは自覚を持って脅した。

「わたくしが心配しても、他領に行ったら他領の者だと誰も親身になってくれませんし、アナスタージウス王子は自力で何とかしろとおっしゃいました。普通にお願いしてもダメだったので、あの場でなければ使えない手段を使っただけです。他の機会では不敬で処分されるでしょう？」

何を言っても処分されない絶好の機会に、自分の思いを王族に伝えただけだ。伝わっていなかったら、また他の手段を考えるつもりである。

「王族が青くなるほど伝わっているから、もう考えなくても良い」

「……フェルディナンド様の連座回避と待遇改善を、王族が受け入れてくださったのですか？」

わたしが期待に胸を膨らませて見上げると、ジルヴェスターは力なく頷いた。

「あぁ、フェルディナンドに隠し部屋を与えるよう、アーレンスバッハに命じてくださるそうだ」

「やったぁ！　他の条件はどうなったのですか？」

「ほとんどの条件を受け入れていただけた。……ある意味では、其方のおかげだな」

そうして、ジルヴェスターは会合の様子を教えてくれた。前回は範囲指定の盗聴防止の魔術具を使ったけれど、今回は側近も護衛騎士も排した上で、盗聴防止の魔術具を使ったらしい。

その厳重な警戒の中で、疲れ切った様子の王族と領主夫妻の話し合いの中心になったのが、わたしが出した条件に間違いがないか、このような受け入れ方で大丈夫かという確認と、王族の認識とエーレンフェストの認識の摺り合わせだったそうだ。

「話を聞いたところ、王族の中でローゼマインの扱いについてはずいぶんと意見が分かれていた」

グルトリスハイトを手に入れる者が次期ツェントなのだから、手にした者の言葉には全面的に従うべきだ。離宮の準備などもってのほか。ツェントは王宮の本館で迎えるもので、自分が離宮に移ると主張するのがトラオクヴァール。

「だからこそ、ツェントは自分が信頼のおける者で周囲を固めるのが一番で、自分の派閥は自分で作るべきという意見をお持ちのようだ。結果として、できるだけ多くの貴族を中央へ、ということになったが、エーレンフェストに却下されて驚愕されたそうだ」

ついでに、わたしの結婚に関しては、自分の派閥を作るために婚姻という手段を使うのは当然なので、今の王族が口を出すことではない。グルトリスハイトを手に入れるために養子縁組が必要なので、それはするけれど、後のことには口も手も出さない。新しいツェントが望むようにユルゲンシュミットを率いていけば良いというものらしい。

「耳当たりは良いですけれど、後のことは勝手にしろって放り出されるのと同じですよね？」

「ジギスヴァルト王子は其方と同じように感じたそうだ。グルトリスハイトを手に入れただけではユルゲンシュミットは治められないとおっしゃった」

エーレンフェスト出身で権力もなければ、大領地の伝手《つて》もない。口も手も出さないということは後ろ盾にもならないということだ。グルトリスハイトだけを持った未成年に、望むままに政治を行えと言っても何ができると言うのか。放り出すなんてあり得ない。王族の養女になってグルトリスハイトを手に入れるのだから、自分の妻として遇し、今の政治基盤をそのまま使う形で、王族が後ろ盾となって支えていくのが一番混乱はないと主張したらしい。

だが、トラオクヴァールは「其方の意見にも一理あるが、受け入れるかどうかを決めるのはツェント」という主張を曲げなかったそうだ。

「そのジギスヴァルト王子の意見を其方は受け入れたと聞いたが」

「こちらの条件を呑んでくださるならば、別に結婚しても構わないと思っています」

そんな父親と兄の意見に否を唱えたのがアナスタージウスらしい。

「アナスタージウス王子は、グルトリスハイトを手に入れてツェントの力を手に入れたところで、ローゼマインに政治ができるはずがない。無理だと言ったそうだ。そこまでならば、ジギスヴァルト王子と同じ意見だったのだが、その後がな……」

ジルヴェスターが言葉を濁し、わたしをちらりと見た。

「何ですか？　アナスタージウス王子が何をおっしゃったのですか？」

「神殿育ちで貴族の常識から外れている本狂いのローゼマインにユルゲンシュミットは任せられぬ。これまでの常識が通じなくなって大混乱に陥るぞ。できるだけ早くグルトリスハイトを取り上げるべき、とおっしゃってトラオクヴァール王にものすごい勢いで怒られた」

「……アナスタージウス王子の言い方は失礼ですけれど、間違ってはいませんね」

そのうえ、グルトリスハイトを取り上げることが可能ならば、成人まで中央神殿で神殿長をさせて、エーレンフェストに対する周囲の不満を逸らし、成人後にエーレンフェストに降嫁《こうか》させる。グルトリスハイトを譲れないならば、本物のツェントがわたしであることを隠してジギスヴァルトの第三夫人にし、必要な時以外は図書館に閉じ込めておくのが一番平和だと主張したらしい。

その意見は「グルトリスハイトを手にする次期ツェントに不敬が過ぎる」とトラオクヴァールに叱られ、アナスタージウスは地下書庫でわたしと接触するのを禁止されたそうだ。

「トラオクヴァール王は、エーレンフェストの望む通りにできるだけ便宜《べんぎ》を図るつもりだとおっしゃってくださった。だが、次期ツェントになる以上は、中央の予算や国庫状態にも気を遣ってもらえるとありがたいとひどく申し訳なさそうに切り出された」

「中央の予算や国庫状態にエーレンフェストが気を遣うのですか？」

わたしが首を傾げていると、ジルヴェスターは苛立ったようにわたしを睨んだ。

「個人的な図書室だか、図書館だかを其方が条件に出したのであろう？」

なんとわたしの図書室はお金がかかりすぎるので、王族をめちゃくちゃ困らせることになっていたらしい。図書室に比べたら、他の要求は全て丸呑みできるレベルだそうだ。

「今回の話し合いの結果、王族は他の条件を全て呑むのでエーレンフェストは図書室設置を諦めさせるということで両者は合意した」

「のおぉぉぉ！　ひどいです！　絶対に譲れない一番大事な条件が潰されているじゃないですか！　わたくしの図書室！」

思わず全力で叫んで酸欠でくらくらとしてしまった頭を抱え、わたしは涙目でジルヴェスターを睨む。あんなに頑張ってジギスヴァルトと話をしたのに、肝心なところが全く伝わっていない。

……ジギスヴァルト王子のバカバカ！

「うるさいぞ、ローゼマイン。ツェントとアウブの決定だ。従え。其方、養父である私の決定には従うと言ったではないか」

「あぁぁ！　確かに言いました！」

……あの時のわたしのバカバカ！

「王宮図書館やその他の資料室などへの立ち入りは自由なのだから、本が読めないわけではないし、其方の図書室よりも他の条件を全て呑んでもらえる方がよほど大事だったのだ。諦めろ。其方がとんでもない物をふっかけたおかげで要求は全部通ったが、王族は抜《ぬ》け殻《がら》のようになっていたぞ」

地下書庫で貴族との会談に臨むつもりだったジギスヴァルトは、商人モードのわたしと向き合うことになり、常識の食い違いと話の噛み合わなさ、他から見た王族の姿に色々な自信を失ったそうだ。そして、ジギスヴァルトからの報告を受けた王族もどう対処したものか、と頭を抱えることになったらしい。

領主会議最終日の奉納式は建前や理由がはっきりとしていて、準備の手順や当日の段取りについてメモ書きがあったのでスケジュールが大変にはなるけれど対処できる。利益も大きいので、少々の無理をする価値がある。エーレンフェストの現状と要求、フェルディナンドの待遇改善も呑めなくはない。ただ、図書室だけは、図書室だけはどうしようもないとなったらしい。

「だいたい、何を考えて其方は個人的な図書室など要求したのだ？」

「え？　自分が住む建物の中に図書室を設置するのは当然ではありませんか？」

エーレンフェストの神殿には神殿図書室があり、城には図書室があり、貴族院の寮には図書コーナーがある。それに加えてフェルディナンドから相続したマイ図書館があるのだ。王族の養女として住むことになる離宮ならば、図書室くらいあって当然だ。

「エーレンフェストから離れるということは、フェルディナンド様にもらったマイ図書館から出なければならないのですよ？　わたくしがエーレンフェストでこれまで持っていた物を手放す代わりに、新しい図書館を所望するのはそれほどおかしいことですか？　領主の養女から王の養女になるのに、生活水準を下げなければならないなんて、普通は考えないと思うのですけれど……」

わたしの主張にジルヴェスターが「あ～」と何とも言えない声を出した。

「生活水準の基準が図書室というところに頭痛がするが、王族に部屋だけは準備していただくことにしたので、中身は全てフェルディナンドの図書館から持っていけ」

「ちょっと待ってください。フェルディナンド様の図書館ではなく、わたくしの図書館ですよ！　もういただいたのですから。そこは間違えないでください」

わたしの主張に、ジルヴェスターが至極《しごく》面倒臭そうに手を振る。

「そんなことはどうでもいいから、国の予算を食い潰すような量の本を要求するな」

「……別にそんな物を要求したつもりはありません。フェルディナンド様にいただいたように、新しい本ではなく、王子が個人所有している本でよかったのです。読んだことのない本をいただければ良かったというか、夫婦になるなら王子が持っている本は共有財産にしましょうくらいの扱いで十分だったのです。足りない分は王宮図書館の本を写せば、本棚は埋まりますし……」

ジルヴェスターは「うーん……。この常識なしはフェルディナンドのせいか」と呟きながら呆れた顔で首を横に振った。

「ローゼマイン、一つ言っておくが、フェルディナンドのような量の本を先祖伝来ではなく、一代で個人所有している金持ちの物好きなど滅多におらぬ。ジギスヴァルト王子が読む本は全て王宮図書館に収められていて、個人で購入して所有している本はないそうだ。つまり、新しく図書室を作ろうと思えば、本は一から全て購入しなければならず、フェルディナンドと同等の量を準備しようとすれば、ユルゲンシュミットが金銭的に破綻《はたん》する」

ジルヴェスターの説明に、わたしはショックで全身から力が抜けていくのを感じた。つまり、わたしが中央に行って得られる個人的な本は一冊もないということになる。

「最悪ですね。本の一冊も持たずに王子様を名乗るなんて！　乙女の夢、ぶち壊しですよ！　すでに二人の妻を持っているのに、本の一冊も持っていなくて、図書室を作って求婚もできない王子の一体どこにわたくしはときめけば良いのですか⁉」

「何を言っているのだ、其方は？」

ジルヴェスターが理解不能という顔をしているけれど、ジギスヴァルトと婚約するのであれば、大事なことではないか。

「ヴィルフリート兄様でさえ、寮の本棚はわたくしの好きにして良いと言ってくださったのですよ⁉　まさか本物の王子様が本を持っていないなんて……。王宮図書館をわたくしの離宮にしても良いとお願いしたのに、結論は図書室を諦めろだなんて……」

生活水準だけではなく、婚約者の質まで下がってしまった。何ということだ。王の養女になるために失うものが、ここまで大きいとは思わなかった。

「ガッカリです。しょんぼりへにょんです。ジギスヴァルト王子には失望しました」

ちょっと前向きに中央へ行こうと思っていた気分が一気に沈んだ。一年間引き継ぎを頑張れば、新しい図書室が待っていると思って頑張るつもりだったのに、やる気がふしゅるる～と抜けていくのがわかる。

「フェルディナンド様の待遇改善と連座回避を約束してくれたので行きますけど……中央なんて行

きたくないです。ハァ、わたくしの図書館から離れるなんて……」

「しつこい。部屋だけは準備してもらえることになったし、其方には納本制度があるではないか。エーレンフェストでできた本は送るし、そのうち増えるのだから待てば良かろう」

ジルヴェスターは「エーレンフェストにいるのと変わらぬ」と言うけれど、新品が届くまでにタイムラグができるのだ。生活水準が落ちることに変わりはない。どうしてそんな簡単なことをわかってもらえないのか。

「とりあえず、図書室の話はもうよい。終わったことだ。それ以外に決定したことを伝える。其方の身の振り方になるのだから、しっかりと聞くように」

勝手に終わらせないでほしいけれど、いくら食い下がったところで王と領主の間で決まったことを覆せるわけがない。しょんぼりと肩を落としながら、わたしはジルヴェスターの言葉を聞く。

「其方の提案通りに奉納式を行い、魔力を得られたら、一年かけてトラオクヴァール王とジギスヴァルト王子がグルトリスハイトを手に入れることができないかどうか挑戦するそうだ。できなければ、其方を予定通りに養女にする」

ジルヴェスターの言葉にわたしは思わず笑顔を消した。どちらかがグルトリスハイトを自力で手に入れた場合、これまで出した条件はどうなるのか。

「わたくしが養女にならなければ、条件はどうなるのですか?」

「フェルディナンドの連座回避と隠し部屋だけは、今回の地下書庫の翻訳料として得られることになったが、それ以外はご破算になる。……ただ、挑戦はしてみるが、難しいだろうというのが大方の予想だそうだ。他領の未成年である其方に全て任せて王族が何の努力もしないわけにはいかない、とトラオクヴァール王はおっしゃった」

フェルディナンドの連座回避と環境改善が確約されているならばそれで良い。中央には行きたくないので、二人にはぜひとも頑張ってほしいものだ。

……激マズ回復薬を差し入れに応援したいくらいだよ。毒殺を疑われそうだからしないけど。

「様々な根回しもあるので、およそ一年を準備期間とし、来年の領主会議の頃にエーレンフェストの養子縁組の解消と王との養子縁組を行う。それまでの間、表向きは現状維持とし、内々には王の養女となるという予定でエーレンフェストと王族は動くことになる。良いか？」

静かに確認されて、わたしは頷いた。王の養女になるというのが大っぴらにできない予定であることはよくわかる。なるべく情報を出さないように秘密裏に動くのは、情報網が断絶しているエーレンフェストにとっては得意とするものだ。何とかなるだろう。

「領地に戻ってから行う領主一族の会議は、ひとまず側近を排して行うつもりだ。そのうえで、どこまで話を広げるべきか考える」

「わたくしとメルヒオールの側近や神殿の者には伝えます。引き継ぎや身の振り方を考える必要がありますから。グーテンベルク達にはいつ伝えましょう？　中央に技術を伝えるのはどうしましょうか？　今と同じように出張で技術を伝えるのか、移住するのか……。受け入れ態勢が整っていなければ彼等に負担がかかるだけなのですよね」

わたしは思いつくままに引き継ぎの事項を思い浮かべていく。神殿とグーテンベルクと専属達とのやりとりが一年間の中心になりそうだ。

「負担がかかると予想できているならば、王の養女となって、其方が自分の職人を受け入れる態勢を整えてからで良いのではないか？　下町の仕事は急かすな、と私は其方に散々言われたぞ」

「では、ベンノさんと相談して決めます。中央の文官とも話をして、早急に資料を送ってもらわなければなりませんね。養父様、以前却下されたメルヒオールとの側近の共有をお許しいただけませんか？　わたくしには貴族院の上級護衛騎士が不足しているのです」

講義と寮を行き来するだけならば、今のままでも大丈夫だけれど、地下書庫に向かうならば上級騎士が必要になるし、メルヒオールの側近への教育期間は少しでも長く欲しい。

「メルヒオールの返答にもよるが、まぁ、よかろう。……ところで、其方、一年間は表面上現状維持とはいえ、婚約解消せねばならぬヴィルフリートのことはどう考えている？」

ジルヴェスターに言われて、なるべく考えないようにしていたヴィルフリートのことが浮かび上がってくる。

「……正直なところ、婚約解消自体には特に何も感じていません。兄妹《きょうだい》ではあっても婚約者という距離感ではありませんでしたし、最近は接することも少なかったですし、オルドナンツを飛ばしたら嫌がられましたし……。何より、婚約に必要な儀式を何もしていませんからね」

魔石の交換も、もう少しわたしが成長したら行う予定だった色合わせとやらもしていない。わたしとヴィルフリートの婚約は、王に承認されただけの口約束でしかない。わたしにとってはヴィルフリートからジギスヴァルトに相手が変わるだけだ。政略結婚で思い入れも恋愛感情もないので、別に浮きも沈みもしない。

「ただ、ヴィルフリート兄様の将来や置かれる立場については……。ヴェローニカ様に育てられ、白の塔に入ったヴィルフリート兄様が次期アウブと目されていたのは、わたくしとの婚約によるものでした。今になって突然、しかも、王命という自力ではどうしようもないことで、つかみかけていた将来を覆されるのは可哀想だと思います」

ジルヴェスターが「そうだな」と呟いた。ここにいないヴィルフリートの将来を心配している父親の顔だ。その目に自分が映っていないことを感じながら、わたしはゆっくりと息を吐く。

「王命で将来をひっくり返されたのは、ヴィルフリート兄様だけではありません。フェルディナンド様もわたくしも一緒です。エーレンフェストを離れる予定などなかったのに離れることになりました。手にしていた大事なものを手放したり、大事な人と別れたりしなければなりません」

こうして心配してくれる家族と離れることなく一緒にいられるだけで羨ましいと思う。

「ヴィルフリート兄様はエーレンフェストにいられるのです。父親である養父様が見守ってあげればそれで良いのではありませんか？」

「……そうだな」


後日、エーレンフェストの寮にも王族から招待状が届き、領主会議の最終日に王族主催で奉納式が行われることがジルヴェスターの口から告げられた。これで他領からの突き上げに困らなくなるという説明に貴族達は喜びの声を上げる。しかし、神事に参加したことがない貴族の方が多いので、参加して御加護の再取得を目指すように命じられると驚きの声が上がった。

「ローゼマインの側近達は青色の衣装を着て、奉納式でも補佐や護衛をするように」

「かしこまりました」

当日に儀式を行うだけなので準備はほとんど必要ない。わたしは領主会議の最終日まで地下書庫に通い続けた。

「王族の主催で奉納式が行われるのですね。神事について知りたいと望む他領の声に応えるため、エーレンフェストの協力で実現したと伺っています。ダンケルフェルガーでも参加したいと盛り上がっています。エーレンフェストは大変ですね」

昼食時にハンネローレがダンケルフェルガーの参加を教えてくれる。

「ディッター前後の儀式で御加護を得られるという研究成果が出ていたので、ダンケルフェルガーは参加しないのかと思っていました」

「ディッター以外の神事にも興味があるようです。……あの神事だけでは他の神々の御加護を得られないでしょう？」

失礼かもしれないが、ダンケルフェルガーがディッター以外に興味を示すと思っていなかったので、ちょっと驚いた。

……いや、ほら。誰も彼もディッターって感じでしょ？　だからね。

ハンネローレによると、文官や側仕えはもう少し違う神々の御加護も欲しいようだ。

「それに、大人がもう一度御加護を得る儀式を受けられるのは大きいですよね。普段は領主会議に同行しない中級や下級貴族の再取得をどうするのか、お父様とお母様は頭を悩ませていました」

一緒に話を聞いていたマグダレーナが「その辺りの調整は必要ですね」と頷き、ヒルデブラントは神事に参加できないことを嘆いている。

「今回は未成年のハンネローレ様も参加できないのだから同じですよ。貴族院で講義に取り入れるという案も上がっていますし、クラッセンブルクとエーレンフェストの共同研究として恒例化するという意見もあります。貴族院へ行くまでは待ちなさい」

母親に宥められたヒルデブラントは「……それでは遅いのです」と小さく不満を零しながら唇を尖らせる。

「やはり、ほとんどの領地が参加するのですか？」

ハンネローレの問いかけにマグダレーナが「えぇ」と頷いた。

「アーレンスバッハだけはフェルディナンド様が神事について教えてくださるので、参加の必要はないそうです。それ以外の領地からは参加表明をいただいていますよ」

貴族達を連れて祈念式をして回ったとフェルディナンドの手紙にあったことを思い出す。神事の経験だけあっても意味がない。御加護を増やそうと思えば、再度の儀式が必要だ。

「奉納式に参加する領地の狙いは御加護の再取得なのに、不参加で良いのでしょうか？」

わたしが首を傾げて疑問を口にすると、マグダレーナは何とも言えない感情を抑え込んだような冷たい笑みを浮かべた。

「ディートリンデ様が次期ツェントになれば、儀式など何度でもできるとのことですよ」

「……本気でそのようなことをおっしゃったのですか⁉」

「えぇ。オルドナンツで届きました。周囲の側近が必死に止めている声も入っていましたけれど、王族の皆で聞きましたから間違いありません」

……ひいいぃぃぃっ！　フェルディナンド様の連座回避、王族を脅迫《きょうはく》してでも確約が取れてよかった！

領主会議の奉納式

珍しく寮へやって来たヒルシュールは、シュバルツ達のように動く図書館の魔術具を作るために必要な素材について書かれた木札を渡しながら上機嫌で言った。

「ローゼマイン様、わたくしも今回の奉納式に参加できることになりました。アウブにお礼を申し上げてくださいませ」

手渡される木札の内容と口に出ている話題が全く違うので、お礼を言えば良いのか話題に乗れば良いのか、少しばかり頭が混乱する。

「木札、ありがとう存じます。それから、奉納式の参加が認められたようで何よりです」

貴族院で行った奉納式は研究だったため、学生の領主候補生と上級文官に限った。けれど、研究欲の旺盛《おうせい》な先生方にとっても御加護が増加する神事は興味のあるものだったようだ。

そして、今回、領主会議で奉納式が行われることが決まったが、招待状が出されたのは各領地のアウブとその側近に対してで、教師に向けた招待状はなかった。「また教師は弾かれるのか」とヒルシュールが不満を漏らしていたので、ジルヴェスターから王族にオルドナンツを送ってもらい、希望する教師にも招待状を送ってもらえるようにお願いしたのだ。

……参加人数は多い方が良いからね。王族だって大喜びだよ。

「それにしても、今回は回復薬が自前なのですね。グンドルフが悔しがっていました。エーレンフェストが配った回復薬はずいぶんと効力があったと学生が言っていましたから、自分の体で効力を試してみたかったそうです」

やっぱりドレヴァンヒェルは薬が目当てだったかと思いつつ、わたしはクスと笑って受け流す。

ヒルシュールは目をキラリと光らせて、わたしを見た。

「王族は領主会議における儀式の恒例化を狙っているようですけれど、御加護の再取得だけでは少し不満が出るかもしれませんよ」

「あら、そうなのですか？」

「十年に一度くらいの頻度《ひんど》で再挑戦できるのは良いのですけれど、魔力の使用感に変化が出るのはいくつもの御加護を賜ってからです。ずっと魔力を提供しなければ儀式に再挑戦できないのに、最初の一、二年目に当たった領地はほとんど御加護が増えないでしょう？」

ヒルシュールの言う通りだ。御加護を得るには魔力の奉納量と神々の目に留まるような普段の行いに大きな関係があるので、何となく生活していて簡単に御加護が増えるわけではない。

毎日のように神殿へ来て「誰が一番にシュタープを神具に変えられるか」と一見アホっぽい勝負をしながら神具に魔力を奉納していたわたしの側近達が得た加護数と、わたしがユレーヴェ漬けになった時から数えて五年ほど祈念式と礎で奉納しているヴィルフリートの加護数を比べれば頻度や量が重要であることがわかると思う。

「御加護を得にくい不利な順番を割り当てられるのは負け組領地になるでしょう。ただでさえ魔力が乏しいのに、最初の再取得ではほとんど御加護を得られず、その次は十年以上奉納式で搾り取られなければ効果が感じられないのです。先々を考えれば周囲と差が出るので参加しないわけにはまいりません。けれど、非常に厳しい十年になることを思うと、不満を抱く領地は出てきます。ですから、ローゼマイン様。不満を逸らすために回復薬を配りませんか？」

ヒルシュールの指摘に、わたしは少し考え込む。確かにそういう不満を逸らすためには目先の利益も大事かもしれない。

「……不満を逸らした方が良いと思うならば、ヒルシュール先生から王族に進言して中央所属の先生方が協力して回復薬作りを頑張ると良いですよ。先生方の内の一人か二人は効果の高い回復薬のレシピをお持ちでしょう？　エーレンフェストが頑張ることではありませんよね」

わたしがニコリと笑って拒否すると、ヒルシュールはつまらなそうに肩を竦めた。

「……おっしゃるとおり、負け組領地のために回復薬を作ったところで何の利益もございませんね。わたくしの研究時間を削ってこれから回復薬を作るなんてとんでもないことです」

「心の底から同意いたします。わたくしも大事な読書時間を削って何の利益もないことなどできませんもの。それに、今回の主催は王族ですよ。出しゃばるつもりはありません」

わたしがそう宣言すると、ヒルシュールはフッと笑った。

「そう言いながら、不満を解消するために何かできないかローゼマイン様が考えることはお見通しですよ。貴女は一見自分には何の利益もないことをいたしますから。……貴族院の講義もずいぶんと大きな変更が行われることが決まりました。そちらもローゼマイン様のご意見が発端《ほったん》でしょう？自分の意見が王族を動かしていることを自覚なさいませ。否応なく取り込まれますよ」

注意されても、もう遅い。取り込まれることは内々に決まっているのだ。けれど、ヒルシュールの言い方を聞けば、わたしが王の養女になることは広がっていないようだ。

「貴族院の講義にどのような変化が起こるのですか？」

「魔力の圧縮や御加護を得てからシュタープを取得した方が良いという意見が王族から出ました。卒業年に取得するように戻したいという意見でしたが、シュタープの扱い方を各領地で実務の中で教わるよりは貴族院で練習した方が良いという意見が圧倒的に多く、協議を重ねた結果、シュタープの取得が三年生に戻されることになりました」

シュタープを早く得てくれる方が教師としては講義が簡単になるので、これまでは誰も一年生でのシュタープの取得に対して反対意見を出していなかったらしい。領主会議も後半に差し掛かったところで、あまりにも突然出た要望なので、ヒルシュールはわたしの関与を疑ったそうだ。

……くぅっ、悔しいけど正解だよ！

「それに合わせて、教師は一、二年生の講義を昔のやり方に戻すように指示を受けました。グンドルフ先生達が中心となり、この冬までに準備をすることになっています」

そう簡単に講義内容は変えられないと教師達は訴えたけれど、わたし達が二年生の時にフラウレルムが昔の教育範囲を講義に取り入れた実績を例に出され、断り切れなかったようだ。

……へぇ、フラウレルム先生の暴走が王族の役に立つこともあるんだね。

「それから、貴族院の講義に奉納式を取り入れられないか打診もございました。今はまだ神殿に向かうのが難しい領地が多いけれど、少しでも早く神事を経験し、御加護を得るために講義の中で周囲と争うようにしながらお祈りを始めることが重要だという理由です」

ただし、こちらは教師陣に全くノウハウがないため却下。数年間はエーレンフェストとクラッセンブルクの共同研究として奉納式を行い、いずれ貴族院の講義に組み込むことになったそうだ。

「貴族院が始まれば共同研究について申し出があるでしょう。クラッセンブルクは今回の奉納式の準備を手伝うことで、王族から準備の仕方や儀式の流れを勉強すると聞いています」

……王族もクラッセンブルクも仕事が早いな。エーレンフェストには特に要請がない気がするんだけど。今日なんて夏に販売される聖典絵本のお試しセットを持って行って宣伝をしてきたって、報告を受けただけだし。

そこまで考えたところでハッとした。そういえば、準備を全てクラッセンブルクが負うならば、儀式を行うくらいは構わないと以前に話をしていたはずだ。わたしがアウブ・クラッセンブルクとの話を説明すると、ヒルシュールは納得の顔を見せた。

「あぁ、なるほど。すでにそういうお話をされていたのですね。いずれは講義の一環になるということで回復薬を自分で準備させるようにすれば、クラッセンブルクの負担がぐっと少なくなるということでした。エーレンフェストはずいぶんと簡単に回復薬を準備していた、とクラッセンブルクが訝しんでいましたよ」

……回復薬の準備って結構大変だからね。

作るのも大変だけど、一番大変なのは素材を集めることだ。昔のエーレンフェストの採集場所ではそれだけの素材が採れなかった。多分、他領の採集場所は今も素材が多くはないと思う。

……採集場所を自分達で回復させれば良いんだけど、お祈りの言葉を知らなきゃできないし……。

むーんと考えていると、リーゼレータが温かい食事の入った箱を持ってきた。ヒルシュールが持ってきてくれた木札に対する報酬のようなものだ。色々な情報を提供してくれているので、もっと色を付けた方が良いかもしれない。

「リーゼレータ、こちらです」

話を終えるまで壁際で待機する姿勢を見せたリーゼレータを、ヒルシュールはホクホクの笑顔で手招きして箱を受け取った。

「では、わたくし、ローゼマイン様に必要な素材のメモをお渡ししたので、研究室に戻ります」

「あ、あの、ヒルシュール先生。わたくし、まだお伺いしたいことが……」

「ごきげんよう、ローゼマイン様。次にお会いするのは領主会議の奉納式でしょうね」

まだ話は終わっていなかったのに、ヒルシュールはご飯を抱えると踵《きびす》を返して足早に帰っていった。取り残されて呆然とするわたしを見て、リーゼレータが肩を落とす。

「……申し訳ございません、ローゼマイン様。まさかお話の途中なのにヒルシュール先生が帰ってしまうとは思わなかったのです。もう少しゆっくりと準備するべきでした」

「ヒルシュール先生は貴族院の教師ですけれど、貴族院で教えられる貴族の在り方から最も遠いですからね。行動が読めなくても仕方ありません」

わたしはリーゼレータを慰《なぐさ》める。わたしだって突然話を打ち切られて背中を向けられると思わなかった。あの人は自由すぎる。

「慰めてくださってありがとう存じます、ローゼマイン様。でも、すでに何年もヒルシュール先生と接しているにもかかわらず、行動を予測できなかったわたくしが側仕えとして未熟なのです。せっかく情報を得られる重要な機会でしたのに……」

……気持ちはわかるけど、貴族の規範から程遠いヒルシュール先生の行動を読むのは難しいから仕方がないよ。側仕えはエスパーじゃないからね。


わたしは地下書庫で現代語訳を進め、昼食時にマグダレーナを通じて王族と奉納式の打ち合わせをしつつ、領主会議の最終日を迎えた。急な予定だけれど、準備は無事に終えられたようだ。

わたしは朝食を終えて身を清め、神殿長の衣装を着つけてもらうと、青の衣装を着た側近達と一緒に奉納式の開始時間より早めに指定された控え室へ向かう。

……うわ、イマヌエルだ。

控え室に入ると同時に「お待ちしていました」と出迎えてくれたイマヌエルの顔を見た瞬間、星結びの儀式の後で先回りして待ち構えられていたことを思い出した。何となく不気味な彼から距離を取りたくなると同時に、コルネリウスにそっと肩を押された。先導していたハルトムートの後ろに隠れるようにちょっとだけ移動させられる。

わたしがコルネリウスを見上げると、わたしを安心させるように少し笑った後、表情を引き締めると、ずいっと前に出てハルトムートに並ぶ。二人が睨みを利《き》かせながらイマヌエルと挨拶を交わし、わたしは準備されていた椅子に座った。

「近いうちにローゼマイン様を中央神殿の神殿長にお迎えできそうで、非常に嬉しく存じます」

「先日も言ったように、ローゼマイン様はエーレンフェストの領主候補生で、中央神殿の神殿長になる予定は全くありません。今回の奉納式も王族の要望に応えただけなのです」

ハルトムートが「いい加減に理解しろ」と言わんばかりの冷たい笑顔でそう言うと、イマヌエルも冷笑を向ける。

「今日の神事が終われば、すぐにでも王族からの要望がエーレンフェストに向けられるでしょう。ローゼマイン様を中央神殿の神殿長として召し上げる、と。領主候補生を中央に移す術が全くないわけではないと伺っています。エーレンフェストでは王族からの命には逆らえません」

微笑むイマヌエルにハルトムートが少しばかり驚いた顔を向けた後、フッと挑発的に笑った。

「おや、中央神殿の神官はご存じないのですか？　領主候補生が中央へ移動できるのは婚姻によってのみと定められています。そして、結婚した者は神殿長にはなれません。つまり、中央に移動することがあっても、中央神殿にローゼマイン様が入ることはあり得ないのです。……あぁ、もしか

したら、王族は中央神殿ではなく自分達でローゼマイン様を取り込もうとお考えなのでは？」

聖典検証会議でフェルディナンドに指摘されるまで領主候補生が移動できないことを知らなかったイマヌエルは、その辺りの貴族の事情を本当に知らなかったようだ。「王族が取り込む……？」と軽く目を見張って衝撃を受けた顔になった。どうやら本気で王族から攻めれば、わたしを中央神殿の神殿長にできると考えていたらしい。

……エーレンフェストの養子縁組を解消するって方法がないわけじゃないし、実際に中央神殿に入れないかという話が王族からあったから、中央神殿はそれなりに勝算を持ってたんだろうな。

だが、領主会議の途中でわたしはグルトリスハイトに最も近い次期ツェント候補になってしまった。王と養子縁組という方向に話が進んだのだ。中央神殿のことは完全に王族の頭にないだろう。

……領主会議の間に一気に立場が変わっちゃったからね。

「イマヌエル、貴方は講堂にいてください。貴族達の入場や整列の説明をしなければならないでしょう？」

ハルトムートと睨み合うイマヌエルが鬱陶しくて、わたしは軽く手を振って退室を命じた。けれど、イマヌエルは退室するのではなく、今日の儀式の不満点を述べ始める。

「ローゼマイン様、奉納式は祭壇に向かって行う儀式です。貴族達を円状に並ばせるのはお考え直しくださるように王族へ進言してください」

イマヌエルは聖杯を中心に置いてそれを貴族達がドーナツ状に取り巻くことになる奉納式に強い拒否感を示している。けれど、王族にいくら言っても聞き入れてもらえなかったらしい。

今回の奉納式は神々に魔力を奉納するのではなく、自分達で使うために聖杯に集めるのだから、祭壇に向かうわけにはいかない。祭壇に向かって奉納式を行うと、祭壇に並んでいる全ての神具に魔力が流れ込んでしまう。

「他の神具に魔力が流れ込めば、それだけ中央神殿は助かります」

「わたくしは魔力的な意味で中央神殿を助けるつもりはありません。各領地の収穫量が年々落ちてきているのは、魔力が多めの青色神官や青色巫女を中央神殿に差し出したせいではありませんか。むしろ、中央神殿には各領地の神殿を助けてほしいと思っているくらいです」

政変の後で、魔力が多めの見習い達が貴族社会へ戻ったことも大きいけれど、中央神殿に人が集められたことが小領地の神殿にとっては大変な痛手だったはずだ。エーレンフェストの神殿に残っていた青色神官を見ればわかる。

「……そういうことを踏まえて、尚、今回各領地から得た魔力を中央神殿に欲しいとおっしゃるのでしたら、王族と話し合ってくださいませ。本日の主催は王族です。わたくしではありません」

もう一度手を振って退室を求めると、ハルトムートとアンゲリカが半ば無理やりイマヌエルを待合室から追い出してくれた。レオノーレが心配そうな顔でわたしを覗き込む。

「大丈夫ですか、ローゼマイン様？　すでにお疲れのように見えますけれど」

やや焦点のあっていない狂信者らしい熱を孕《はら》んだイマヌエルの目が苦手だ。気持ちが悪い。向き合っているだけで体力を奪われていくような気がする。

「考えなければならないことがたくさんあるせいで、少し寝不足なのです。奉納式を行えない程ではないのですけれど、イマヌエルの相手をする余力はありません」

今はまだ王の養女になる話を側近達にもしていない。エーレンフェストに戻ってからのことを考えると溜息が出た。婚約解消についてヴィルフリートと話をして、次期領主をどうするのか協議して、側近達の意向を確かめ、神殿でメルヒオールに後継教育をしなければならない。それに、下町との話し合いも必須だ。

……フェルディナンド様にも消えるインクでお手紙、書かなきゃ。連座回避と隠し部屋の獲得に成功したことと、ユルゲンシュミットごとエーレンフェストを守ることになったこと。他には、危険な銀の布とかオルタンシア先生がディートリンデ様に言っていた意味の分からない言葉とか……いっぱいあるんだけど。養父様、お手紙を出すのを許してくれるかな？


「ローゼマイン様、貴族の入場が終わりました。すでに神事の説明も終えています。本日は中央神殿の神事ですから、今日こそは私が神官長としてお供しましょう」

わたしがぼーっと先々のことについて考えている間に、儀式の時間になったようだ。呼びに来たイマヌエルに手を差し出された。次の瞬間、その手をハルトムートが笑顔で払いのける。

「いくら何でもそれは無謀だと思います。貴族でもない青色神官にアウブ達の中心で魔力の奉納などできるわけがありません。流れに抗えず、魔力が枯渇して、最悪の場合は死にます。円周部分にいても危険なのではありませんか？」

ハルトムートはイマヌエルを払いのけた自分の手を丁寧に拭いた後、「私は其方が死んだところで何とも思いませんが、ローゼマイン様はお気になさるでしょう」と、わたしに手を差し出した。

わたしは二人を見比べて、ハルトムートに手を差し伸べる。

「さすがに儀式中に死なれるのは困ります。ダームエル、貴方は円周上で儀式を行ってください。魔力が厳しくなってきたら、合図してくださいね」

「かしこまりました」

「他の護衛騎士の皆は儀式を行わず、護衛業務に専念してくださいませ」

「はっ！」

わたしは自分の側近達に囲まれて講堂へ向かった。背後にいるアンゲリカがイマヌエルの動きをものすごく警戒しているのがわかる。

「神殿長、入場」

鈴の音と共に中に入れば、赤い布の上でドーナツ状にずらりと並んで跪いている貴族達が一斉に顔をこちらへ向けた。イマヌエルが不満を零していた通り、貴族院の奉納式と同じように祭壇に向かうのではなく、中心に置かれた聖杯に向かっている。

……なんか円グラフっぽい。

貴族達がそれぞれの領地のマントを付けているので、割合を示す円グラフのように見える。やはり大領地は人数が多く、小領地は人数が少ない。きちんと説明がされたのか、中心に近いところに領主夫妻がいて、外に向かう程魔力が弱くなるような配置になっているようだ。

わたしがドーナツ状の貴族達の間を歩き始めると、「其方はここまでです」とダームエルが円周上でイマヌエルを止める声が聞こえた。彼のことはダームエルに任せ、わたしは歩を進める。

エーレンフェストの明るい黄土色の方へ視線を向けると、一番前にジルヴェスターの姿が見えた。本来はその隣に並んでいるはずのフロレンツィアは妊娠中のため不参加だ。騎士団長であるカルステッドと数人の騎士団は円の外で立って警戒をしている。

……あ、中央の貴族も参加するんだ。

赤と青のマントの間に黒いマントを付けている団体がいる。ただし、王族は儀式に参加しないので、文官と側仕えだろう。王族は貴族達の輪から少し離れ、赤い布がないところに並んで立っている。その周辺には中央騎士団が護衛として仁王立ちし、睨みを利かせていた。

円状になっている貴族達の中心部分に到着すると、大きな聖杯が二つと小聖杯がいくつも並んでいる。中央にはギーベがおらず、ツェント以外の王族がギーベのように離宮やその周辺に魔力を配るために管理しているので、集めてくるのはそれほど大変ではなかったそうだ。聖杯の中に空の魔石が準備されているのも確認して、わたしは一つ頷いた。これだけあれば大丈夫だろう。

「アウブ・エーレンフェスト、そして、ローゼマイン。我々の急な頼みに応えてくれたこと、ここにいる全ての貴族を代表して感謝する」

ツェントの謝辞に両腕を交差させながら跪いて応え、わたしは床に敷かれている赤い布に手を置いた。わたしの傍《かたわ》らでハルトムートも跪いたけれど、青色の衣装を着た護衛騎士達はその場に立ったままだ。

「我は世界を創り給いし神々に祈りと感謝を捧げる者なり」

「我は世界を創り給いし神々に祈りと感謝を捧げる者なり」

他の皆が復唱するのを待ちながら、祈りを捧げる。

最初は不揃いだった声が段々と揃ってくるのは貴族院で行った奉納式と同じだ。手を突いている赤い布に光の波ができて、聖杯に流れ込んでいくのも見慣れたものである。

……あれ？　貴族院の神具だけ光ってる？　自分のシュタープを使って神事を行えば光の柱が立つけれど、神殿の神具を使っても光の柱は立たない。これまでの経験からそう思っていたけれど、片方の聖杯だけが赤く光り始めた。

赤い光をゆらりとまとう聖杯は、まるでこれだけが本物だと主張しているようだった。その赤い光は炎のように揺らめき、火の粉が天に舞い上がるようにふわりふわりと小さな光となってゆっくり上へ、上へと上がっていく。光の柱が立ち上がるのとはまた違う、初めての不思議な現象だ。

……フリュートレーネの夜に見た不思議な光に似てるかな？

目を奪われていると、ダームエルの「ここまでです」という声が聞こえた。わたしは床から手を離してゆっくりと立ち上がる。

「儀式は終わりにしましょう。皆様、床から手を離してくださいませ。そろそろ魔力の厳しい方が出る頃合いです」

中級貴族くらいの魔力を持つ下級騎士のダームエルにとっては限界でも、領主会議に参加する階級の貴族ならば完全に魔力が厳しいということはないはずだ。それほど効力のない回復薬でも問題なく回復できるだろう。礎の魔術に魔力供給をしているアウブ達は特に何ということもない顔をしているし、初めて神事に参加した貴族達も疲れた様子を見せているが、貴族院の奉納式のようにぐったりしている者は多くない。

……うんうん、これから先の恒例化を見据えて搾りすぎず、きちんと経験させることができたし、完璧じゃない？

そう思って満足の笑みを浮かべた直後、円周上で儀式に参加していたらしい青色神官や青色巫女が倒れて意識を失っているのが見えて、「あ」と小さく口元を押さえた。

……あっち、忘れてた。っていうか、いつも神事をしてるんだから、自分の限界くらいわかるでしょ？　なんで倒れてるわけ⁉

ものすごく驚いたけれど、大して驚いていないような顔でわたしは貴族達を見回して、必要な人は回復薬を飲むように促す。ざわざわとした雰囲気になり、皆がそれぞれの回復薬を口にするのを見回しながら、わたしは奉納式について話をした。

「これは本来冬の儀式で、春の祈念式の時にギーべに渡す小聖杯や直轄地を潤す聖杯を魔力で満たすためのものです。ご自分の領地の神殿で貴族達が祈りを捧げ、魔力を奉納すれば領地の収穫量は上がるでしょう。また、魔力と祈りを捧げることで、貴族は神々からの御加護を得ることができるようになります」

わたしはヴィルフリートが得た御加護の数を参考として述べておいた。わたしの説明を聞いていたツェントがゆっくりと頷き、学生に神事を経験させるためにこの冬も貴族院で奉納式を行うことを述べる。

「神々の御加護を得るためには子供の頃からもっとお祈りが必要になる。今年も貴族院ではエーレンフェストとクラッセンブルクの共同研究として奉納式を行う予定があり、両者から承諾を得た」

……エーレンフェストに正式な打診ってあったっけ？

地下書庫で非公式に尋ねられたけれど、ジルヴェスターに話は通っているのだろうか。それとも、貴族院のことだから領主の許可は必要ないのだろうか。どちらにせよ、これだけ大勢の前でツェントに宣言されれば、勝ち組領地に入れてもらった体面を考えても「できない」とか「やらない」とは言えないだろう。

できないと言えないのは参加を促された各領地も同じだ。「まだ魔力を奪われるのか」と言いたそうに空になった回復薬の入れ物を見ている貴族の姿には哀愁《あいしゅう》が漂っているようにも見える。

「ツェントもおっしゃるように、神々からの御加護を得るため、そして、ユルゲンシュミットを支えるために儀式を行うことは必要です。けれど、回復薬を必ず使うことになるので、学生達には少し厳しいでしょう」

わたしの言葉に反応して顔を上げる貴族達の姿がいくつもあった。多くは負け組領地だ。

「貴族院の奉納式ではエーレンフェストが去年のように回復薬を準備してくださるのですか？」

「いいえ。少し想像すればおわかりいただけると存じますが、貴族院の全員分を準備するのは大領地であるクラッセンブルクにとっても、中領地であるエーレンフェストにとっても負担です」

わたしは微笑みながら、期待に満ちた眼差しをバッサリと切り捨てた。わたしが一年後にはいなくなる可能性が濃厚なのに、エーレンフェストにそんな役目を負わせることはできない。

「ですが、皆様が回復薬を作ることが少しでも楽になるように、採集場所を回復させるためのお祈りの言葉を教えたいと思います」

「……は？　採集場所ですか？」

何を言われたのかわからないという顔の貴族達に、わたしは大きく頷く。教えるのはお祈りの言葉だけだ。素材の品質を高めたければ、自分達で回復させれば良い。それも見越して、魔力を搾り取るのは控えめにしてあげたのだから。

「貴族院の各領地に与えられている採集場所には不思議な魔法陣が埋め込まれています。地面に手を突き、今日と同じように領地の貴族が総出で魔力を奉納しながらお祈りを捧げれば、採集場所を回復させることができ、品質の良い素材を得ることができるようになります。回復薬作りが容易になりますし、自分達で儀式を行うこともできるということです」

ざわざわとうるさくなってきた貴族達に向かって、わたしは祈念式で使うフリュートレーネに捧げる祈りの言葉を教える。一度では聞き取れなかった者に「もう一度お願いします」と言われ、わたしは何度か祈りの言葉を口にしながら、完全には満たされていなかった聖杯にこっそりと自分の魔力を注いでいく。

「聖杯から今度は緑の光が……!?」

「……あら？　失礼いたしました。お祈りの言葉を唱えていたので、うっかり別の儀式になるところでした」

わたしは慌てて聖杯から手を離して、取り繕った笑みを浮かべる。危うくちょっと失敗するところだったけれど、準備されていた聖杯を全て満たすことができたので、一年間の猶予は問題なく得られるはずだ。

こうしてわたしは恙《つつが》なく領主会議の奉納式を終えることができた。

ちなみに、帰還前にエーレンフェストの採集場所で大人達に採集場所の回復をしてもらった。大人数でやれば、一応回復させることは可能なようだ。わたしがいなくなったからといって、採集場所の回復ができないという事態にはならない。それを確認できて少し安心した。

エピローグ

「やっと終わりましたね」

領主会議が終わった日の夕食は、母親のマグダレーナと一緒に摂ることになっていた。未成年で参加できなかったヒルデブラントが奉納式の様子を教えてほしいと頼んだためである。

本当は自分の側近に参加させて、その様子を尋ねることができればそれでよかったのだが、留守番をするヒルデブラントから護衛を離すことはできない。それに、皆が奉納式に参加して手薄になる中央の留守番に人数を割く方を優先させられたのだ。

「母上、奉納式はどのような感じだったのですか？　やはり光の柱が立ったのですか？」

王族として王と並んで立つのではなく、中央の貴族として奉納式に参加していたマグダレーナを見つめ、ヒルデブラントはわくわくしながら尋ねた。貴族院の奉納式も、領主会議の最初に行われた星結びの儀式も、ローゼマインが神殿長を務める神事は聞いたことがないような儀式になる。

マグダレーナはカトラリーを動かし、若鳥の香草包みを一口食べた後、ゆっくりと周囲を見回す。ヒルデブラントがあまりにも楽しみにしているせいだろうか、給仕をしている側仕えや背後に立っている護衛騎士達も興味を持った顔でマグダレーナの答えを待っていた。

「冬に参加した王族の皆から聞いていたような赤い光の柱は立ちませんでした」

「え？　そうなのですか？」

ローゼマインが儀式を行えば何かしら変わったことが起こると思っていたヒルデブラントにとって、それは何とも拍子抜《ひょうしぬ》けのする答えだった。

「シュタープで神具を作るのか、神殿にある神具を使うのかで変化があるかもしれないし、本来奉納式は冬の儀式なので季節が違うせいもあるでしょうとローゼマイン様はおっしゃいました」

「赤い柱を見てみたいとおっしゃっていたのに、母上も残念でしたね」

前回は執務を行うために王宮に残らなければならなかったため、マグダレーナは奉納式に参加できなかった。参加した王族の話を聞いて、一度自分の目で見てみたいと言っていたのだ。

「冬の貴色である赤い光の柱は見えませんでしたが、聖杯が貴色の赤に輝き、ゆらゆらと赤い光が上に向かってゆっくりと上がっていく光景はとても幻想的で美しい光景でしたよ」

悪戯っぽく赤い瞳を細めて笑ったマグダレーナにヒルデブラントは「やはり変わったことが起こったのですね」と痛快な気分になった。

「もっと詳しく教えてください、母上」

冬に貴族院で行われた奉納式と違って、今回の奉納式では赤い光の柱は立たなかった。しかし、最初はバラバラだった祈りの言葉が段々と揃ってくるにつれて、神事に参加している皆の気持ちが一つになってくるような一体感と、後ろからどんどんと流れてくる魔力の流れに身を任せる心地良さは話に聞いていた通りらしい。

楽しそうに話をするマグダレーナを見ていると、未成年で神事に参加できなかったことがヒルデブラントには悔しくて仕方がなかった。

「あれだけの人数で行う神事は初めてでしたから、何とも言えない恍惚《こうこつ》とした気持ちになりました。終わった後の疲労感も心地良いと思える程度でしたし……」

貴族院の奉納式では倒れる者も続出したそうだが、今回はローゼマインが早めに切り上げたようで、魔力が減りすぎて倒れる貴族はいなかったそうだ。

「中央神殿の青色神官や青色巫女は倒れていましたね。あまりにも魔力の流れが速くて、ちょうど良い頃合いに切り上げることができなかったそうです。魔力差が大きいと一緒に儀式を行うことはできないと予め教えたのに、とローゼマイン様が困惑したお顔でおっしゃっていました」

魔力圧縮をしたこともない青色神官や青色巫女と、領地を支える各地のアウブやその側近では魔力量に大きな差があるのは当然のことで、エーレンフェストの神殿でもローゼマインは他の青色神官と別に奉納式を行っているらしい。

「中央神殿は貴族と共に奉納式を行うことなどなかったでしょうから、仕方がないのでしょうね」

そう言ってマグダレーナはクスッと笑った。古い神事を再現し、次期ツェント候補を選ぶことができるようになったと大きな顔をして王族に次々と新しい要求を突き付けてくる中央神殿には思うところが色々とあった彼女は溜飲《りゅういん》が下がった顔になっている。

夕食を終え、部屋を食堂から談話室に移してアルトゥールに食後のお茶を準備してもらうと、ヒルデブラントは人払いをした。王族にとっては激動の領主会議だったため、他の者に聞かれてはならない話題が多すぎる。何を話すにしても、人払いと盗聴防止の魔術具は必要だ。

手渡された盗聴防止の魔術具を握りこみ、ヒルデブラントはマグダレーナを見つめる。ゆっくりとお茶の香りを楽しんでいる母親に、魔術具を持っていても少しばかり声を潜めて尋ねる。

「今回の奉納式でローゼマインを聖女として印象付け、王の養女になるのに相応しい人材として特別に見せることは成功したのですか?」

「えぇ。奉納式だけでも十分に特別に見えたでしょうけれど、その後に皆が少しでも回復薬を楽に作れるようになれば、と何度も繰り返してフリュートレーネの祝詞を口にしながら聖杯を緑に光らせていた姿は、誰の目にも特別に見えたことでしょう。エーレンフェストで独占していても良い人物ではないという思いを抱かせることには成功したと思いますよ」

こちらの予定にはなかったけれど、非常に都合が良かったとマグダレーナは語る。ローゼマインは不思議な現象を起こす神事を当たり前のような顔で行い、採集場所の回復をするための祝詞を諳《そら》んじていて、皆に教える過程で聖杯を緑に光らせていた。その姿は神々とのやり取りに慣れた聖女と呼ばれるのに相応しいものだった。

「グルトリスハイトの一件がなくても、彼女は中央に迎えるべき人材です。エーレンフェストにとっては痛手でしょうが、王の養女にすることに反対する者はほとんどいないでしょう」

神事に関する豊富な経験と情報があり、次期ツェントに相応しい魔力量を持っている。現代語訳してきた石板の情報を見れば、祠を巡ることができたローゼマインが全属性であることも推測できる。たとえ次期ツェントになることができなくても、次代の王族のためには確保しておきたい。

「本当に……。求婚の条件に図書室を作るように言った者と同一人物とは思えませんでした」

マグダレーナは溜息を吐いた後、ゆっくりとお茶を飲み始める。ヒルデブラントはマグダレーナと同じようにカップを手に取り、「ローゼマインはジギスヴァルト兄上と結婚したくないだけですよ」という言葉をお茶と一緒に呑み込んだ。

地下書庫の中、ジギスヴァルトと二人だけで話していたローゼマインは途中で涙ぐんでいた。悲しそうにジギスヴァルトを見つめて震えていたのだ。そのうえで、とても準備できないような条件を出してきたのだから、ジギスヴァルトと結婚したくないという心の表れに決まっている。

「アウブ・エーレンフェストが図書室の却下に同意してくださって、本当に助かりましたね」

「……父上はそれで良いとおっしゃったのですか？　その、ヴィルフリートとローゼマインの婚約が解消されてしまうのですが……」

ツェントの命令は絶対だ。ヴィルフリートとローゼマインの婚約もツェントの言葉によって決まっていたはずである。それなのに、婚約を解消させ、新しく婚約をすることを許せるものなのだろうか。それが可能ならば自分の婚約も解消できるのではないか。色々と考えながらヒルデブラントが尋ねると、マグダレーナはカップを置いて少し肩を竦めた。

「それが一番安全で良い形に収まるのですから、反対はなさいませんでした。エーレンフェストにもっと力があればヴィルフリート様を王配とすることも可能だったのかもしれません。けれど、その器ではないとアウブ・エーレンフェストはおっしゃいました。おそらく人材が不足しているエーレンフェストからこれ以上有力な貴族が流出するのを避けたいのでしょうね」

マグダレーナの知る範囲では、エーレンフェストが急激に順位を上げてきたのは基本的にローゼマインの功績で、優秀な者は若手に多いと分析されている。

「アウブ・エーレンフェストは命じられたことをそのまま呑み込もうとする下位領地のアウブらしい反応を示しますけれど、若い文官は条件を出してきたり、それとなく反論してきたり、交渉をする姿勢を見せますからね」

ローゼマインを中央神殿の神殿長に、という意見が多くの領地から出されたため、ツェントとジギスヴァルトがエーレンフェストに要望を出した。その際、アウブ・エーレンフェストやその側近達が非常に困った顔で口を閉ざしたにもかかわらず、若い文官が「とても受け入れられません」と非常に爽《さわ》やかな笑顔で却下した後、代替案を挙げたと報告を受けた。

「初代王は神殿長であった時代があります。エーレンフェストの神殿長にはエーレンフェストの領主候補生が就いています。ならば、王族の管轄である中央神殿には王族が就くのが筋です。中央神殿にヒルデブラント王子を入れて、成人までの間、神殿長に就けてください。どのような勉強をすれば良いのか知りたいのであれば、次代の神殿長教育を担っている私がお教えいたしましょう」

エーレンフェストの領主候補生を中央神殿に入れたいと提案したのは王族なので、王族を神殿に入れるつもりかと反論はできなかったそうだ。

「……私は婚姻によってアーレンスバッハへ向かわされるだけではなく、神殿に入れられるところだったのですか？」

どのような状況になっても王族として残る兄達に対する対応とずいぶん違うのではないか。そう考えると、ヒルデブラントは父親にとっての自分の価値がとても低いと思わざるを得ない。

「さすがにそのような状況にはわたくしがさせませんよ」

マグダレーナは苦笑しながら優しい瞳でヒルデブラントを見つめる。自分を守ってくれる母親の眼差しに、ヒルデブラントは小さく問いかけた。

「……私は本当にアーレンスバッハへお婿に行かなければならないのですか？」

同じように「そのような状況にはわたくしがさせません」という答えを期待したのだが、マグダレーナは「王命ですからね」と淡く微笑んだ。

「ディートリンデが将来の義理の母親だと思うと、とても不安なのです。あのような人物に育てられる姫と私は上手くやっていけるのでしょうか」

地下書庫でほんの少し聞いた声とその内容。奉納式への不参加を告げたアーレンスバッハからのオルドナンツを聞けば、次のアウブ・アーレンスバッハになるディートリンデがどのような人物なのか、すぐにわかる。

王命を拒否する姿勢は見せられない。ヒルデブラントが他の誰にも言えない不安を零すと、マグダレーナはハッとしたような表情で席を立った。座っている彼の隣に立ち、そっと抱きしめた。

「大丈夫ですよ、ヒルデブラント。貴方が婿入りするまでには必ずディートリンデ様を排除しますから。……普通ならば、ディートリンデ様の結婚相手であるフェルディナンド様がよくよく彼女を見張って、不敬な行動などをしないように気を付けなければならないのですけれど、あの方には期待できそうにありませんからね」

マグダレーナはちょっと強めの口調でそう言い切った。

「結婚してしまえば連座になることはわかりきっているのですから、今の内にきっちり躾《しつ》けておかなければ自分が後で大変な目に遭うというのに、半年ほどの時間があってもあの状態ですもの」

マグダレーナがディートリンデの不敬な態度を挙げつつ、それを許しているフェルディナンドをこき下ろす。母親によると、フェルディナンドは女心がわからず、誰かに対して細やかに手を尽くすことは全くなくて、女性だけではなく、大半の人間と向き合うのさえ最初から拒否しているような人らしい。

「フェルディナンド様は見た目や成績などの外面だけは良いですし、騎士としての強さも素晴らしいものです。遠くから眺めるだけならば、完璧な人物に見えるでしょう。でも、あの方は魔王のようないやらしい立案、脅しめいたやり取り、派閥の調整ができても、それだけなのです。昔から感情面を抜きにした人の配置はできても、個人と個人で向き合わなければならない対人関係がからっきしなのですから」

あまりにもひどい人物評にヒルデブラントは目を丸くした。これまでのお茶会や地下書庫の昼食時にローゼマインの口から聞いたフェルディナンドとずいぶん違う気がする。

「……あの、母上。フェルディナンドはローゼマインの師ではありませんでしたか？　別の方のお話でしょうか？」

「同じ人物ですよ。フェルディナンド様ほど誰かを育てるという単語が似合わない方はいらっしゃいません。きっと側近がローゼマイン様の面倒を見ていたのでしょうね」

マグダレーナは心底不思議そうな顔で「あの方に幼い子供を育てることなどできません」と言う。あまりにも厳しすぎるので、子供の方が潰れるに違いないそうだ。

「でも、ローゼマインが王の養女となる条件には、フェルディナンドの救済が入っているのですよね？　ローゼマインはフェルディナンドを慕っているのではありませんか？」

よほど慕っているのでなければ、そんな条件は出てこないはずだ。ヒルデブラントの言葉に、マグダレーナは腑に落ちない顔のままで「信じられないけれど、そうなのでしょう」と頷いた。

「正直なところ、アウブ・エーレンフェスト以外にフェルディナンド様を家族のように慕う者がいると思いませんでしたから、ジギスヴァルト王子からその条件を聞いた時には本当に驚きました」

王の養女となる条件にローゼマインがフェルディナンドの連座回避と待遇改善を望んでいるということは、つまり、王族に直訴しなければばならない程アーレンスバッハにおける待遇が悪いということではないのだろうか。

「……母上、私もツェントになりたいです。そうすれば、アーレンスバッハへ向かわなくても良いのでしょう？　ローゼマインがフェルディナンドの待遇改善を要求するほど、アーレンスバッハはひどい場所なのでしょう？」

「貴方が何の憂いもなく過ごせるように、アーレンスバッハを整えるためならば母は力を尽くしましょう。けれど、貴方がツェントになることは許しません」

マグダレーナは彼を優しく抱きしめたまま、ニコリとした笑顔でハッキリと却下した。

「何故ですか？」

「一つは、貴方がこれから挑戦するとしても時間がかかりすぎるからです。本当は一年間養子縁組を待つ程の余裕さえないことを知っているでしょう？　けれど、貴方は属性も足りず、貴族院にも入っていません。貴方が資格を得るまでにどれだけの時間がかかると思いますか？」

ユルゲンシュミットの崩壊はヒルデブラントの成長を待ってくれない、とマグダレーナは言う。

「それに、もう一つ。こちらは更に重要です。一年後にローゼマイン様を養女に迎え、グルトリスハイトを得ることが叶えば、彼女がツェントです」

二人がツェントになることはできないし、トラオクヴァール王の血を引くヒルデブラントが後からツェントとしての資格を持つと、ユルゲンシュミットを割ることになりかねないとマグダレーナは説明する。

「自分達が待ち望み、婚約を解消させ、故郷から引き離してまで得た新たなツェントの治世を、今の王族が揺るがすようなことはツェントもわたくしも絶対に認めません。王族であるヒルデブラントがしてはならないことなのです」

母親の厳しい言葉にヒルデブラントは項垂れた。理解はできるが、感情は受け入れられない。

「母上、ローゼマインは体が弱いのです。ツェントのような激務はできません。支える者が必要です。私はローゼマインを助けたいだけなのです」

執務に疲れている父親の姿を思えば、それがローゼマインにこなせるものではないことはヒルデブラントにもわかる。お茶会で倒れるか弱い姫に、ツェントなどさせられるものではない。女性のアウブを支えられるように結婚相手が領主一族と決められているように、女性のツェントを支えるために結婚相手もツェントの資格が必要なのではないか、とヒルデブラントは訴えてみる。

「ヒルデブラントの心配はもっともです。だからこそ、婚約者として、夫としてローゼマイン様を支えるのはジギスヴァルト王子がやるべきことで、ヒルデブラントが行うことではありません」

「……ジギスヴァルト兄上は、ローゼマインに嫌がられていたではありませんか」

私ならばもっとローゼマインに優しくできるのに、とヒルデブラントが不満たっぷりに唇を尖らせるとマグダレーナは赤い瞳を厳しくした。

「ローゼマイン様と接触する時間が長いことで、貴方がローゼマイン様を慕っていることはわかっていますけれど、自分の立場を超える行動をしてはなりません。貴方はレティーツィア様と婚約しているのです。感情を上手く消化できるようにならなければなりませんよ」

どれほど不満を抱いても、王命はどうしようもない。自分とレティーツィアの婚約も、ジギスヴァルトとローゼマインの婚約も、覆すことができるのはツェントだけなのだ。

……私がツェントになることができれば、体の弱いローゼマインが望まぬ結婚を強いられながらツェントに就くことも、私がアーレンスバッハへ向かうこともなくなるのに。

ヒルデブラントはマグダレーナの腕をそっと払いのける。

「急ぎならば、王族全員で挑戦してみるべきではありませんか？」

「奉納式で魔力を集めることができたけれど、王族の仕事はそれだけではありません。全員で挑戦するような余裕があるはずないでしょう。……それに、いくら挑戦しようとしたところで、貴方がシュタープを得られるのは貴族院の三年生になってからです」

「え？」

「貴族院の講義内容に変更がありました。祠に入るために必要なシュタープをヒルデブラントが得られるのは、ローゼマイン様が成人してからになります」

「……それでは全然間に合わないではありませんか。父上はどうして私に挑戦させてくださらないのですか⁉」

何を言っても聞き入れられないことはわかっている。ヒルデブラントは様々な不満と一緒にグッとお茶を飲み込んだ。お腹の中に不満が溜まっていくのを感じながら母親との食事会を終えた。


王族にとって、そして、ヒルデブラントにとっても激動の領主会議が終わり、日常が戻ってきた。中央騎士団の騎士団長であるラオブルートと行う剣の稽古《けいこ》も久し振りだ。領主会議中は騎士団が護衛任務に忙しいので、朝食後から地下書庫に向かうまでの短い時間に自分の護衛騎士と少し練習をするだけだったのである。

しっかりと基礎の訓練から始めて、剣を合わせる。ほんの少しの打ち合いをしただけでラオブルートが顔を顰めて止めるように言った。

「ずいぶんと剣が荒れていますが、一体何がございましたか？」

稽古をつけてくれているラオブルートが呆れたように「これでは稽古になりません。休憩にしましょう」と言って、訓練場の中の休憩場所へ歩き出した。重い剣を持って、ヒルデブラントも後に続く。彼としては心の内を見せていないつもりだったのに、相手には伝わってしまっているのが何とも歯痒《はがゆ》い。

休憩場所で待機していた筆頭側仕えのアルトゥールが突然の休憩に少し驚いた顔をしながら、お茶を淹れてくれる。お茶を受け取りながら、ラオブルートが「そのような顔で何をお悩みですか？」とヒルデブラントに悩みを相談するように促した。

「……言えません」

アーレンスバッハへ婿として行きたくないとは言えない。成人したらディートリンデが自分の義母になるのだと思うと憂鬱で、何とか婚約解消をする道がないのか必死に考えているとは言えない。王命を否定することになってしまう。

ローゼマインが次期ツェントに最も近いことも言ってはならないことだ。王族が側近を排して決めたことを口にすることはできない。付け加えるならば、ローゼマインに嫌がられているジギスヴァルトではなく、自分こそがローゼマインと結婚するのが一番良いと思っているということも言えるわけがない。

本当は少しでも早く魔力圧縮をして、父やジギスヴァルトがするようにヒルデブラントも祠を巡って、ローゼマインと同じように次期ツェントの資格を得たいと思っている。ローゼマインが成人するまでに資格を得れば、アーレンスバッハに婿入りすることも、ローゼマインが不本意な結婚をすることもなくなるのでは、と考えたのだ。

しかし、シュタープの取得は貴族院の一年生から三年生に変更された。自分が三年生になった時にはローゼマインはすでに成人している。三年生でシュタープを得てから次期ツェントの資格を得られるように動くのでは遅すぎる。

どれもこれも口に出せるようなことではない。自分の悩みを口に出したくはないヒルデブラントは少しだけ膨れっ面をして見せ、話題を変えることにした。あまり触れてほしくないことばかり尋ねられるのがちょっと腹立たしかったせいもある。

「シュラートラウムの花とは一体どのような花なのか、悩んでいたのです」

「は？」

突然の話題変換についてこられなかったのか、ラオブルートが驚愕の顔でヒルデブラントを覗き込んだ。そのビックリした顔に少しだけスッキリして、彼は小さく笑う。

「図書館の書庫でオルタンシアがディートリンデに尋ねていました。ラオブルートが好きな花なのでしょう？　アーレンスバッハでしか手に入らないそうですが、どんな花ですか？」

騎士団長で無骨な感じのラオブルートにも好みの花があること、全く接点のなさそうなアーレンスバッハでしか咲かない花を好んでいることに驚いたことを思い出しながら尋ねる。

「……あぁ、書庫でそのようなことがございましたか」

数秒の沈黙の後、ラオブルートはフッと笑みを浮かべる。内心の動揺を隠すために貴族達がよく見せる笑みだ。その笑みのまま、ラオブルートはゆっくりと言葉を探すように視線を巡らせる。

「シュラートラウムの花は……甘い匂いのする白い花です。私の好む花ではあるのですが、なかなか手に入りません。ですから、今年は咲いているのかどうか尋ねているのです」

綺麗に咲くことも珍しい花なのだろうか。ヒルデブラントは不思議に思いながら首を傾げた。

「ラオブルートの出身はギレッセンマイアーではありませんでしたか？　どのようにしてアーレンスバッハ以外では咲かない花を知ることができるのでしょう？」

その質問にラオブルートは少し遠い目をして、すでに薄くなっている頬の傷をゆっくりと指でなぞった。その傷に関係のあることなのだろうか、とヒルデブラントは何となく思う。すでに失ってしまった何かを、苦い顔で懐かしんでいる大人の顔だ。

「何か思い出があるのですか？」

「……昔、私がまだ成人してすぐの頃に配属された離宮の主が好んでいた花だったのです。離宮の一角に温室があり、そこに咲いていました。いつ持ち込まれた花なのか、それは主にもわからないそうですが、何代にもわたって大事にしてきたそうです。……五年とせずに私の配属も変わりました。今はもう主もなく、閉鎖されている離宮の話ですよ」

その話を聞いてヒルデブラントは、ずっと昔、王族に嫁《か》したアーレンスバッハの姫君が離宮に持ち込んだ花なのだろうと考えた。自分が生まれるより前にあった政変で、粛清された王族は何人もいたし、閉鎖された離宮もいくつもあったと聞いている。きっとそのうちの一つに違いない。

「さて、私の思い出を話したところで、王子にも悩みを話していただきます。いつまでもそのような状態では、剣の稽古だけではなく、勉強も手がつかないでしょう」

彼も心配しています、と言いながらラオブルートがアルトゥールへ視線を向ける。せっかく話題を上手く変えられたと思ったのに、元の話題に戻ってきてしまった。

アルトゥールも心配そうに見つめてくるし、ラオブルートは「おや、私には尋ねておきながら、ヒルデブラント王子は答えてくれないのですか?」と、まるでやり返すように答えを促してきた。幼い頃から面倒を見てもらっている二人には、何かしら答えなければならない気がしてくる。

アーレンスバッハへ婿としていきたくないとは言えない。ローゼマインが次期ツェントに最も近いことも、王の養女になることも言ってはならない。ジギスヴァルトではなく、自分こそがローゼマインと結婚するのが本当は一番良いと思っているとも口にできない。

ヒルデブラントが口にできたのは、貴族院のカリキュラム変更に対する文句だけだった。

「……今すぐにシュタープが欲しいと思っていたのです。それなのに、父上は貴族院の講義内容を変更してしまわれました。それを少し悲しく思っています」

「今すぐに、ですか……」

目を丸くした後、少し考えるようにゆっくりと目を細めたラオブルートがフッと笑った。

「ヒルデブラント王子は王族ですから、扉を開けることはできますし、取ろうと思えば取れないことはありません」

「本当ですか⁉」

期待を込めてラオブルートを見つめるヒルデブラントの声に、アルトゥールのぎょっとしたような声が重なった。

「騎士団長ともあろう方が何をおっしゃるのですか⁉」

アルトゥールをラオブルートが少し手を上げて制する。

「けれど、ツェントはヒルデブラント王子のことを考えて、講義内容の変更を強行したのです。その親心は理解して差し上げてください」

「え？」

自分のために、と言われても理解できない。ヒルデブラントはローゼマインの成人までにツェント候補になって、自分の婚約もローゼマインの婚約も解消してしまいたい。だから、今すぐにでもシュタープが欲しいのだ。それなのに、講義内容が変更されてしまった。邪魔をされたとしか思えない。そんな彼に、ラオブルートはゆっくりとした口調で講義内容が変更された理由を述べる。

「シュタープを得る前に魔力圧縮をできるだけし、祈りを捧げて神々の御加護を得て属性を増やしておいた方が良いことがわかりました。そのため、講義内容に変更があったのです。ツェントが講義内容の変更をお急ぎになったのは、ヒルデブラント王子が少しでも良いシュタープを得ることができるように、とお考えになったからに違いありません」

ラオブルートの説明にアルトゥールは安堵したような顔で頷いた。

「ヒルデブラント王子、騎士団長のおっしゃる通りです。トラオクヴァール王のお心に沿ってお過ごしください」

できるだけ良い品質のシュタープを……と言われ、ヒルデブラントは少し考える。そういえば、王族だけで話し合う時に、「小さい祠を巡って、全ての眷属からの御加護をいただければ、大神から御加護を得られるそうです」と母親が報告していたはずだ。文字を写すのがそれほど得意ではない自分に任された文献の中には地図もあった。

……小さい祠を巡って、属性を増やせば……？

お祈りをして属性を増やすことができれば、王族であるヒルデブラントが次期ツェントになることもできるかもしれない。

「……魔力圧縮をしたり、お祈りをしたりして全ての属性を得ることができれば、父上もシュタープを得てはダメだとはおっしゃらないでしょうか？」

「ヒルデブラント王子、今はツェントと共に魔力圧縮と属性の増加にお努めください。程良き時に私からお声をかけましょう」

自分が努力して属性を増やすことができれば、父親に一緒に頼んでくれるのだろう。これまでの付き合いからヒルデブラントはそう判断して、明るい笑顔で頷く。アルトゥールも「お世話になります」と穏やかな笑みを浮かべた。

ラオブルートは「大したことはしていない」とアルトゥールに小さく笑いながら、騎士に向かって手を振った。合図を受けた一人の騎士が木箱を運んできて、アルトゥールに手渡す。

「こちらはエーレンフェストから献上された教育玩具だそうです。神々の名前を覚えやすいように工夫された本や玩具が入っています。あの領地が急激に成績を伸ばした秘密の一つだそうです」

これから取り引きをしている領地に売り出すので、王族にも見本が献上された。これから学ぶヒルデブラントへ渡すように王が命じたとラオブルートが言う。不審なものが挟まれていないか、危険物ではないか調べるのが終わったため、こちらに運んでくれたそうだ。

「マグダレーナ様はヒルデブラント王子が貴族院に入ってから渡せば良いとおっしゃいましたが、早くから勉強することは悪いことではございません。これでよくお勉強してください。神々の名は御加護を増やすためのお祈りに必須です」

アルトゥールから手渡されたのは、ヒルデブラントにとっては馴染《なじ》みのあるエーレンフェストの本だった。パラパラとめくってみれば、美麗な絵とわかりやすい説明が見える。これがあれば、また少しローゼマインに近付けるだろう。

……神々の名前を覚えて、お祈りをして属性を増やして、父上にシュタープを得たいとお願いするのです。

迷い込んでしまった暗闇に光が見えた気がした。向かっていく方向が定まったことが嬉しくて、ヒルデブラントは顔を上げた。ニヤリと笑いながらラオブルートが剣を手に立ち上がる。

「では、ヒルデブラント王子。少しは迷いが消えたようなので、稽古を再開させましょう」

「はい！　よろしくお願いします」

アルトゥールに本を返し、剣を取ってヒルデブラントはラオブルートの背中を追いかけた。

望まぬ結婚

冬の終わり、貴族院の卒業式を終えた数日後のことです。わたくしはドレヴァンヒェルの寮の自室へ呼びに来た側近の声に信じられない心地で振り返りました。

「アドルフィーネ様、オルトヴィーン様がお話をしたいとお呼びです。領主夫妻も同席するとのことでした」

わたくしは領地対抗戦と卒業式にジギスヴァルト王子の婚約者として出席していました。ディートリンデ様の奉納舞で舞台に一瞬浮かび上がった魔法陣について、それから、中央神殿の神殿長が「彼女こそ次期ツェント候補だ」と言ったことに対する情報を欲していたのです。

けれど、情報を持っているとすれば、王族、中央神殿、それから、エグランティーヌ様が情報集めのために面会依頼をしたローゼマイン様のいらっしゃるエーレンフェストくらいでしょう。王族からわたくしへの報告もないほど重要な事柄なので、情報が入手できるとは思えません。それでも、一応オルトヴィーンにエーレンフェストと連絡を取れないか頼んでいたのです。

「ヴィルフリート様から情報を得られたということですか？」

卒業式が終わり、貴族院から領地への帰還準備が進められている時期です。まさかエーレンフェストが招待に応じるとは思えませんでしたし、情報を流してもらえる可能性は全くないと考えていました。

仮に、招待を受けたのがドレヴァンヒェルであれば、絶対に断っていたでしょう。どうやらオルトヴィーンは、わたくしが考えているよりずっとエーレンフェストとの関係を深めているようです。

「すぐに指定の会議室へ向かいます」

もし中央神殿の神殿長が述べた通り、ディートリンデ様が次期ツェントになれば、今の王族は排除されます。そうなると、わたくしの婚約においてツェントとドレヴァンヒェルの間で交わした契約の前提が崩れるため、婚約解消が可能になるのです。

……もしかすると、わたくしの希望が叶うかもしれません！

わたくしは次期アウブ・ドレヴァンヒェルを目指して努力を重ねてきました。けれど、政変後の後ろ盾を強化するためにツェントが王子と大領地ドレヴァンヒェルとの婚姻を望んだことで、わたくしの夢は潰《つい》えました。二人の王子のどちらかに嫁がなければならなくなったからです。

……領主の第一夫人の娘でなければ、と何度思ったことでしょう。

領地に利をもたらす婚姻として領主が決めたのであれば、わたくしは領主一族として従うしかありません。たとえ、その相手が次期王の座を得るためにエグランティーヌ様から選ばれようと必死で、もう一人の婚約者候補であるわたくしには全く配慮をしない二人の王子であっても、わたくしの婚約は覆りません。

本心を申しますと、婚約解消のためならば、あのディートリンデ様が次期ツェントになることを応援しても良いと思うほど、わたくしはこの婚約が嫌で仕方ないのです。

「オルトヴィーン、エーレンフェストは何と？」

「姉上、こちらを」

会議室には両親とオルトヴィーンがいました。わたくしはオルトヴィーンが差し出した盗聴防止の魔術具を握ります。わたくしの人生が大きく変わるかもしれないのです。期待して、弟の薄い茶色の瞳を見つめました。

「やはり口外を禁じられているようです。詳細は教えてもらえませんでした。ですが、あの魔法陣が浮かんだだけではディートリンデ様は次期ツェントになれないそうです。姉上が王族に嫁ぐことに何の問題もない……と」

「そうか……。よくやった、オルトヴィーン」

報告に安堵した表情の両親と違って、わたくしは非常にガッカリしました。期待していただけに落胆が非常に大きく感じられます。

「残念ですわ。ディートリンデ様が次期ツェントになれば、婚約を解消できる絶好の機会でしたのに……」

「アドルフィーネ、其方は正式な婚約をしたというのに未だにそのようなことを言っているのか？」

「あら。お父様はおっしゃったではございませんか。この婚約はツェントとドレヴァンヒェルの契約だと。ならば、ツェントが変われば契約の前提がひっくり返って、契約の見直しや解消が当然視野に入るでしょう？」

ドレヴァンヒェルが次期ツェントの後ろ盾となる代わりに、次期ツェントはドレヴァンヒェルへ融通《ゆうずう》を利かせるという完全な政略結婚です。そのため、ジギスヴァルト王子が次期ツェントでなくなれば、この結婚には全く意味がなくなります。新しいツェントとの関係をどのように構築していくのか、そちらが優先されるからです。

「相手は王族で次期王だぞ。これ以上を望めぬ嫁ぎ先ではないか。何が気に入らぬ？」

「ジギスヴァルト王子ですわ。より正確を期すならば、生まれながらの立場によって培《つちか》われた傲慢《ごうまん》な性格と、他者を蔑ろにしていることに気付こうともしない鈍感さと、それを指摘すると不敬になりかねない立場が気に入りません」

「姉上！」

「アドルフィーネ、貴女……」

わたくしは質問に答えただけですが、お父様が絶句し、お母様が眉間に皺を刻み、オルトヴィーンが目を剥きました。

「わたくし、今まで婚約者として碌な扱いをされていません。結婚後の生活も同じようなものだと想像がつきます。そのような状態でどうして呑気に王族との婚約だと喜んでいられましょう？　どなたかが交代してくださるならば心から歓迎いたします」

エグランティーヌ様が相手を選ぶまで、わたくしは婚約者候補なのに完全に無視されてきました。正式に婚約が成立した後も、大して扱いは変わっていません。婚約者として最低限です。他領の領主候補生と婚約した方がよほど大事にされたでしょう。

「でも、ご安心なさって。わたくしは自分の立場を理解しているので王族との婚姻から逃げるつもりはありませんし、領主一族として領地の犠牲になる覚悟はできています。それと、個人的な好き嫌いは別だというだけのお話です。婚約の前提が変わるならば全力でひっくり返すつもりでしたが、諦めもついていますわ」

わたくしは立ち上がり、早々に会議室を出ました。王族に対する不敬を口にしている自覚はありますが、不敬に関するお小言を聞くつもりはありません。

それから季節は移り、領主会議を数日後に控えた春の終わりになりました。わたくしはジギスヴァルト王子の離宮へ荷物を運び込んでもらい、結婚後に使う自室を整えているところです。整っていく部屋を見ていても、結婚への期待やときめきは全く芽生えてきません。

「アドルフィーネ様、つまらなそうなお顔になっていらっしゃいますよ」

「貴方の思い違いですわ、オデルクンス。警備上の問題から離宮に出入りできる時間や人員が決まっているでしょう？　結婚後はドレヴァンヒェルの人員を使えないのに、星結びの儀式まではあまり余裕がありません。予定通りに進むのか緊張しているだけです」

オデルクンスはドレヴァンヒェル出身の中央文官で、星結びの儀式の後にはわたくしの側近になることが決まっています。彼の妹リズベットがわたくしの側仕えなので、他の中央貴族よりは少し気安く感じます。

「リズベットから様々な愚痴を聞かされていますが、そういうことにしておきましょう」

中央の貴族となったオデルクンスが、わたくしをからかうように軽く眉を上げます。主の内情を伝えたリズベットには注意が必要ですけれど、わたくしの本心を知っている側近が中央にもいるということは心強く思えます。

「それより、オデルクンスはどういった用向きでここにいるのかしら？　中央貴族の側近の紹介は儀式の後で行うと聞いていています。貴方はまだわたくしの側近ではないでしょう？　勝手に入室して良いと思っていて？」

「ただのお遣いです。ジギスヴァルト王子から応接室へ来てほしいと伝言を受けました。王子から、数日後には側近になるのだから別に良かろうという言葉を賜っています」

オデルクンス達は星結びの儀式の後からわたくしの側近となるため、領主会議の準備に加えて部屋の移動なども行わなければなりません。決して暇ではありませんし、本来ならば正式に任命されていない者をわたくしの側近として扱うなど、絶対にしてはならないことです。

……まるで一番忙しいのは自分だと思っているようなところも、「数日くらい」というぞんざいなところも本当に受け付けませんわ。

「星結び直前の忙しい時に花嫁を呼び出すなんて、一体何のお話かしらね？……星結びの儀式を中止するとか延期するなど、良いお話だったら嬉しいのですけれど」

「アドルフィーネ様！」

声を尖らせるリズベットに、わたくしは溜息を吐いて軽く手を振りました。

「ドレヴァンヒェルの者達の前だけよ。儀式が終わるまでの短い期間、少しの愚痴くらい許してちょうだい」

わたくしはジギスヴァルト王子の呼び出しに応じるため、部屋を片付けている側近達の中から数名をお伴に選びます。これだけの人数が抜けるのですから、作業に滞りが出るでしょう。事前に何の連絡もなく呼びつけることに何の疑問も持たない上に、謝罪や気遣いもないところが本当に王子様なのです。

……これで重要でも何でもないお話だったらどうしましょう？

そう思いながらジギスヴァルト王子のいらっしゃる応接室へ向かったのですが、わたくしの心配は杞憂《きゆう》でした。非常に重要なお話をしてくださったのです、悪い意味で。

「ナーエラッヒェが産後なので、私の魔力が変質すると困ります。そのため、貴女との夫婦生活はしばらく延期する予定です」

ジギスヴァルト王子は深緑の目を柔らかく細め、にこやかな微笑みを浮かべて衝撃的な発言をしました。全く意味がわかりません。あまりの驚きに頭が真っ白になりました。

……何をおっしゃったのでしょうか、この王子様は？

わたくしより先に輿入《こしい》れしていたナーエラッヒェ様が出産すること自体は何の不思議もありません。彼女の出産が伏せられていたことも、基本的に洗礼式まで親族以外には大っぴらにすることではないため理解できます。貴族院の卒業式で会った時にはお腹の膨らみがなかったので、出産から季節一つ以上が過ぎているでしょう。ジギスヴァルト王子は「しばらく」とおっしゃいましたが、そろそろ影響のない時期になるのかもしれません。

けれど、普通は婚約した後に他の妻を妊娠させませんし、仮に魔力の変質を受け入れられない状態ならば結婚自体を延期するものです。星結びの儀式を行う意味がありません。

……もしかすると、夫婦生活ではなく、結婚を延期すると言いたかったのかしら？　ええ、わたくしの聞き間違いでしょう。まさか王族がそのような非常識なことをおっしゃるはずがありませんもの。

「申し訳ございません。ジギスヴァルト王子は結婚の延期という意味でおっしゃったのでしょうに、わたくしったら少し聞き間違えてしまって……。ご安心ください。ドレヴァンヒェルは延期を快く受け入れます」

こちらも大きく予定が変わるのですから、直前ではなく、ナーエラッヒェ様の妊娠が確定した時に相談してほしいものです。事前の連絡さえあれば、わたくしは全面的に歓迎したでしょう。

「そのような重要なお話ならば、お父様にもすぐに連絡を入れなくては……」

「あぁ、勘違いしていますよ、アドルフィーネ。他人の話はよく聞いてください。星結びの儀式は予定通りに行います。貴女との夫婦生活を延期するだけです」

……聞き間違いにしてあげたのですけれど……。わたくし、本当にこの方と結婚しなければならないのかしら？

これが次期王である第一王子ではなく弟のオルトヴィーンであれば、どれだけふざけたことを言っているのか骨の髄《ずい》まで染みるくらい教えてあげるところです。眉を寄せてしまいそうになる顔を取り繕って、わたくしはニコリと笑顔を浮かべました。

「本来ならば延期するはずの星結びの儀式を強行する理由を教えてくださいませ」

……妻として遇する気がないくせに結婚しろとおっしゃるなんて、ずいぶんとわたくしを馬鹿にした命令ですけれど、それに値する理由があるのでしょうね。

今まで婚約者として最低限の扱いでしたが、今度は星結びの儀式を終えても夫婦として扱わないと言われたのです。これほど馬鹿にした扱いをされるとは思いませんでした。

こちらの屈辱と怒りなど全く通じていないようで、ジギスヴァルト王子は「アドルフィーネは知らないのですね」と、物知らずの子供を見るような目でわたくしを見て、仕方なさそうに微笑んでいます。

「政変後、王族には魔力が不足していて、今は早急に一人でも多くの王族が必要なのです」

「何故それが貴族の常識を投げ出してまで、わたくしが嫁がなければならない理由になるのでしょう？　もしかすると、ジギスヴァルト王子は魔力の変質ができない期間は新しい妻を娶るものではないとご存じありませんか？」

わたくしが心の底から非常識さを心配すると、ジギスヴァルト王子は予想外のことを言われたというように困った顔でわたくしを見ました。

「もちろん知っていますが、敢えて協力いただきたいと申し上げているのです」

……そのようなことは一言も言われていませんし、とても協力いただきたいという口調には聞こえませんでしたけれど？

自分が決定事項として告げれば周囲がその通りに行動して当然だと思っていて、こちらに感情や意思や反論があるとは全く考えていないことがよくわかります。生まれながらの立場による傲慢さ。それに彼が気付くことはないでしょう。

「まず、あと一年が待てないほどの差し迫った状況だというならば、その根拠を示してくださいませ」

政変後、ずっと魔力不足と言われています。けれど、ナーエラッヒェ様とエグランティーヌ様が王族に入ったのです。たとえナーエラッヒェ様が出産したとしても、以前と違って多少の余裕があるでしょう。わたくしが説明を求めると、ジギスヴァルト王子はわかりやすく悲壮《ひそう》な表情を作りました。

「非常に深刻なのです。政変後、必要な時に魔力を供給すれば良いと供給を止めていた古《いにしえ》の魔術具が崩壊しました」

「魔術具が崩壊ですか……？　いくら魔力を供給しなかったとしても、一度作製した魔術具が崩壊するなど聞いたことがありません。ならば、それは礎の魔術に近しい物では……？」

思わず口に出したところで、背筋が凍るような恐怖を感じました。王族が守る魔術具、王宮にある古の魔術具ならば、国の中核をなす物でしょう。

「そうです。今まで動きを止めていた魔術具を全て調べ、崩壊の危険性のある魔術具には全て魔力を注がなければならない状態になっています。そのためには、一人でも多くの王族が早急に必要ですし、ナーエラッヒェの抜けた穴を埋める必要もあるのです」

……つまり、ナーエラッヒェ様が出産で王族としての務めを果たせないので、わたくしに代わりをさせようということですか。

一気に心が冷えました。政略結婚の相手だとしても、もう少し言い様があると思います。ただの魔力要員だと言われて、非常識な結婚に同意する者がいるでしょうか。

「それに、私達の星結びの儀式ではローゼマインが神殿長として祝福を行うことになっています。そのためにエーレンフェストや中央神殿と今まで協議を重ねてきましたし、今更延期や中止にはできません」

「ローゼマイン様が神殿長ですって？　そのようなこと、わたくしは伺っていませんけれど……」

儀式の神殿長が代わるというのは、とても大きな事柄でしょう。何故ドレヴァンヒェルに一言も連絡がないのでしょうか。どういう経緯でローゼマイン様が神殿長を務めることになったのか説明を求めると、ジギスヴァルト王子はおっとりとした口調で話し始めました。

「アナスタージウスとエグランティーヌの卒業式に祝福が降り注いだことは覚えていますか？　何でも、あの時に祝福したのはローゼマインらしいのです」

その祝福によってジギスヴァルト王子よりアナスタージウス王子の方が次期王に相応しいのではないかという噂が出ました。それはわたくしもその場で聞いたので知っています。その噂を払うために、ローゼマイン様に神殿長を頼み、中央神殿の神殿長にはできない本物の祝福をさせてジギスヴァルト王子が次期王に相応しいことを領主達に見せつけるそうです。

……なんて馬鹿馬鹿しいことを考えるのでしょう。

王が次期王を指名した以上、貴族の囀《さえず》りなど気にかける価値もありません。外野が何を言おうとも覆ることはないのです。貴族の意向で覆すことが可能ならば、わたくしがとっくに覆しています。

「他領の未成年の領主候補生を領主会議へ呼び出し、星結びの儀式で神殿長をさせるなんて……わたくしは反対です。とてもローゼマイン様が望んだことだとは思えませんし、役目を奪われた中央神殿の神殿長は当然のことながら良い気持ちはしないでしょう。ただでさえ微妙な中央神殿との関係はどうするおつもりですか？」

「さて？　計画をしたのも責任を持つのもアナスタージウスだから、私は詳しくないのです」

……無責任にも程がありますわ。そのような祝福は必要ないと弟を諌めるのが兄の役目でしょうに！

いつだってジギスヴァルト王子は少しでも弟を下げて、自分を上げるために必死になっていました。今回もアナスタージウス王子が言い出したとおっしゃいますが、ジギスヴァルト王子の普段の態度が遠回しな脅迫になっていた可能性も高いでしょう。

「そういうわけですから、星結びの儀式は予定通りに決行しますが、一年ほどは夫婦生活を延期させてもらいます」

胡散臭《うさんくさ》い笑顔で自分の言いたいことだけを言って、ジギスヴァルト王子は立ち上がりました。さっさと帰れという意思表示です。

……本当に傲慢で好きになれない方ですこと。

「ジギスヴァルト王子がわたくしを妻として扱うつもりがないのに星結びの儀式を強行するなんて、とても承諾できません。一年ほど延期するならば来年でよろしいでしょう。お父様と話をしてから改めてお返事させていただきますね。ローゼマイン様にも星結びの儀式は延期するとお伝えくださいませ」

わたくしが「全く承諾していない」と示した途端、ジギスヴァルト王子は柔らかな金髪を翻して振り返り、驚いたように深緑の目を見開きました。

「アドルフィーネ、貴女は私の話を聞いていたのですか？」

自分の意見が通っていないことに驚いて座り直すジギスヴァルト王子を前に、わたくしは帰るためにスッと立ち上がります。これ以上お話を続ける価値などありません。あとの判断はアウブであるお父様に任せるつもりです。婚姻を延期するにせよ、続行するにせよ、何かしら領地の利益を得てくれるでしょう。

「しっかり伺いました。ジギスヴァルト王子が貴族としての常識を無視し、ご自分の利便性だけを重視して、わたくしの立場を尊重する気がないことはよく伝わってまいりましたもの」

「そのようなことは……。貴女を妻として扱わないとは言っていません。その、しばらくの間、閨《ねや》事《ごと》を延期するだけです。当然ですが、私の第一夫人として尊重します」

王族として決定事項を伝え、わたくしがそれを否定しなければ、当人の許可を取ったと周囲に押し通すつもりでいたのでしょう。夫に従順な妻となるために育てられた女性ならばともかく、わたくしは他領の領主と渡り合う次期領主を目指していたのです。そのような手法が通じると思われては、今後の生活でも困ります。

「わたくし、夫婦生活のない花嫁として周囲に軽んじられるなど看過できませんもの。最低限、両親と側近達にはジギスヴァルト王子の口から直接王族側の事情を説明してくださいませ。夫婦生活の延期に関してわたくしに瑕疵はなく、ジギスヴァルト王子の事情と責任によるものだと明言してくだされば、協力も吝《やぶさ》かではございませんわ」

ジギスヴァルト王子は二の句が継げず、軽く目を見張ってわたくしを凝視しています。もしかすると従順な者しか周囲にいない彼には少々強烈だったのかもしれません。けれど、わたくしは自分の人生がかかっているのです。譲るつもりはありません。

……何事も最初が肝心ですものね。


星結びの儀式当日になりました。ジギスヴァルト王子から事情説明を受けたお父様は、強引で非常識な進め方に顔を顰めていらっしゃいました。けれど、「非常識極まりないが、王族の事情を尊重する」と判断したのです。その際、お父様はわたくしの我慢に相当する程度の見返りをしっかり取ったと聞いています。

……さすがお父様。頼もしいこと。

同時に、わたくしがどうしてもジギスヴァルト王子を好きになれない理由にも共感いただけたようです。政略結婚なので受け入れるべきという態度はそのままですが、好き嫌いは仕方がないと呟いていました。

「さぁ、できましたよ。あぁ、本当にお美しいです」

「アドルフィーネ、そのように難しい顔をするのではありませんよ。本心を悟らせてはなりません。一番幸せな花嫁だと周囲に思い込ませるくらいの笑顔を浮かべるのです」

「はい、お母様」

準備を調えてくれたお母様や側仕えと一緒に、わたくしは寮の自室を出ます。玄関ホールで待っていたお父様は、わたくしを見下ろして一つ息を吐きました。

「其方は頭が良くて努力家だ。王族になっても強《したた》かに立ち回れるだろう。時には従順に見せつつ、上手くジギスヴァルト王子からドレヴァンヒェルの利益を引き出しなさい」

「努力いたします」

「では、行こうか」

わたくしは領地の貴族から激励や祝福の言葉を受けながらドレヴァンヒェルの寮を出ました。お父様のエスコートで王族の待合室へ向かいます。周囲には側近がいて、その内の一人は空の木箱を持っています。

「ジギスヴァルト王子、お待たせいたしました」

王族の控え室にはジギスヴァルト王子とその側近がいます。おそらく他の王族は別室にいるか、すでに講堂へ向かっているのでしょう。

「では、マントの交換を」

まず、わたくしの側仕えがドレヴァンヒェルのマントとブローチを外し、持参した木箱へ片付けます。もう、これでわたくしはドレヴァンヒェルの寮へ自由に立ち入れなくなりました。

次に、ジギスヴァルト王子の側仕えの差し出した木箱から黒のマントが取り出されました。王族であることを示す、両面が黒のマントです。王族以外の中央貴族は表面が黒、裏面は出身領地の色の入ったマントを使っています。マントを認証のブローチで留めると、見慣れたエメラルドグリーンが王族の黒になりました。

胸を占めるのはドレヴァンヒェルを離れる寂寥《せきりょう》感と、全く希望を抱けない結婚への不安。それを呑み込んで、わたくしは王族に嫁ぐことを誇る大領地の姫らしい笑みを浮かべます。

「では、我々は講堂へ向かいます」

お父様は一歩後ろへ下がると、わたくしに向かって跪きました。喉まで出てきた「何をするのですか？」という言葉を必死で呑み込みます。王族の証しであるマントをまとったわたくしは、次期王の第一夫人です。アウブが跪くのは当然なのです。けれど、お父様が自分の前に跪く姿には違和感しかありません。

「アドルフィーネ様、貴女の幸せを願っています」

「恐れ入ります、アウブ・ドレヴァンヒェル」


父親や多くの側近達との別れを済ませ、ローゼマイン様の神秘的な祝福を受け、わたくしは星結びの儀式を終えました。今までに見たことのない美しい祝福を受けたことで、わたくしは今までより前向きな気持ちでジギスヴァルト王子の第一夫人として、王族としてユルゲンシュミットを支えていきたいと決意したのです。

……決意したのですけれどね。

領主会議の期間、わたくしは非常に中途半端な立場に置かれていました。婚姻によって王族入りしましたが、それまでの打ち合わせなどに参加できていなかったので、王族としての社交はほとんどできません。ドレヴァンヒェルの会議に出席することも、もう許されません。

本来ならば、慣れない夫婦生活における体を休めるための時間なのですが、わたくし達は夫婦生活を延期しているため、別にそのような時間は必要ありません。ただ、対外的に出ることはできないので離宮から出ないように言われて見張りを置かれただけです。

「……外面を取り繕うために必死ですこと」

「貴族としても王族としても外面は大事ですよ。今日はどのように過ごしますか？　新妻ですもの。旦那様に刺繍でも？」

側仕えのリズベットが朝食の後片付けをしながら今日の予定を尋ねます。

「そのように夫婦らしいことは、本当の意味で妻になった時に考えます。結婚理由が魔力不足ですもの。回復薬の調合でもしましょうか。余裕がある内に作っておいた方が良さそうですもの」

わたくしは側近となった文官のオデルクンスを呼んでもらい、本日の予定として調合することを伝えました。

「また新妻らしさのないことを……」

「兄妹揃って同じようなことを言うのですね」

わたくしの後ろに控えるリズベットと、正面にいるオデルクンスが視線を交わし合い、軽く眉を上げます。二人の呆れたような顔を見て、わたくしは妥協案を出すことにしました。

「仕方がありませんね。回復薬だけではなく、新妻らしく夫にお守りも作りましょうか。王族は御加護の再取得が可能だと聞きました。ならば、少しでも多くの神々に祈りを捧げた方が良いでしょう。神の記号が入ったお守りを作れば、少しは役に立つのではありませんか？」

「とても良い考えだと思います」

賛成されたのでわたくしは調合服に着替えると、文官達に素材やレシピを書き留めた資料などを持たせて離宮内の調合室へ移動しました。

「こちらのレシピは貴族院で習うものではないようですが……」

「魔力を優先して回復させる薬です。貴族院でローゼマイン様が奉納式を行った際、わたくしは王族の婚約者枠で参加が許されました。その時にいただいた回復薬が本当に素晴らしくて……。少しでも近付けたくて、かなり改良したのですよ」

「こちらのレシピを拝見してもよろしいのでしょうか？　その、アドルフィーネ様が秘匿《ひとく》するものではございませんか？」

世の中には広く伝えるレシピと、個人的に秘匿するレシピがあります。ローゼマイン様が秘匿していらっしゃったように、わたくしも自分の側近以外には秘匿するつもりです。

「余所に口外してはなりませんよ。でも、貴方達にはこの通りに調合してもらいますし、今後は一緒に改良していきたいと思っています」

オデルクンスと他の文官達にレシピを見せ、素材を揃えさせたり道具の洗浄をさせたりと指示を出しながらわたくしは調合の準備を始めました。

「アドルフィーネ様が調合するのですか⁉」

他領出身の文官が上げた驚きの声に、ドレヴァンヒェル出身の文官達が即座に答えます。

「あぁ、研究が盛んなドレヴァンヒェルでは領主一族が調合することも珍しくありません」

「アドルフィーネ様はご自分の研究を進められます。我々文官は、日常で使用する回復薬や研究の下準備などをします。主の研究、主が使用する素材とレシピの把握は必須です」

彼等のやり取りで、わたくしは他領の領主一族があまり調合しないことを思い出しました。

……なるほど。中央での仕事に慣れている同郷の側近が必要になるわけですね。

自領と中央のやり方を学んできた側近からの助言がなければ、他領出身の側近とわかり合えるまでに時間がかかるでしょう。

「今回は皆にとって初めての回復薬なので、お手本を見せます。今後、魔力回復薬の作製はこのレシピでお願いしますね」

「手本を見せる以上、今後の失敗は許さないということです」

「オデルクンス、お父様ではあるまいし、わたくしはそこまで厳しくありません。三度までならば許しますよ」

そう言った途端、どの文官の顔も真剣になって、わたくしの手元とレシピを見つめるようになりました。できあがった魔力回復薬を飲んだ一人の文官が不思議そうに首を傾げます。

「驚くほど魔力が回復していきますが、アドルフィーネ様はこのレシピのどこに不満があるのですか？」

「まだまだローゼマイン様が配ってくださった回復薬には敵わないのです。特に、回復速度に大きな差があって……。本当に何を使っているのかしら？」

わたくしが改良の意見を求めると、オデルクンスが少し考え込みました。

「改良できれば一番ですが、回復速度はそれほど重要ではありません。寝る前に飲めば翌日には確実に回復しているのですから、日常では特に困らないでしょう」

そういうことにしてほしいという響きを感じて、わたくしは「それもそうですね」と頷きました。

「皆はこのレシピを覚えるまで調合してくださいませ。わたくしはジギスヴァルト王子へ贈るお守りを作ります。オデルクンス、手伝ってくださいませ」

文官達に指示を出すと、わたくしはお守りの作製に取りかかります。魔法陣を描きながら周囲の様子を探り、オデルクンスに盗聴防止の魔術具を渡しました。

「王族の魔力不足は深刻だと伺っています。改良を渋る理由は何かしら？」

「……回復が早ければ、それだけ酷使《こくし》されます。しばらくは普通の回復薬を使って、ある程度の休息時間を確保してください」

夫婦生活を延期している今、ジギスヴァルト王子がわたくしに期待している役目は王族へ魔力を捧げることと、ナーエラッヒェ様がしていた仕事の穴埋めだけです。オデルクンスはわたくしを心配してくれているのでしょう。忠告は素直に受け取っておきたいと思います。

「想像以上に大変そうですね。回復薬の改良は秘密裏に進めましょう。それはそうと、オデルクンス、貴方は領主会議の様子を知っていて？」

「アドルフィーネ様の側近は全員、貴女と一緒に離宮に閉じ込められているのでわかりません。よほど貴女に知らせたくないことが起こっているのではありませんか？」

「お父様達に連絡を取ろうとしても、必ず誰かが邪魔してくるのですもの。これほどの監視下に置かれるとは思いませんでした」

わたくしは一つ溜息を吐いて、魔法陣を描き始めます。

「それにしても、わたくし、どうしてオルトヴィーンではなかったのでしょうね?」

「いきなり何を言い出すのですか?」

わたくしの手元の魔法陣を見て、風の属性値が高い素材を並べていたオデルクンスが軽く眉を上げました。

「ローゼマイン様と同学年ならば、貴族院は興味深いことがたくさんあって、とても楽しめたと思うのです。それに、殿方であれば少なくとも自分の夢を目指して努力することくらいは許されたでしょう?」

殿方でも婿入りが決まることはありますが、女性に比べると突然結婚を決められて他領へ行かされることは少ないのです。次期領主を目指して努力して優秀な成績を収めていれば、ドレヴァンヒェルでは他領へ出される確率は極めて低いと言えます。

「それで、何のお守りを作るおつもりですか?」

「これでわかるでしょう?」

わたくしは丁寧に神の記号を書き込みました。

「アドルフィーネ様、別れの女神ユーゲライゼのお守りを夫に渡すのは止めてください」

「これは自分用です。さすがに自分から付け入られる隙を作るようなことはいたしません」

ジギスヴァルト王子に差し上げるのは別のお守りです。ご自分の都合優先で決まり事に杜撰なところが直るように秩序の女神ゲボルトヌーンにするか、次期王に相応しい人格になれることを願って導きの神エアヴァクレーレンにするか悩みます。

「自分用にするのも止めてくださるとありがたいのですが……」

オデルクンスの声は聞こえないことにしました。

わたくしは完全に隔離《かくり》された状態のまま、領主会議の期間が過ぎました。最終日に挨拶と奉納式の見学に参加するために離宮から出されました。ですが、何故領主会議の最終日に奉納式を行うことになったのかについては「後で説明しますよ」と笑顔で言われただけで、取り合っていただけませんでした。

わけがわからないまま参加させられ、周囲の声や噂に目を白黒させている間に領主会議は終わったのです。何も知らされていない中、笑顔で知っているような顔をすることがこれほど苦痛だとは思いませんでした。

「ジギスヴァルト王子、説明をお願いします」

一緒に離宮に押し込められていた文官達は、わたくしと同じように目を白黒させて情報収集に奔走しています。わたくしは元凶に説明を求めました。

「あぁ、ちょうど良いですね。領主会議の決定を伝える予定だったのです」

そうして呼び出された場には、ジギスヴァルト王子の第二夫人であるナーエラッヒェ様もいました。ふわふわとした笑みを浮かべている彼女が、わたくしはどうにも苦手です。人生観というか、生き方というか、努力の方向性が違いすぎて相容れません。

「グルトリスハイトを手に入れるために、ローゼマインを王の養女とすることになりました。彼女が成人した後は私の第三夫人として迎え入れます」

……今度は一体何を言い出したのでしょう？

「申し訳ございませんが、もう少し説明していただけませんか？　何故そのようなことになったのでしょう？」

「貴女が離宮でゆっくりと休んでいた間、領主会議は非常に大変だったのです」

わたくしを離宮から出さないために見張りまで置いていた方の言葉とは思えません。別に休む必要はありませんでしたし、こんな馬鹿な提案を後から聞かされるくらいならば情報収集を自力で行いたかったです。

……圧倒的に手が足りませんわ。

「ジギスヴァルト王子に一つ確認したいのですけれど、このような提案をして、わたくしに妻として尊重されていると感じろとおっしゃるのでしょうか？」

「おや、私が次期王となる以上、グルトリスハイトをもたらす者を取り込むことは大事なことではありませんか。ドレヴァンヒェルとの契約の前提ですよ。もちろん第一夫人である貴女がグルトリスハイトをもたらしてくれるならば、それに越したことはありません」

……できないくせに文句を言うなということですか。次期王ならば貴方こそ自力でグルトリスハイトを得れば良いでしょうに。

王の証しであるグルトリスハイトをローゼマイン様が取れば、彼女が次期王ではありませんか。彼女を第三夫人にして自分が次期王になるなんて、厚かましいとは思わないのでしょうか。

「とにかくこれはもう決まったことです」

「ジギスヴァルト王子が次期ツェントになることが何よりも大事ですもの。わたくし、できる限り協力いたします」

ナーエラッヒェ様は笑顔で歓迎しています。彼女も自分の生活さえ守れれば、他はどうでも良いのでしょう。

「ローゼマイン様やエーレンフェストは承知したのですか？」

「色々と条件は付けられましたけれど、最終的には快く了承してもらえました。今回のことでよくわかりましたが、アナスタージウスの言う通りでした。ローゼマインは下位領地の神殿育ちで貴族の常識が全く通用しません。本当に困ったものです」

……貴方よりよほど話は通じると思いますけれどね。

柔らかな金髪を左右に振り、同意を求めて肩を竦める様子に、わたくしはむしろ腹立たしさを感じて冷めた目になってしまいました。そんなわたくしと違って、ローゼマイン様と直接の面識がないナーエラッヒェ様は「そのように変わった子供の相手は大変だったでしょう」と労っています。

どう考えても王族から圧力をかけられたローゼマイン様の方が大変だったと思います。

「これから一年はローゼマインを王の養女として迎え入れるための準備を進めなければなりません。アドルフィーネに手伝ってもらいたいのですが、まだ王族に馴染んでいない貴女には難しいでしょうか？」

……どこまで非常識なのでしょう？　難しい難しくない以前に、わたくしに任せることが間違っているとは思わないのでしょうか。

ジギスヴァルト王子の教育係を問い詰めたい衝動に駆られながら、わたくしは口を開きます。

「ローゼマイン様はツェントの養女になるのですよね？　王族へ迎え入れる準備はツェントの第一夫人が行うことです。妻として迎えるわけではないのに、ジギスヴァルト王子が準備するのは筋違いではございませんか？」

「王族の養女ですが、周囲から私の第三夫人として迎え入れるように見えることが大事なのですよ。アナスタージウスの方がローゼマインと仲が良いので、成人後、アレと婚姻するように貴族達から見られては困ります」

エグランティーヌ様の時のようにアナスタージウス王子に奪われては堪らないと考えているようです。グルトリスハイトをもたらす者は必ず自分の手元に置かなければならないということでしょうか。

……この言い分では、せいぜい口約束程度でローゼマイン様が第三夫人になると確定していないのではないかしら？

ツェントの決定があれば、アナスタージウス王子を敵視することなどないでしょう。わたくしと同じようにジギスヴァルト王子の都合に振り回されるローゼマイン様が哀れで、同時に仲間意識を感じてしまいます。

……でも、ローゼマイン様が王族になれば、一緒に研究できるかもしれませんね。

そう考えると、少しだけ気分が上向いてきました。せめて、成人して第三夫人としてジギスヴァルト王子の離宮へ部屋を移すまではローゼマイン様が伸び伸びと過ごせるように協力したいと思います。

「お手伝いするのは構いませんが、養女ならば離宮を準備するのですよね？　どちらの離宮ですか？　中央の離宮は全て使用されているでしょう？」

「貴族院にある離宮の予定です。ラオブルートへ調査のために鍵を貸していたところです。調査過程でいくつかの家具が運び出されたり、ところどころ清掃されたりしています。他の離宮より準備が多少は楽でしょう。それに、貴族院にある離宮ならば、彼女が好きな貴族院図書館にも近いですから」

……貴族院図書館は領主会議が終わったら閉ざされるのではなかったかしら？　それとも、ローゼマイン様のために一年中開けておくということかしら？

どちらにせよ、グルトリスハイトをもたらすかもしれないローゼマイン様にはジギスヴァルト王子もずいぶんと配慮しているようです。わたくしに対する扱いとの違いを感じて、溜息を吐きたくなる気持ちを飲み込みました。

「様々な準備があるので、これから一年は大変になると思います。ですが、ローゼマインが養女になれば皆が楽になるでしょう。少なくとも、魔力的にはかなり助かるはずです」

自分の都合ばかりを口にするジギスヴァルト王子に頭痛を覚え、わたくしは作ったばかりのお守りに思わず魔力を込めて祈りました。

……別れの女神ユーゲライゼよ、この悪縁を断ち切る神具をぜひとも振るってくださいませ！

シュラートラウムの花

「では、ソランジュ。今日はこれで失礼しますね。また明日、光の女神の訪れと共に」

「えぇ、オルタンシア。お気を付けて。また明日、光の女神の訪れと共に」

ソランジュと挨拶を交わすと、わたくしは中央棟へ向かって歩き始めました。学生達が領地へ戻った後、わたくしは司書寮で過ごすのではなく、自宅と貴族院図書館を往復しています。仕事は学生がいる時にはできなかった閉架書庫の整理や傷んだ本の修復をしています。シュバルツとヴァイスが動かない期間が長かったため、放置されていたところがたくさんあるのです。

それに、春の終わりにある領主会議では王族や図書委員が地下書庫で資料を確認することになっています。そのための準備もそろそろ始めなければなりません。夫に頼まれて貴族院図書館の司書に就任しましたが、わたくしは今の仕事にとてもやり甲斐を感じています。

「ただいま戻りました」

いつものように筆頭側仕えに声をかけていると、奥からラオブルート様が出てきました。中央の騎士団長である夫は、家にいるより仕事場にいる方が多いですし、わたくしの帰宅時に出迎えに来たことなどありません。

「まぁ、ラオブルート様。何かございましたの？」

「内密の話がある。夕食前に部屋へ来てくれ」

帰宅するなり、夫に呼ばれることは滅多にありません。一体何が起こったのでしょうか。わたくしは自室で着替えると、すぐに夫の部屋へ向かいました。

「側仕えは下がれ。それから、これを」

家の中でも側仕えを下げて、盗聴防止の魔術具を使う念の入れ方にわたくしはコクリと息を呑みました。よほどのことが起こっているようです。

「王宮にある古い魔術具……政変後、使わないからという理由で魔力供給を止めていた魔術具が崩壊した」

「いくら魔力がなくなったからといって、魔術具が崩壊するなんて……」

たとえば、照明の魔術具は魔力供給しなければ明かりが消えます。けれど、それだけです。魔力供給をしなくても魔術具自体が崩壊することはありません。

「魔術によって作られた建物の礎のような、建物を守るための魔術具は、どうやら魔力供給していなければ崩壊するらしい」

「大変ではありませんか！　それでは何か建物が崩れたのではございませんの!?」

「物置として使われていた小さな塔が崩れて白い砂のようになった。王宮は大慌てだ。同じような危険がないか、文官が建物という建物を調べ、王族が魔力を供給して回っている」

夫の口からあまりにも淡々と語られるため、全く騒動になっているようには思えませんが、王宮の塔の一つが消失したなんて大変な事態です。

「それで、貴族院の図書館にも同様の魔術具がないか、魔術具を全て調べてほしいとツェントが仰《おお》せだ。地下書庫に重要な情報があるとわかった現在、あそこが崩壊しては大変なことになる。司書寮に泊まり込んで構わないので、領主会議までに調査を終わらせてくれないか？　必要な魔術具には領主会議の際、王族が魔力を注ぐそうだ」

「泊まり込む必要はございません。貴族院図書館は大丈夫です。ローゼマイン様のお願いを受けたライムントと一緒にほとんどの魔術具を調べましたから。それに、魔力がなくて危険だった図書館の礎とも言える魔術具には、ローゼマイン様が奉納式の魔力の残りをたっぷり注いでくださいました。そうツェントにお伝えくださいませ」

すでに図書館の危機は去ったと安心させたかったのですが、ラオブルート様は眉間に深い皺を刻み込みました。

「礎と似た用途の守りの魔術具には王族の魔力が必要なはずだが？　あぁ、そういえば貴族院の奉納式には王族が参加したな。注がれた魔力の一部が王族のものだったということか……」

貴族院図書館の守りの魔術具にはわたくしも必死になって魔力を注いだのですが、色が変わらず焦ったものです。もしかすると、魔力量ではなく、王族の魔力ではなかったことが問題だったのかもしれません。

わたくしが図書館にある魔術具について考えを巡らせていると、ラオブルート様は何か思いついたように眉を少し動かしてわたくしを見ました。

「……オルタンシア。司書も文官だな？　ならば、其方が文官棟へ立ち入っても問題はないか？」

「え？　えぇ、そうですね。特に問題視する方はいらっしゃらないと思いますよ」

正確には、学生が去った後も中央へ移動せず貴族院に残る文官コースの先生方は、自分の研究しか目に入っていません。わたくしでなくても、誰が出入りしても気にしないと思います。

「悪いが、其方には図書館や司書寮だけではなく、文官棟にも同じような魔術具がないか調べてほしい。騎士や側仕えコースの教師は命じられたら即動くが、今の時期に貴族院の研究室に籠もっている文官コースの教師はいくら命じても自分の研究しかせぬ」

その懸念には同意するしかありません。「王族が訪れるので領主会議までに確認しろ」と言われたら、彼等は「領主会議中の王族が訪れるまでに」と勝手に解釈して後回しにするでしょう。わたくしは苦笑気味に頷きました。

「領主会議では地下書庫を王族が訪れるのだ。何かと準備もあるだろう。其方は領主会議まで司書寮で過ごしなさい」

「かしこまりました。ツェントからの命令、確かに承《うけたまわ》りましたとお伝えくださいませ」

話し合いの結果、翌日から領主会議までわたくしは司書寮に泊まり込むことになりました。ですが、ライムントの協力があったおかげで、冬の間に図書館にある魔術具の用途や魔力量などの確認はほとんど終わっています。そもそも、礎と同じような用途の守りの魔術具は建物に一つずつです。

それに、領主会議に向けた準備もそれほど多くありません。地下書庫の前にある休憩場所を清めたり、昼食や休憩時に側仕えがお茶を淹れられるように司書寮へどのように誘導するか、どこまでの立ち入りを認めるのかソランジュと話し合ったり、同行する側近達の待機場所をどこにするか考えたりするくらいです。わたくし達司書は地下書庫の中に入れないので、シュバルツとヴァイスに任せるしかありません。

「修復作業は進みますし、家と仕事場までの往復を考えると楽になってありがたいのですけれど……。正直なところ、司書寮に泊まり込むほどの仕事量ではないと思うのですよね」

司書寮に泊まり込むならば、側仕えを一人連れて行くことになります。教師であっても、同行できる側仕えは一人です。わたくしは側仕えのディルミラを連れて貴族院へ向かいます。泊まり込みの準備が二人分あるので大荷物になっています。

「もしかしてラオブルート様はオルタンシア様が不在の期間に女性を連れ込むつもりではないでしょうか？」

「貴女はまたそんなことを……。結婚して何年が経ったと思っているのです？」

ディルミラはわたくしがラオブルート様と結婚する前から仕えてくれていました。同年代で気安い仲です。彼女の一番の特徴は、ラオブルート様や筆頭側仕えを毛嫌いしていることでしょうか。こればかりはいくら年を経ても変わりません。

わたくしは結婚直後にラオブルート様の筆頭側仕えから面と向かって「旦那様には忘れられない方がいらっしゃいます。ご承知おきください」と言われました。元々それを知っていましたし、わたくしは恋情を求めて結婚したわけではなかったので、特に何も思いませんでした。けれど、わたくしの側仕えとして婚家に同行してきたディルミラは未だに腹を立てているのです。

「新居に到着したばかりの花嫁にあの言動！　わたくし、はるか高みに続く階段を上がったら、神々にもその所業を訴えるつもりですもの」

「そのようなことを訴えられても神々だって困りますよ」

王宮の転移陣を使って移動し、中央棟から司書寮へ向かう途中で中央騎士団の者達が見えました。

先頭にいるのは副団長ロヤリテート様で、その後ろに数人の騎士が一緒に歩いています。

「あら、ロヤリテート様」

「オルタンシア様、ご無沙汰いたしております。……貴族院図書館の司書に就任されたと伺いましたが、その荷物と側仕えはどうされたのですか？」

「王命で領主会議まで司書寮に滞在することになりました。魔術具の調査をするのです」

その言葉だけである程度の事情を理解したのでしょう。ロヤリテート様は「あぁ、それを伝えるために騎士団長は帰宅していたのですね」と納得したような声を出しました。

「最近はあちらこちらで大変なことが起こっている上に、例年と違ってオルタンシア様に騎士団長の事務仕事を手伝っていただけないので、こちらは大変ですよ。あの方は書類仕事をよく後回しになさるから……」

肩を竦めるロヤリテート様に「頑張ってくださいませ」と思わず苦笑が漏れました。わたくしは仕えていた主を失って側近の仕事を失い、結婚して家庭に入りました。けれど、子供ができなかったため暇を持て余し、夫経由で騎士団の事務仕事を手伝ったり魔術具や回復薬の調合を請け負ったりしていたのです。

「皆様はどうなさったの？　貴族院にいらっしゃるなんて珍しいではございませんか」

「領主会議の警備体制の見直しです。旧ベルケシュトックの寮まで警戒していた去年に比べればまだやることは少ないですが、今年の領主会議ではエーレンフェストのローゼマイン様が星結びの儀式で神殿長をするでしょう？　そのための見直しや中央神殿とのやり取りが増えたのです」

中央神殿の神殿長は自分が行う儀式を奪われて立腹しているし、神官長は魔力量の多い領主候補生が神殿長を務めるならば古い儀式の再現ができないか色々と調べているそうです。中央神殿の中も貴族に役目を奪われて堪るかという神殿長派と、貴族を利用して古い儀式を再現し、かつての神殿の威光を取り戻そうとする神官長派に分かれているそうです。

「まぁ、ローゼマイン様が領主会議で神殿長役をするのですか？」

地下書庫で書写や現代語訳をすることは伺いましたが、星結びの儀式で神殿長役を務めることは初めて知りました。

「王族が依頼したと伺っています。次期王であるジギスヴァルト王子に星結びの儀式で本物の祝福を与えるためだとか……。急に仕事が増えて大変ですよ」

「え？　ローゼマイン様が中央神殿の者にはできない本物の祝福を見せてやるから神殿長をさせろと言い出したのではなく？」

「待て。それはどこからの情報だ!?　王族の依頼なのだから、中央神殿の説得と警備くらいはしっかりしてほしいと要求されただけだ」

「王族にそのような要求をするなんて不敬ではないのですか？」

「明らかに面倒事に繋がるのだ。条件を付けるくらいはするだろう」

騎士達が口々に言うのを見て、わたくしは目を瞬かせました。

「……何だか中央騎士団の中でも情報が錯綜《さくそう》しているようですね。情報や意見の統一はされていないのですか？」

即座にツェントの命令に従えるように、騎士団へ伝えられる情報は統一されています。世の中に様々な情報が流れていようとも、ツェントがどのように考えているのかが最優先にされるからです。

「今は少々騎士団が混乱しているので……」

ロヤリテート様は言葉を濁しましたが、わたくしには何となく見当が付きました。詳細は知らされていませんが、冬に中央騎士団の者が暴走したと聞いています。

「王命を受けているのか、騎士団長も連絡なしで単独行動をすることが増えていますからね。あの離宮の調査も最初は一人で行うつもりだったようですし、今回オルタンシア様にツェントのお言葉を伝えるために帰宅することに関しても、騎士団にきちんと知らされていませんでした」

「あらあら、情報漏洩を防ぎたい気持ちはわかりますが、騎士団長がそのような態度では騎士も安心できないでしょうに……」

どうやら中央騎士団の内部ではあちらこちらで疑心暗鬼《ぎしんあんき》を生じているようです。

「オルタンシア様、あまり家を空けてはなりませんよ。騎士団長が女性を連れ込むかもしれませんからね」

「そのような懸念があるのですか⁉」

騎士の軽口に反応したのは、わたくしではなく側仕えのディルミラです。冗談のような口調で言った騎士の方がビックリした顔をしています。

「いや、申し訳ない。ちょっとした冗談というか……」

「いくら冗談でも何かそういう疑惑の元になる言動があったのでしょう？　そうでしょう？」

ディルミラの勢いに騎士達が後ずさりしています。

「あの、オルタンシア様。騎士団長との間に何かあったのですか？」

「結婚時に少し……。もう十年以上ディルミラはこのような感じなのです」

ロヤリテート様は「んんっ！」と笑いを堪えるような咳払いをした後、ディルミラに向き直りました。

「ご安心ください。疑惑のもとなどありません。ラオブルート様は誠実な夫です」

ロヤリテート様によると、去年の今頃、旧ベルケシュトック関係の土地を調査していた時に魔獣が多く出たことがあり、中央騎士団は魔獣討伐に協力したそうです。

「討伐しなければ調査が進まないという事情があったわけですが……。そういう戦いの後は女性を必要とする騎士もいます。アーレンスバッハの第一夫人はシュラートラウムの花が美しく咲いていますと、ある場所へ案内してくれました」

騎士達が女性を選ぶ中、ラオブルート様は「あぁ、本当に美しい。私はこのシュラートラウムの花をいただきたい」と言って、そこの花瓶に飾られていた白い花を所望したそうです。

「ラオブルート様が花を望むところを想像できないのですけれど、お好きな花なのかしら？」

歯に衣着《きぬ》せないディルミラの言葉に、騎士達が必死に笑いを堪えているような顔になりました。

真顔で「おそらく。思い出深いように見受けられました」と答えるロヤリテート様はずいぶんと我慢強いように思えます。

「でも、わたくし、ラオブルート様が白い花を家に持ち帰ったところなんて見たことはございません。ディルミラは気付いて？」

さすがに夫が白い花を持ち帰っていたら目立ったと思います。わたくしもディルミラも見たり聞いたりしていません。

「さすがに余所でもらった花を家へ持ち込むことはできないと考えられたのでは？」

「まぁ、あの人にそんな気遣いができたなんて……」

「花瓶に飾られていたならば切り花でしょう？　枯れただけです。オルタンシア様、都合良く誤魔化されていますよ、きっと」

ディルミラの言い様に笑いがこみ上げてきました。バツの悪い顔でロヤリテート様は肩を竦めます。

「ですが、騎士団長は妻に誠実です。それは私が保証します。騎士達にも不必要な軽口を控えるように指導するので、ご安心ください」

ロヤリテート様は騎士達に謝罪させると、ディルミラと距離を取るようにさっさと歩き出します。わたくしもまだ言い足りなそうな彼女を連れて図書館へ向かって進みました。


予想していた通り、図書館や文官棟の魔術具を調べることは、それほど時間もかからずに終わりました。建物の礎に当たる守りの魔術具の場所と魔力残量を確認して報告し終え、今は第二閉架書庫の資料の虫干しや修復作業を進めています。

「ソランジュ、この辺りは貸し出し頻度が高いので閲覧室の本棚へ移してはどうかしら？」

「そうしましょう。問い合わせがある度に鍵が必要で、本当に手間がかかりましたもの」

わたくし達はシュバルツとヴァイスに書架の登録変更をしてもらい、閲覧室の本棚に片付けていきます。

「政変前の講義を参考にする先生が増えるなんて、数年前には考えられませんでした。……フラウレルム先生がきっかけだったのでしょうか？」

「政変で粛清された先生方の講義内容が見直され、それが許容される程度にはユルゲンシュミットが落ち着いてきたということですね」

嬉しいことですが、今までに失われた資料は戻りません。わたくしが貴族院の頃の資料はずいぶんと少なくなっています。

「りようしゃ、きた」

「りようしゃ、あんないする」

不意にシュバルツとヴァイスが声を上げました。この時期に図書館へやって来るのは、文官コースの先生方です。さて、今日はどなたでしょうか。中級司書のソランジュは無理難題を押しつけられがちなので、上級司書のわたくしが対応することにします。

「わたくしがホールで出迎えます。ソランジュはここで作業を続けてくださいませ」

閲覧室を出てホールで扉が開くのを待っていると、すぐに黒いマントの集団が入ってきました。ですが、貴族院の教師の集団ではありません。

「アナスタージウス王子ではございませんか。どうされました？」

全く予想していなかった王族の姿に、わたくしは目を丸くしました。何の前触れもなく、少人数の側近だけを連れて来た様子を見れば、お忍びのようにも見えます。

「もしかすると、文官棟へ魔力供給でしょうか？」

他にこちらを訪れる理由が思い当たらず尋ねると、アナスタージウス王子は首を横に振りました。

「いや、其方に急ぎで調べてほしいことがある。内密の話ができる場所はあるか？」

「それでしたら、閲覧室より執務室の方が良さそうですね」

執務室に案内すると、王子は側近達を少し下がらせて距離を取らせ、盗聴防止の魔術具を出しました。側近にも聞かせたくない内容ということです。わたくしは少し緊張してきます。

「この件に騎士団を挟みたくないのだ。其方が夫の要請で司書に就任したことは知っているが、まずはこちらの契約にサインしてほしい」

契約魔術の契約書が広げられました。王への忠誠を誓約するものと、他言無用を課す契約内容を見て、わたくしは困ってしまいました。

「こちらの、ツェントへ忠誠を誓う契約魔術にはサインできません」

「何だと⁉　其方……」

目を見開き、驚きと怒りを含んだ声を出す王子に急いで説明します。

「わたくしは英知の女神メスティオノーラに忠誠を誓い、知識の番人になりました。ツェントとはいえ、他者へ忠誠を誓うと女神との契約に反します。王族に仇《あだ》なすつもりはございませんが、契約書へのサインはできません」

「……知識の番人とは何だ？」

わたくしはアナスタージウス王子に知識の番人について説明しました。

「地下書庫の鍵を手にするために、王族にグルトリスハイトをもたらす一助となるために、わたくしは知識の番人になりました。それでは、わたくしの忠誠は足りませんか？　政変の粛清で処刑された上級司書達と同じように処罰されるのでしょうか？」

彼等も知識の番人だったため、いくら王に忠誠を誓いたくても契約魔術にサインすることができずに処刑されたことも伝えます。アナスタージウス王子は愕然とした表情でわたくしを見つめました。

「処刑された者達にそのような事情があったとは……。王族は何という非情なことを……」

「彼等は旧ベルケシュトック出身でしたから、当時、トラオクヴァール様に忠誠を誓うことができないと言えば危険視されたでしょう。わたくしはクラッセンブルク出身ですし、裏切りによって主であるワルディフリード様を失いました。当時の王族の立場を少しは理解できるつもりです」

裏切りに次ぐ裏切りで、周囲を信じられない時期がありました。敵対する領地の出身者には殊更警戒しなければならず、契約書にサインもできない者は信用できない時勢だったのです。

「いくら粛清を命じたのが王族とはいえ、アナスタージウス王子はまだ洗礼式も終わっていない子供でした。どのような事情があったのか知っておくことは大事ですが、粛清に関して責任はないと考えています。ただし、今回の契約書に関しては責任者です」

アナスタージウス王子は契約書を睨むように見つめて息を呑みました。おそらく今までは内密の案件に関わらせる相手に対して契約書を出せば、それでよかったのでしょう。王へ忠誠を誓う。たとえ王族に従順であっても、それを形にできない者がいることを知り、どうするべきか悩んでいることが手に取るようにわかります。

「アナスタージウス王子、わたくし、忠誠を誓う契約書にはサインできません。でも、こちらの、質問事項に関する黙秘の契約書にはサインできます」

「……そちらだけで構わぬ」

サインを終えると、アナスタージウス王子は中央騎士団の騎士が貴族院のディッター中に中小領地の学生を巻き込んで暴走した件と、その原因と思われる植物のトルークについて説明してくださいました。

「乾燥させたものを火にくべて使うと、甘ったるい匂いと共に、記憶の混濁《こんだく》、幻覚症状、陶酔感を覚えるような強い作用のある危険な植物ですか……」

「あぁ。エーレンフェストからもたらされた情報だが、裏付けが全くない。裏付けのないまま下手に情報が広がると、エーレンフェストが中央騎士団に仕掛けたと言い出す者が出てくる可能性もある。できるだけ秘密裏に裏付けを取るため、私が動くように父上から命じられた」

エーレンフェストを敵視して疑う筆頭はラオブルート様だと思います。わたくしが司書になったのも、元はといえば、夫がエーレンフェストの動向を探るという理由がありました。

「王宮図書館でトルークについて調べさせたのだが、全く資料がなかったのだ。五十歳以上の文官が貴族院に在学していた当時に教えられた特殊な植物らしい。その薬草学の教師は、彼の在学中に退職したと聞いている。それを王宮図書館の司書に伝えると、教師の研究資料や成果ならば王宮図書館ではなく貴族院図書館にあるのではないか、と……」

その司書の言う通り、教師が講義で教えていたならば王宮図書館ではなく貴族院図書館の管轄です。けれど、王宮図書館に全く資料がないならば、トルークというのは相当珍しい植物でしょう。

「教師の特定から始めれば、講義で使用した資料にたどり着ける可能性はございます。上手く弟子が引き継いでいて資料が残っていれば、当時の講義を受けた文官の名前なども出てくるかもしれません。特殊な薬草に関する講義を取っていた者は少ないかもしれませんが、全く残っていないわけではないでしょう」

「そうか」

希望が見えたという表情になったアナスタージウス王子に、わたくしは釘を刺します。あまり期待されても、その期待が外れた時に困るからです。

「ただ、その教師や後任の弟子の出身地によっては、粛清によって失われた可能性がございます。王宮図書館に全く資料がないならば、その可能性が高いのではないでしょうか。出身地の違う学生の残した参考書なども含めて探してみますが、絶対に見つかるとは言えません」

処刑された上級司書達はできるだけ多くの資料を残そうと命の限りを尽くしたけれど、取りこぼした物も当然あったとソランジュから聞いています。全ての資料が第三閉架書庫へ運ばれたわけではないのです。

「……できる限りで構わぬ。頼む」

アナスタージウス王子を見送った後、わたくしはシュバルツとヴァイスにも手伝ってもらい、薬草学の教師の特定から始めました。退任した年代がわかっているので、貴族院の資料を見ればすぐにわかります。その後継として教師になった弟子の特定も容易でした。けれど、嫌な予感は当たるものです。その弟子は処刑されていました。

現在の薬草学の教師に当時の資料が受け継がれていないか確認するため、わたくしは閲覧室や第二閉架書庫にある薬草学の教科書や参考書を虱潰《しらみつぶ》しに確認していきます。けれど、講義内容は前任者と全く違いました。特殊な薬草に関する事柄は多くなく、各領地固有の薬草を他の土地で育てるためにはどうすれば良いのかという研究が主に行われています。以前の講義を取り入れることもしていません。

「第三閉架書庫にあれば良いのですけれど……」

わたくしはシュバルツとヴァイスを連れて、第三閉架書庫へ向かいました。そこには政治的な罪人として処刑された者達の遺《のこ》した研究資料が収められています。

シュバルツやヴァイスと探しましたが、その教師の資料は一つも運び込まれていませんでした。トルークに関する記述のある資料はありません。

「元々珍しい植物ならば、別名で呼ばれている可能性はないかしら？」

わたくしはトルークと同じような症状を引き起こす植物についての記述を探し始めました。薬草について書かれた資料を次々と調べていきます。

「オルタンシア、これ」

ヴァイスが差し出した資料には、似たような効果のある薬についての記述がありました。特殊な立場の女性に使われる薬の素材が「シュラートラウムの花」と呼ばれていたというたった一文。それも、二百年前の日記のような資料です。

……シュラートラウムの花？　アーレンスバッハでその言葉が使われていたのではなかったかしら？

わたくしはその後、「シュラートラウムの花」について調べ始めました。けれど、その言葉を調べても、薬の素材としての記述はありません。

……これしか残っていないなんて……。粛清で一体どれだけ貴重な資料が失われたのでしょう。

一日調べ物が一段落してアナスタージウス王子に「調査終了」の連絡を送ると、自宅の様子が少し気になりました。中央の騎士団長である夫もあまり家にいません。わたくしも領主会議まで不在ですが、家を守る側仕え達に不都合などはないでしょうか。

「その不安はよくわかります。あの筆頭側仕えに任せるのは不安ですものね」

「ディルミラ、そのような言い方は良くないといつも言っているでしょう」

「あの者は仮にラオブルート様が女性を連れ込んでも、オルタンシア様に報告なんてしませんよ。

……せっかくの機会です。忘れ物を取りに行くような形で抜き打ち帰宅しませんか？」

何を想像しているのか、ずいぶんと楽しそうに見えます。ディルミラの言う通り、筆頭側仕えはわたくしよりラオブルート様を優先しますが、それは付き合いの長さを考えるとそれほどおかしなことではありません。

……ディルミラもこの通りですものね。

「わたくしはそこまでする必要を感じません。貴女が様子を見てきてちょうだい。少し寮生活に飽きたのでしょう？　石鹸《せっけん》や化粧品の補充がてら一日の外出を許可します」

ディルミラを自宅へお遣いに出すと、わたくしは図書館の閲覧室へ向かい、一日作業をしながら彼女の帰りを待っていました。

「おかえりなさい、ディルミラ。ラオブルート様は女性を連れ込んでいましたか？」

「……女性ではなく、中央神殿の神官長を連れ込んでいました」

ディルミラによると、何やら二人で話をしていて「エーレンフェストの花をいただけるのであれば……」と何らかの交渉をしていたようです。

「お茶を淹れかえる時に近付いただけなので、何の交渉かわかりませんでした。でも、普段は全く笑わない旦那様が貴族らしく作り笑いを浮かべていると、悪巧《わるだく》みをしているように見えますね。騎士団長というより、完全に悪役の顔になっていましたよ」

ディルミラの言いたいことはわかります。頬に傷があるせいか、ラオブルート様は微笑んだ方が凶悪に見えるのです。

「真面目な顔で話し合っていたならば、お仕事に関することでしょうね。星結びの儀式の関連で中央神殿と話し合うことが増えたと、先日ロヤリテート様がおっしゃっていたもの」

「はい。ただ、騎士団の仕事の際はいつも複数人で対応していたので、ラオブルート様お一人で対応されていたことが何だか不思議に思えました」

騎士団では調査や交渉に当たる場合、隠蔽や思い違いなどを防ぐために複数人で行動することになっています。騎士団長である夫が、その原則を破るとは思えません。

「お茶を淹れかえる時には席を外していて、ディルミラには見えていなかっただけではなくて？」

「筆頭側仕えも来客が他にいるとは言いませんでしたし、茶器の数を考えても他者がいた可能性は低いです。何だか怪しくないですか？」

「でも、仕事以外で中央神殿の神官長と連絡を取ることは考えられないでしょう？」

政変後、ずっと王族と中央神殿は険悪で、騎士団長として王に仕えるラオブルート様も中央神殿と仲良くしている様子はありませんでした。神殿の者と個人的に仲良くなるなんて考えられませんし、仕事以外で会うことはないと思います。

「確かに単独行動が増えているとおっしゃっていましたものね。あれもお仕事なのでしょう。少なくとも逢瀬《おうせ》を重ねているようには見えませんでしたよ」

「嫌だわ、ディルミラったら。何を言い出すの？」

顔を見合わせてクスクスと笑い合います。何はともあれ、家の方も平穏で特に問題はなかったことがわかり、わたくしは安堵しました。

アナスタージウス王子が調査結果を尋ねるために図書館を訪れたのは、領主会議の直前でした。ずいぶんと忙しそうに見えます。わたくしは盗聴防止の魔術具を渡され、執務室で王子と向き合いました。

「結論から言うと、その教師の研究成果は残っていません。彼の後任である弟子の出身地がベルケシュトックでした」

「……そうか」

肩を落としてはいますが、アナスタージウス王子の視線はわたくしの傍らに積まれている数冊の資料へ向けられています。わたくしはその内の一冊を手にしました。

「貴族院図書館でもトルークという植物に関する記述を見つけることはできませんでした。似たような効果を持つ薬や素材を探したところ、こちらに気になる記述がありました」

わたくしは栞《しおり》を押さえ、ページを開きます。

「アナスタージウス王子はシュラートラウムの花をご存じですか？」

「知らぬ。命の眷属で夢を司る神の名前を冠する花か。何かの隠語のように思えるな」

「えぇ。こちらは二百年ほど昔の記述ですが、薬の素材を指す隠語だったようです。王族や領主の相手をする特定の女性に使われる薬の素材で、容易には立ち入れない場所で育てられているため、この著者は手に入れられなかったようです」

わたくしが記述された一文を示すと、アナスタージウス王子は一瞥《いちべつ》して少し首を傾げました。

「それがトルークの可能性がある、と？」

「可能性はありますが、不明です。薬の素材だと書かれた記述は一つだけでした。それから、シュラートラウムの花について調べてみました。時代を下ると、薬の素材ではなく女性を示す言葉として使われるようになったようです。そちらの記述の方が多いですね」

わたくしは「領主会議の期間にアウブ・ベルケシュトックにシュラートラウムの花からの招待があった。あの白い花の付いた招待状が欲しい」とか「第二王子がシュラートラウムの花を望んだが、拒まれたらしい」と書かれている資料を見せます。

「どうやら百年くらい前には王族や領主を招待する女性がいる施設があり、彼女達がシュラートラウムの花と呼ばれていたようです。どうして薬の素材が女性を示すようになっているのか、資料からは読み取れません。その薬を使っている女性をそう呼ぶようになったのではないかと思うのですが……」

まだ年若い王子には少々刺激が強かったのか、それとも、潔癖《けっぺき》な性分なのか、アナスタージウス王子は嫌そうに顔を顰めました。

「シュラートラウムの花について王宮図書館で調べることで、薬や素材について何らかの手がかりが得られるかもしれません。ただ、アナスタージウス王子に心当たりはございますか？　わたくし、ワルディフリード王子に文官としてお仕えしていましたが、シュラートラウムの花という言葉を聞いたことも、そのような招待状を見たこともないのです」

百年前の資料にある言葉ですが、昔話としても王宮で耳にしたことがありません。

「私もない。何となく花捧げと関連がありそうだ。中央神殿ではないのか？」

「中央神殿は王族と領主に限らないでしょうし、貴族院の教師が望めば立ち入ることは可能だと思います。時代によって変化した可能性はございますが、その辺りの変化については中央神殿に詳しい資料があるでしょう」

シュラートラウムの花と神殿の花捧げに何らかの関係があるのか、貴族院図書館の資料ではわかりませんでした。

「ひとまず王宮図書館でシュラートラウムの花について調べてみよう。助かった」

「お待ちください。まだお話は終わっていません」

少しだが手がかりを得られたと、笑顔で身を翻そうとしたアナスタージウス王子をわたくしは急いで呼び止めます。

「現在では戦いの後で騎士に与えられる女性をシュラートラウムの花と呼ぶようです」

「……そのような言い方、聞いたことがないぞ」

振り返ったアナスタージウス王子が怪訝《けげん》そうに眉を寄せました。中央騎士団でもクラッセンブルクでも、そのような言い方はしていませんでした。わたくしにとっても耳慣れない言葉です。

「わたくしも先日初めて耳にしました。去年、中央騎士団が旧ベルケシュトック関連の調査中に魔獣討伐を行った際、アーレンスバッハから提供された女性がシュラートラウムの花と呼ばれていたそうです」

「アーレンスバッハだと?」

アナスタージウス王子が眉を上げました。今までとは全く違う反応に、わたくしは目を瞬きます。

「何かご存じなのですか?」

「いや、具体的な地名が出てきて驚いただけだ。……その、騎士団の者達は何と言っていた? アーレンスバッハで何か珍しい植物を見たとか、暖炉に火が点《つ》いていて甘い匂いがしたとか、何かなかったか？」

　直接尋ねれば良いのでは……と思った直後、騎士団を挟みたくない案件だとおっしゃったことを思い出しました。

「申し訳ありませんが、世間話の中でチラリと出てきた程度です。何日も前のことですし、重要なことだと思っていなかったので、それほど明確には覚えていません。確か……」

　アーレンスバッハの第一夫人に「シュラートラウムの花が美しく咲いています」と案内されたこと、ラオブルート様はそれを拒否して白い花をいただいたことなど、わたくしは記憶にあることを述べていきます。

「ふむ。すまないが、シュラートラウムの花という名称がアーレンスバッハでは一般的なのか確認してみてくれないか？」

「アーレンスバッハの騎士達に尋ねるということですか？」

「いや、あからさまに尋ねるのではなく、その、騎士達との世間話のように、さりげなく反応を見るだけで良い」

　突然難しいことを頼まれました。教師同士、中央貴族同士、同郷など何かしら関係のある方ならば世間話もできますが、図書館を訪れることのない貴族とどのように接触して世間話をすれば良いのでしょうか。

「領主会議の期間中、アーレンスバッハの方々は図書館を訪れないと思います。世間話のようにさりげなく……ならば、面会依頼を申し込むのも、お茶会室や会議室前でわたくしが待ち構えるのも不自然ではございませんか？　貴族院が始まってからでよろしければ学生達に尋ねてみることは可能ですけれど、未成年にはあまり知らされないことでしょう」

わたくしが懸念を口にすると、アナスタージウス王子は一つ頷きました。

「ディートリンデ、もしくは、その側近が図書館へ赴くように仕向ける。訪れたら尋ねてみてほしい。もし、その会話をローゼマインに聞かせられるならば、聞かせておいてくれないか？　あれはどこからか妙な情報を拾ってくるからな」

色々と新しい事柄をもたらしてくださるローゼマイン様に何らかの期待をしたい気持ちはよくわかります。

「けれど、どのように尋ねればよろしいのでしょうか？　突然シュラートラウムの花をご存じですか？　と問いかけるわけにもまいりませんよね？」

世間話として話しかけろと言われても難しく思えます。特に、アーレンスバッハの方々にとってシュラートラウムの花は女性のことです。あまり口にする話題ではないでしょう。

「夫が他の女性を紹介されたり、花を受け取ったりしていることに、ちょっと悋気《りんき》を見せるような態度ならば自然ではないか」

「そうでしょうか？」

「夫が他の女性から花を受け取ったのだぞ？　普通ならばとても平静ではいられないだろう？」

……あらあら、アナスタージウス王子はそうなのですね。お可愛らしいこと。

エグランティーヌ様との熱愛について噂を聞くことは多いですが、このように当人の口から話を聞くことはありません。初々《ういうい》しいというか、若さを感じて何だか微笑ましい心地になってしまいます。

「アナスタージウス王子の言動を参考にすれば質問できるかもしれません。お恥ずかしいことに、わたくし、悋気を感じなかったのです。お好きな花をいただけて良かったですね、とこちらまで嬉しいような気分になったものですから……」

「何故クラッセンブルク出身の女性はそういう反応をするのだ⁉　それでは駄目だろう。多少の悋気は夫婦間にも必要ではないか。其方の夫は余所の女性から白い花を受け取り、それを思い出深そうにしていたのだぞ。ならば……」

アナスタージウス王子による熱の入った演技指導が始まりました。

「ディートリンデ様、一つお伺いしたいことがあるのですけれど……シュラートラウムの花は今年も美しく咲くのでしょうか？」

わたくしはコホンと咳払いして、ディートリンデ様の高笑いを遮ると、奥にいるはずのローゼマイン様にも聞こえるように心持ち大きな声で尋ねました。

「何の花かしら？」

「ディートリンデ様はご存じありませんか？　アーレンスバッハでしか手に入らない、わたくしの夫が好きな花だそうです。ゲオルギーネ様に伺ってみてくださいませ」

けれど、ディートリンデ様だけではなく明らかに年嵩《としかさ》の男性護衛騎士も不可解そうな顔をしました。年若い女性に尋ねることではないと咎めるような表情ではなく、全く思い当たるものがないような表情をしています。それが不思議に思えました。

……アーレンスバッハの第一夫人、ゲオルギーネ様の周辺だけで使われている言葉なのかしら？

けれど、この後、地下書庫で騒動が起こり、領主会議の期間中にユルゲンシュミットを揺るがす変化が次々と起こりました。その結果、彼等の反応と浮かび上がった小さな疑問をわたくしからアナスタージウス王子へ報告をすることができないまま、領主会議は終わったのです。

……状況が落ち着いたら呼び出しがあるでしょう。

わたくしは気楽に構えながらソランジュと領主会議の後片付けをしていきます。人の出入りが多かった地下書庫前の休憩場所や、地下へ入れない側近達が待機していた閲覧室を清めました。司書の執務室を整理し、司書寮の自室を片付け、シュバルツとヴァイスに魔力を供給し終えるまでに数日がかかりました。これで司書寮での生活は終わりです。ディルミラと共に自宅へ帰ります。

自宅に到着すると同時に、ラオブルート様から話があるので部屋へ来てほしいと呼ばれました。

「オルタンシア、其方に尋ねたいことがある。シュラートラウムの花について誰から聞いた？」

あとがき

お久しぶりですね、香月美夜です。

この度は『本好きの下剋上　～司書になるためには手段を選んでいられません～　第五部　女神の化身Ⅴ』をお手に取っていただき、ありがとうございます。


プロローグはボニファティウス視点。一度は引退したにもかかわらず、ローゼマインにお願いされて護衛騎士達を鍛えることになり、城で執務を手伝うようになり、ヴィルフリートの次期領主教育を頼まれるようになったおじい様です。

　本編はメルヒオールを始めとした子供達に神殿長として誓いの儀式を受けさせるところから始まります。平民のマインとして誓いの儀式をしたのは第二部の初め。その頃に比べると、ずいぶん成長した気がします。

　王族や各地の領主達が集まる領主会議のお話です。未成年は普通入れませんが、ローゼマインは星結びの儀式で神殿長役を務めるため、それから、地下書庫の文献を現代語訳するために呼ばれました。久し振りに会うハンネローレとのお喋りが貴重な癒しです。

　ディートリンデの来訪、それを避けるために外に出たことで見つけた祠、神々から受け取った貴色の石板……。一気に物語が動きましたね。この祠巡りは「全ての祠で得られた言葉を知りたい」という要望がいくつかあったため、WEB版から加筆しています。
それから、ジギスヴァルトを相手に交渉し、フェルディナンドの連座回避や一年間の引き継ぎ期間を得ようと奮闘する商人聖女。ベンノとフェルディナンドの教えによってローゼマインがどのように成長したのか、よくわかると思います。師匠の二人がその場にいたら「王族相手にすることではないだろう！」と拳骨《げんこつ》を落とされるのか、「よくやった」と褒められるのか微妙なところですね（笑）
エピローグはヒルデブラント視点です。ローゼマインのことが好きで、王命で婚約者を決められた不満を抱えています。自分の望みを叶えたくて必死ですが、幼くて周囲をよく見ていません。ラオブルートに伝わった「シュラートラウムの花」は一体どのような展開を招くのでしょうか。

今回の書き下ろし短編は、アドルフィーネ視点とオルタンシア視点です。

アドルフィーネ視点では次期ツェントのジギスヴァルトと結婚することになったアドルフィーネの心情と状況を書いてみました。アウブ・ドレヴァンヒェルを目指していた彼女にとっては最初から不服のある政略結婚です。そんな彼女に対するジギスヴァルトの対応はどのようなものなのか……。

オルタンシア視点は領主会議中の王族への対応準備のために司書寮へ泊まり込むようにラオブルートに言われるところから始まります。アナスタージウスから依頼された「トルーク」の調査、そこから浮かんできた「シュラートラウムの花」との繋がりについて。

この巻で椎名様に新しくキャラデザしていただいたのはマグダレーナ。ツェントの第三夫人で、ダンケルフェルガー出身のヒルデブラントの母親です。フェルディナンドを自領に引き込みたいハイスヒッツェ達の進言によって父親がその気になったことを知るや否や、トラオクヴァールに求婚して王族との縁談を自力でまとめた強者です。

お知らせです。

・【四月十五日】第二部コミックス五巻&フェルディナンドハンカチ発売。

・【五月十五日】第三部コミックス四巻&ポストカードセット発売。

コミックスの発売にあわせ、要望の多かったグッズを作製しました。第二部はマインがフェルディナンドの名前を知るきっかけになった刺繍入りのハンカチ。第三部はフェシュピールコンサートで売られたプログラム&イラスト三枚のポストカードセットです。

・第五部Ⅵ&ドラマCD6。

次巻、第五部Ⅵにはドラマ CD 付きもあります。領主会議における王族とのやり取りやローゼマインの移動を知らされたエーレンフェストの人達との会話がメイン。このあとがきを書いている時点ではまだアフレコが終わっていないのですが、脚本の確認作業は終わりました。ジギスヴァルトにどんな声が付くのか今から楽しみです。

ハンカチ、ポストカードセット、ドラマＣＤ……。どれもＴＯブックスのオンラインストア(https://tobooks.shop-pro.jp/)で本とセットで購入するとちょっぴりお得。(※グッズ単体としても購入できます)

その他関連書籍やグッズの情報についてはぜひチラシをご確認ください。

今回の表紙は祠巡りのイメージです。タイトルに隠れていますが、祠、手に入れた貴色の石板、それから、王族。春の終わりの領主会議なので、貴族院なのにローゼマインはいつもの黒い服を着ていません。とても新鮮で可愛いです。

カラー口絵は地下書庫での作業の様子。ローゼマイン、ハンネローレ、マグダレーナ、ヒルデブラントです。久し振りにハンネローレが出てくるならば、イラストが欲しいなと思ったので……。椎名優様、ありがとうございます。

最後に、この本をお手に取ってくださった皆様に最上級の感謝を捧げます。

第五部Ⅵは夏の予定です。そちらでまたお会いいたしましょう。

二〇二一年一月　香月美夜

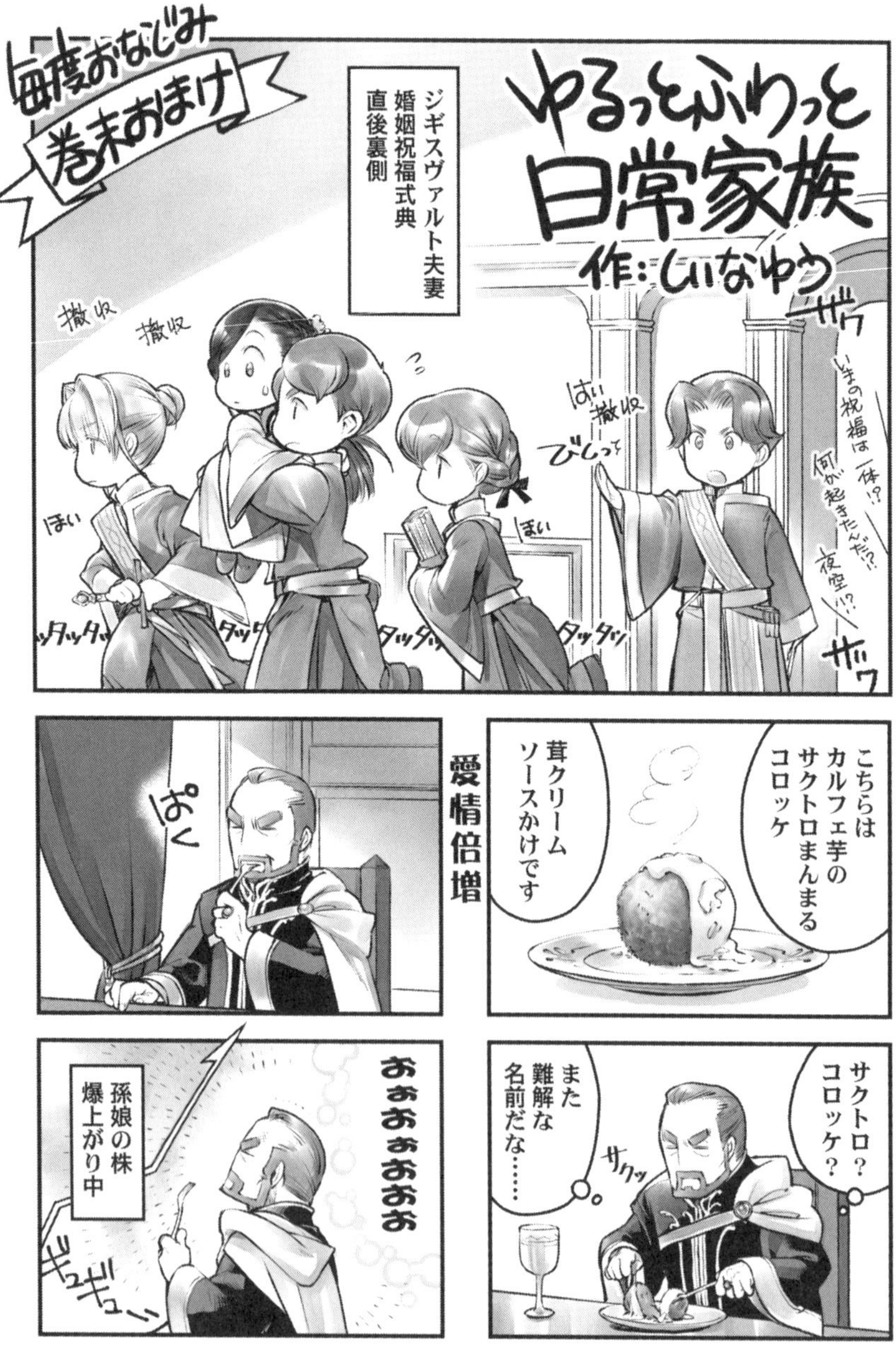
毎度おなじみ
巻末おまけ
やるっとふわっと日常家族
作：しいなゆう
ジギスヴァルト夫妻
婚姻祝福式典
直後裏側
ザワ
いまの祝福は一体!?
何が起きたんだ!?
夜空!?
ザワ
はい撤収
びしっ
撤収
撤収
ほい
ほい
タッタッタッ
タッタッ
タッタッ
タッタッ
こちらはカルフェ芋のサクトロまんまるコロッケ
茸クリームソースかけです
愛情倍増
ぱく
サクトロ？コロッケ？
また難解な名前だな……
サクッ
おぉおぉぉおおおお
孫娘の株爆上がり中
ギュギュ～

美形です

どうやら美形ぞろいの貴族様の中で
ラオブルートがその範疇ではないのでは？という疑念が
ここは奥様に聞いてみましょう
人の美意識はそれぞれだとは思いますが
ラオブルート様は人を見る洞察力鍛え上げられた肉体努力を怠らない姿勢どれも素晴らしいお方ですわ
コロ コロ コロ コロ
ただ貴族院入学当時は皆が振り向くほどの美少年であったと伺っております
え!?
だとしたらこの三十数年の間にいったい何が!?

最重要事項

話し合いの結果図書室の設置は諦めさせるということで合致した
のぉぉお!!!一番大事な条件が潰されてるじゃないですかぁぁあ!!
一番はフェルディナンドの連座の阻止であろう？
確かにそうです！でもだとしたら二番目に大事です!!
図書館を持てないという事はわたくしの心の平穏を保つことが難しいということですよ？日々疲弊し潤いを失った心は虚ろになり胸にぽっかりと大き穴を開けるのです!!それがいかにわたくしの健康に影響を与えるかあの方々は解っていないのです!!
…改めて其方が異常だと再認識したぞ
養父様いまさらです

広がる
コミックス 第四部
貴族院の図書館を
救いたい! VII
漫画:勝木光
好評
発売中!
新刊、続々発売決定!
2023年
12/15
発売!
コミックス 第二部
本のためなら
巫女になる! X
漫画:鈴華

「本好きの下剋上」世界!

Welcome to the world of “Honzuki”

アニメ	コミカライズ	原作小説
第1期 1～14話 好評配信中! BD&DVD 好評発売中! 	第一部 本がないなら作ればいい! 漫画:鈴華 ①～⑦巻 好評発売中! 	第一部 兵士の娘 Ⅰ～Ⅲ
第2期 15～26話 好評配信中! BD&DVD 好評発売中! 	第二部 本のためなら巫女になる! 漫画:鈴華 ①～⑨巻 好評発売中!  原作「第二部Ⅲ」を連載《コミカライズ》中!	第二部 神殿の巫女見習い Ⅰ～Ⅵ
©香月美夜・TOブックス/本好きの下剋上製作委員会		
 詳しくはアニメ公式HPへ>booklove-anime.jp ©香月美夜・TOブックス/本好きの下剋上製作委員会2020	第三部 領地に本を広げよう! 漫画:波野涼 ①～⑦巻 好評発売中!  原作「第三部Ⅱ」を連載《コミカライズ》中!	第三部 領主の養女 Ⅰ～Ⅴ
	第四部 貴族院の図書館を救いたい! 漫画:勝木光 ①～⑦巻 好評発売中!  原作「第四部Ⅰ」を連載《コミカライズ》中!	第四部 貴族院の自称図書委員 Ⅰ～Ⅸ

原作小説

第五部 女神の化身

Ⅰ～Ⅺ　好評発売中!

Ⅻ　2023年12月9日発売!

著:香月美夜　イラスト:椎名優

貴族院外伝 一年生

短編集Ⅰ～Ⅱ

CORONA EX コロナEX TObooks

本好きのコミカライズ最新話がどこよりも早く読める!

https://to-corona-ex.com/

マインとして
ローゼマインとして
ドラマCD10
12/9発売!
詳しくは原作公式HPへ
tobooks.jp/booklove

（通巻第26巻）
本好きの下剋上
～司書になるためには手段を選んでいられません～
第五部　女神の化身Ⅴ

2021年　5月　1日　第1刷発行
2023年11月20日　第5刷発行

著　者　香月美夜

発行者　本田武市

発行所　TOブックス
〒150-0002
東京都渋谷区渋谷三丁目1番1号　PMO渋谷Ⅱ　11階
TEL 0120-933-772（営業フリーダイヤル）
FAX 050-3156-0508

印刷・製本　中央精版印刷株式会社

ISBN978-4-86699-133-7

Printed in Japan